O DIÁRIO DE UM LIVREIRO

Shaun Bythell

O DIÁRIO DE UM LIVREIRO

Tradução
Patrícia N. Rasmussen

Principis

Esta é uma publicação Principis, selo exclusivo da Ciranda Cultural
© 2023 Ciranda Cultural Editora e Distribuidora Ltda.

Traduzido do original em inglês
The diary of a bookseller

Texto
Shaun Bythell

Editora
Michele de Souza Barbosa

Tradução
Patrícia N. Rasmussen

Preparação
Walter Sagardoy

Revisão
Fernanda R. Braga Simon

Produção editorial
Ciranda Cultural

Diagramação
Linea Editora

Design de capa
Ana Dobón

Ilustração
Vicente Mendonça

Imagem
OneLineStock/Shuterstock

Dados Internacionais de Catalogação na Publicação (CIP) de acordo com ISBD

B998d	Bythell, Shaun
	O diário de um livreiro / Shaun Bythell ; traduzido por Patrícia N. Rasmussen. - Jandira, SP : Principis, 2023.
	352 p. ; 15,50cm x 22,60cm.
	Título original: The diary of a bookseller
	ISBN: 978-65-261-0269-5
	1. Literatura inglesa. 2. Livraria. 3. Livros. 4. Leitura. 5. Negócios. 6. Biografia. I. Rasmussen, Patrícia N. II. Título.
2022-0908	CDD 823
	CDU 821.111-3

Elaborado por Lucio Feitosa - CRB-8/8803

Índice para catálogo sistemático:
1. Literatura americana 810
2. Literatura americana 821.111(73)

1ª edição em 2023
www.cirandacultural.com.br

SUMÁRIO

FEVEREIRO

Se eu gostaria de ser um livreiro *de métier*? No geral, apesar da gentileza do meu chefe para comigo e de alguns dias felizes que passei na loja, não.

George Orwell, *Bookshop Memories*, Londres, novembro de 1936

A relutância de Orwell em se comprometer com a venda de livros é compreensível. Existe um estereótipo do proprietário impaciente, intolerante, antissocial – interpretado tão magistralmente por Dylan Moran em *Black Books* –, e parece (de modo geral) ser verdade. É claro que há exceções, e muitos livreiros não se encaixam nesta descrição. Infelizmente, eu me encaixo. No entanto, não foi sempre assim. Antes de comprar a loja, lembro-me de ser bastante receptivo e amigável. A constante enxurrada de perguntas tolas e enfadonhas, as finanças complicadas do negócio, as incessantes discussões com os funcionários e as intermináveis e exaustivas barganhas dos clientes me reduziram a isto. Se eu mudaria alguma coisa? Não.

Eu tinha dezoito anos quando vi pela primeira vez a The Book Shop em Wigtown, minha cidade natal, e estava prestes a ir para a faculdade. Lembro-me claramente de passar em frente com um amigo e de comentar que tinha certeza de que em um ano estaria fechada. Doze anos depois, visitando meus pais na época do Natal, entrei lá para ver se tinham um exemplar de *Three Fevers*, de Leo Walmsley, e, enquanto conversava com o dono da loja, admiti para ele que estava com dificuldade para encontrar um trabalho do qual eu gostasse. Ele sugeriu que eu comprasse a loja, já que ele pretendia se aposentar. Quando eu disse a ele que não tinha dinheiro, ele respondeu:

– Você não precisa de dinheiro... para que servem os bancos?

Menos de um ano depois, em 1º de novembro de 2001, um mês após meu trigésimo primeiro aniversário, o estabelecimento tornou-se meu. Antes de assumir, eu talvez devesse ter lido um texto de George Orwell, publicado em 1936. *Bookshop Memories* é tão atual hoje quanto naquela época e é uma advertência salutar para qualquer pessoa tão ingênua quanto eu era, de que o mundo de vender livros usados não é exatamente um idílio de sentar-se em uma poltrona em frente à lareira acesa, com os pés calçados em pantufas e apoiados em um pufe, fumando cachimbo e lendo *Declínio e Queda* de Gibbon, enquanto um fluxo de clientes encantadores se envolve em uma conversa inteligente com você antes de encher seus bolsos de dinheiro. O fato é que a verdade não poderia ser mais diferente. De todas as suas observações nesse ensaio, o comentário de Orwell de que "muitas das pessoas que vieram até nós seriam um incômodo em qualquer lugar, mas têm oportunidades especiais em uma livraria" talvez seja o mais apropriado.

Orwell trabalhava meio período na Booklover's Corner, em Hampstead, enquanto escrevia *Keep the Aspidistra Flying*, entre 1934 e 1936. Seu amigo Jon Kimche o descreveu como que parecendo ressentido de vender qualquer coisa a qualquer pessoa – um sentimento com o qual muitos livreiros sem dúvida irão se identificar. A título de ilustração das semelhanças – e também das diferenças – entre a vida em uma livraria hoje em dia e na época de Orwell, cada mês aqui começa com um trecho de *Bookshop Memories*.

A Wigtown da minha infância era um lugar movimentado. Minhas duas irmãs mais novas e eu crescemos em uma pequena fazenda a cerca de um quilômetro e meio da cidade, e parecia para nós uma metrópole próspera em comparação com os campos pantanosos e pontilhados de ovelhas nos arredores da fazenda. Tem pouco menos de mil habitantes e fica na região de Galloway, o canto esquecido no sudoeste da Escócia. Wigtown fica localizada em uma paisagem de colinas alongadas, em uma península conhecida como Machars (da palavra gaélica *machair*, que significa terras baixas, pastagens férteis) e é rodeada por mais de sessenta quilômetros de uma orla de praias de areia, altos penhascos e grutas. Ao Norte ficam as Galloway Hills, uma cordilheira inóspita através da qual serpenteia a trilha conhecida como Southern Upland Way. A cidade é dominada pelo County Buildings, uma construção imponente no estilo hôtel-de-ville – o paço municipal de Paris –, que no passado era a sede municipal do antigo condado de Wigtownshire, localmente conhecido como "o Condado". Durante muitos anos, a economia de Wigtown foi sustentada por uma cooperativa de uma fábrica de laticínios e pela destilaria de uísque mais meridional da Escócia, Bladnoch, que empregava grande parte da população trabalhadora. Naquela época, a agricultura oferecia muito mais oportunidades para o trabalhador rural do que hoje, portanto havia emprego na cidade e nos arredores. A fábrica de laticínios fechou em 1989, com a perda de cento e quarenta e três empregos; a destilaria – fundada em 1817 – fechou em 1993. O impacto na cidade foi transformador. Onde antes havia uma serralheria, uma mercearia, uma loja de presentes, uma sapataria, uma confeitaria e um hotel, havia portas fechadas e janelas cobertas com tábuas.

Agora, no entanto, certo grau de prosperidade havia retornado, juntamente com certa sensação de otimismo. As instalações vazias da fábrica de laticínios foram aos poucos sendo ocupadas por pequenos negócios: um ferreiro, um estúdio de gravações, um fabricante de fogões. A destilaria reabriu no ano 2000 para produção em pequena escala, sob a entusiástica custódia de Raymond Armstrong, um empresário da Irlanda do Norte. Wigtown também viu uma mudança favorável em seu destino e atualmente abriga uma comunidade de livrarias e livreiros. As janelas anteriormente vedadas com tábuas voltaram a se abrir, e atrás delas prosperam pequenos negócios.

Todos os que trabalharam na loja comentaram que a interação com os clientes fornece material mais do que suficiente para escrever um livro – *Weird Things Clients Say in Bookshops* ("Coisas Estranhas que os Clientes Dizem nas Livrarias"), de Jen Campbell, é uma prova disso – por isso, tendo eu uma memória terrível, comecei a fazer anotações à medida que as coisas aconteciam na loja, a título de *aide-mémoire* para me ajudar a quem sabe escrever alguma coisa no futuro. Se a data de início parece arbitrária, é porque é. É que a ideia de começar a fazer isso me ocorreu no dia 5 de fevereiro, e o *aide-mémoire* tornou-se um diário.

QUARTA-FEIRA, 5 DE FEVEREIRO

Pedidos online: 5
Livros encontrados: 5

Ligação às 9h25 da manhã, de um homem do sul da Inglaterra que está pensando em comprar uma livraria na Escócia. Estava curioso para saber como avaliar o estoque de uma livraria com vinte mil livros. Evitando a resposta óbvia "Você está louco?", perguntei o que o dono atual havia sugerido. A dona havia dito a ele que o preço médio de um livro em sua loja era de 6 libras e sugeriu que ele dividisse o total de 120 mil libras por três. Eu disse que ele deveria dividir no mínimo por dez, talvez trinta. Transferir grandes quantidades hoje em dia é quase impossível, pois pouquíssimas pessoas estão preparadas para aceitar um grande número de livros, e as poucas que aceitam pagam um valor irrisório. As livrarias são escassas, e o estoque é abundante. É um mercado de compradores. Mesmo quando as coisas iam bem, em 2001 – o ano em que comprei a loja –, o proprietário anterior avaliou o estoque de cem mil livros em 30 mil libras.

Talvez eu devesse ter aconselhado o homem ao telefone a ler (além de *Bookshop Memories*, de Orwell) o extraordinário *The Bankrupt Bookseller*

Speaks Again[1], de William Y. Darling, antes de comprar a loja. As duas obras deveriam ser lidas por todos os que aspiram a ser livreiros. Darling não era, na verdade, "o livreiro falido", mas, sim, um comerciante têxtil de Edimburgo, que perpetrou a farsa extremamente convincente de que tal pessoa de fato existia. Os detalhes são incrivelmente precisos. O livreiro fictício de Darling – desorganizado, de saúde fraca, meio desarrumado, uma figura humana desinteressante, mas, ainda assim, quando estimulado, capaz de dizer coisas sobre livros com tanta eloquência quanto qualquer outro – é um retrato verossímil de um vendedor de livros usados.

Nicky estava trabalhando na loja hoje. O negócio não tem mais condições de sustentar uma equipe em tempo integral, especialmente nos invernos longos e frios, e eu conto com Nicky – que é tão competente quanto excêntrica – para cuidar da loja duas vezes por semana, para que eu possa sair para comprar ou fazer outras tarefas. Ela está chegando perto dos cinquenta e tem dois filhos adultos. Mora em uma chácara com vista para Luce Bay, a cerca de vinte e cinco quilômetros de Wigtown, e é testemunha de Jeová, e isso – juntamente com o hobby de fazer objetos "artesanais" estranhamente inúteis – basicamente a define. Ela mesma faz suas roupas e é muito simples e sem vaidade, embora extremamente generosa com o pouco que possui. Toda sexta-feira ela me traz uma guloseima que comprou na barraca atrás do supermercado Morrisons, em Stranraer, na noite anterior, depois da reunião no Salão do Reino. Ela diz que é "sexta-feira da comilança". Os filhos a descrevem como uma "cigana desleixada", mas ela é tão parte da loja quanto os livros, e o estabelecimento perderia grande parte de seu encanto sem ela. Embora hoje não seja sexta-feira, ela me trouxe algo não muito apetitoso que pilhou das sobras do Morrisons: um pacote de chamuças que tinham ficado tão encharcadas que mal podiam ser identificadas como tal. Entrando correndo para fugir da chuva forte, ela estendeu o pacote até quase encostar no meu rosto e disse:

---

[1] O livreiro falido fala outra vez. (N.T.)

– Ei, olhe isso… chamuças. Delícia! – E começou a comer uma, deixando cair pedaços gosmentos no chão e sobre o balcão.

Nos meses de verão eu contrato estudantes – uma ou duas. Isso me possibilita a liberdade de praticar algumas das atividades que fazem a vida em Galloway ser tão idílica. O escritor Ian Niall escreveu certa vez que, quando criança, na escola dominical, ele tinha certeza de que a "terra do leite e mel" da qual a professora falava era Galloway – em parte porque havia sempre abundância de ambos na despensa da fazenda onde ele cresceu, mas também porque, para ele, era uma espécie de paraíso. Compartilho com ele o amor pelo lugar. As meninas que trabalham na loja me proporcionam o luxo de poder sair e pescar, fazer trilha ou nadar. Nicky se refere a elas como meus "bichinhos de estimação".

O primeiro cliente (às 10h30 da manhã) foi um dos poucos clientes assíduos: o senhor Deacon. É um homem polido e articulado, de cinquenta e poucos anos, com a habitual circunferência abdominal dos homens de meia-idade inativos; os cabelos escuros ralos são penteados sobre a cabeça numa tentativa pouco convincente da qual alguns homens calvos lançam mão para dar a impressão de que ainda possuem cabelos fartos. Veste-se com elegância, no sentido de que suas roupas são bem talhadas e de qualidade, porém não as usa de maneira adequada: dá pouca atenção a detalhes como abas da camisa, botões e abotoaduras. Parece que alguém coloca as roupas em um canhão e as dispara em cima dele, e, do jeito que elas caem, assim ficam. Em muitos aspectos ele é o cliente ideal; não fica examinando as prateleiras e só vem quando sabe exatamente o que quer. Seu pedido é normalmente acompanhado por uma resenha do livro recortada do *The Times*, que ele mostra para quem estiver no balcão. Sua linguagem é concisa e precisa, e ele não se envolve em conversa, nunca é grosseiro e sempre paga em dinheiro. Além disso, eu não sei nada sobre ele, nem mesmo seu primeiro nome. Na verdade, às vezes me pergunto por que ele encomenda os livros comigo quando poderia facilmente fazer isso na Amazon. Talvez ele não tenha computador. Talvez não queira ter. Ou talvez seja daquela espécie em extinção que sabe que, se quiser que as livrarias sobrevivam, precisam dar uma força.

Ao meio-dia uma mulher vestida em calças de combate e com boina na cabeça foi até o balcão carregando seis livros, incluindo dois seminovos, livros de arte caros em excelente estado. O total dos livros deu 38 libras; ela pediu um desconto, e, quando eu disse que ela podia levar tudo por 35 libras, ela respondeu:

– Não pode fazer por 30?

A minha fé na decência humana fica profundamente abalada quando os clientes – a quem é oferecido um desconto sobre produtos que já estão muito abaixo do valor original – se sentem no direito de pedir ainda mais trinta por cento de abatimento, por isso recusei-me a ceder. Ela pagou as 35 libras. A sugestão de Janet Street-Porter de que qualquer pessoa que esteja usando calças de combate deveria ser lançada à força de paraquedas em uma zona desmilitarizada passou a ter meu total apoio.

Faturamento total £274,09[2]

27 clientes

---

[2] Este valor não leva em conta nossas vendas online, a quantia que a Amazon deposita na conta da loja a cada quinze dias, uma média de 42 libras por dia. Desde 2001, quando comprei a loja, houve mudanças tectônicas no comércio de livros, às quais não tivemos escolha a não ser nos adaptar. Nessa época, as vendas online ainda estavam engatinhando, e a AbeBooks era a única empresa real para livros usados; a Amazon só vendia livros novos, então. Como a AbeBooks foi criada por livreiros, os custos foram mantidos o mais baixos possível. Foi um ótimo meio de vender livros mais caros – do tipo que provavelmente seria difícil vender na loja –, e, como havia relativamente poucos livreiros vendendo na época, foi possível conseguir preços muito bons. Agora, é claro, a Amazon consome tudo que aparece pelo caminho, inclusive a própria AbeBooks, assumindo seu controle em 2008, e o mercado online está saturado de livros, tanto físicos como eletrônicos. No entanto, não temos alternativa a não ser usar a Amazon e a AbeBooks, por meio das quais vendemos nosso estoque online, portanto é o que fazemos, relutantemente. A concorrência levou os preços a um ponto em que a venda de livros on-line ficou reduzida ou a um hobby ou a uma grande indústria dominada por grandes empresas com amplos depósitos e contratos postais com descontos significativos. As economias de escala tornam impossível às pequenas ou médias empresas competir. No centro de tudo está a Amazon, e, embora seja injusto atribuir à Amazon todos os infortúnios da indústria, não há dúvida de que ela mudou as coisas para todos. Jeff Bezos não registrou o nome de domínio "relentless.com" (implacável.com) sem motivo. O número total de clientes também pode ser ilusório – não representa o movimento, mas apenas o número de clientes que adquirem livros. Normalmente, o movimento é cerca de cinco vezes maior que o número de pessoas que compram. (N.T.)

QUINTA-FEIRA, 6 DE FEVEREIRO

Pedidos online: 6
Livros encontrados: 5

Nosso estoque online consiste em dez mil livros do nosso estoque total de 100 mil. Nós temos uma lista deles em um banco de dados chamado Monsoon, que faz o upload para a Amazon e para a AbeBooks. Hoje um cliente da Amazon enviou um e-mail sobre o livro *Why Is There Something Rather Than Nothing?* A reclamação dele era: "Ainda não recebi o livro. Por favor, resolvam essa questão. Ainda não escrevi nenhuma resenha sobre o serviço de vocês".

Essa ameaça velada é cada vez mais comum, graças ao feedback da Amazon, e clientes inescrupulosos costumam lançar mão dela para negociar reembolsos parciais e até totais quando recebem o livro que pediram. Esse livro foi postado na terça-feira e já deveria ter chegado, portanto ou o cliente está buscando um reembolso ou houve algum problema com o correio, o que é raro acontecer. Eu respondi, pedindo a ele para esperar até segunda-feira, quando então, caso o livro ainda não tenha chegado, nós o reembolsaremos.

Depois do almoço, examinei algumas caixas de livros de teologia que um ministro aposentado da Igreja da Escócia havia trazido na semana passada. Coleções sobre um mesmo assunto normalmente são desejáveis, já que, entre esses livros, é quase certo que haverá alguns itens raros de interesse para colecionadores, geralmente valiosos. Teologia talvez seja a única exceção a essa regra, o que ficou provado hoje; não havia nada significativo.

Depois que a loja fechou, às 17h, fui até a cooperativa para comprar alguma coisa para o jantar. De uns tempos para cá, apareceu um buraco no bolso da minha calça, mas eu me esqueço disso e insisto em guardar os trocados ali. Na hora de dormir, quando fui me trocar, encontrei 1,22 libras na minha bota esquerda.

Faturamento total £95,50
6 clientes

SEXTA-FEIRA, 7 DE FEVEREIRO

Pedidos online: 2
Livros encontrados: 2

O dia hoje foi lindo, ensolarado. Nicky chegou às 9h13, usando um macacão preto de esquiar que ela comprou em um bazar beneficente em Port William por 5 libras. Esse é o uniforme padrão dela entre os meses de novembro e abril. É um macacão acolchoado, próprio para esquiar na neve e que a faz parecer o Teletubby perdido. Durante esse período, ela choraminga de modo constante por causa da temperatura na loja, que, reconheço, é bem gelada. Ela dirige um micro-ônibus azul, que combina perfeitamente com seu estilo de vida de acumuladora. Todos os assentos foram removidos, e no lugar deles pode-se encontrar qualquer coisa, desde sacos de esterco até cadeiras de escritório quebradas. Ela deu à van o nome de Bluebell[3], mas eu a chamo de Bluebottle[4], uma vez que há um bocado delas dentro do veículo. Norrie (ex-funcionário que agora trabalha como marceneiro autônomo) veio às 9h da manhã para consertar um vazamento no telhado da Fox's Den[5], a casa de veraneio no jardim.

Ao longo desses últimos quinze anos, membros da equipe vieram e partiram, mas – até recentemente – sempre havia pelo menos um funcionário em período integral. Alguns foram esplêndidos, alguns diabólicos; quase todos continuam amigos. Nos primeiros anos, eu contratava estudantes para ajudar na loja aos sábados, quando os funcionários de período integral não gostavam de trabalhar, e, entre 2001 e 2008, as vendas cresceram de maneira constante e intensa, apesar da óbvia tendência de comprar pela internet. Então – depois que o Lehman Brothers[6] faliu em setembro desse ano – as vendas despencaram, e a situação voltou ao ponto de partida,

---

[3] Jacinto. (N.T.)
[4] Mosca-varejeira. (N.T.)
[5] Toca da raposa. (N.T.)
[6] Banco de investimento de Nova York. (N.T.)

como era em 2001, só que com despesas gerais que haviam aumentado consideravelmente durante esses tempos de fartura.

Norrie e eu construímos a Fox's Den há alguns anos, e durante a feira anual de Wigtown nós a usamos como local para eventos bem pequenos e esporádicos. No ano passado, o homem mais tatuado da Escócia deu uma palestra de vinte minutos sobre a história da tatuagem e tirou a roupa, ficando só de cueca, para ilustrar vários elementos à medida que falava. Uma senhora de idade, achando que ali era o banheiro, entrou inadvertidamente no final da palestra e deparou com ele ali de pé, em destaque, quase nu. Até hoje não tenho certeza se ela se recuperou.

Quando o homem estava saindo, Norrie e Nicky tiveram uma discussão acalorada da qual eu só peguei o final. Parecia ser sobre evolução, que é um dos assuntos preferidos de Nicky, e não é raro encontrar exemplares de *A origem das espécies* na seção de ficção, que ela coloca ali. Eu dou o troco colocando exemplares da Bíblia (que ela considera história) entre os romances.

Encontrei um livro intitulado *Gay Agony*, de um autor excêntrico chamado H.A. Manhood, enquanto eu folheava os livros de teologia trazidos pelo pastor aposentado. Ao que tudo indica, Manhood morava em um vagão de trem adaptado em Sussex.

Faturamento total £67

4 clientes

SÁBADO, 8 DE FEVEREIRO

Pedidos online: 4

Livros encontrados: 4

Hoje Nicky ficou tomando conta da loja para que eu pudesse viajar até Leeds para conhecer uma biblioteca particular com seiscentos livros sobre aviação. Anna e eu saímos da loja às 10h da manhã, e, quando estávamos saindo, Nicky aconselhou:

– Dê uma olhada nos livros, pense em um valor e divida por dois.

Ela também me disse que, quando o apocalipse acontecer e somente as testemunhas de Jeová restarem na terra (ou seja lá qual for a versão dela de apocalipse – eu não presto muita atenção quando ela começa com assuntos de religião), ela pretende ir à minha casa e pegar minhas coisas. Na verdade, toda vez que ela vai em casa ela fica olhando vários móveis e objetos, claramente com essa intenção.

Anna é minha namorada e é uma escritora americana doze anos mais nova que eu. Nós moramos no apartamento de quatro quartos na sobreloja, com um gato preto chamado Captain, que recebeu esse nome em homenagem ao capitão cego de *Under Milk Wood*. Anna trabalhou para a Nasa em Los Angeles e veio para Wigtown durante umas férias em 2008, para realizar uma ambição de trabalhar em uma livraria na Escócia, perto do mar. Houve uma atração imediata entre nós, e, pouco tempo depois de retornar para a Califórnia, ela decidiu voltar. Em 2012, sua história despertou o interesse de Anna Pasternak, uma jornalista que estava em Wigtown durante o Festival do Livro daquele ano, e ela escreveu um artigo a respeito para o *Daily Mail*. Pouco tempo depois, Anna recebeu uma proposta de um editor que queria que ela escrevesse um livro de memórias, e em 2013 seu primeiro livro, *Three Things You Need to Know About Rockets*[7], foi publicado pela Short Books. Apesar do sucesso literário, ela é uma "impressionista linguística" confessa, com tendência para reinventar uma linguagem que é ao mesmo tempo cativante e frustrante. Seu método de interpretar as palavras que ela escuta com os ouvidos semicerrados e repeti-las em uma versão que possui alguma semelhança com o original, porém com linhas borradas, resulta em uma combinação de palavras algumas vezes incompreensível, combinada com algumas em iídiche que ela aprendeu com a avó.

A senhora que está vendendo os livros sobre aviação telefonou na semana passada com certa urgência. Os livros pertenciam ao seu marido,

---

[7] Em tradução livre: "Três coisas que você precisa saber sobre foguetes". (N.T.)

que faleceu há um ano. Ela vendeu a casa e vai se mudar em março. Nós chegamos lá às 15h. Eu notei imediatamente que ela usava peruca, e também reparei nas castanhas-da-índia espalhadas perto das portas e janelas. Ela explicou que o marido morreu de câncer e que ela está se tratando da mesma doença. Os livros estavam em uma espécie de loft no topo de uma escadaria estreita. Demorou um pouco para chegarmos a um acordo sobre o valor, mas por fim concordamos em 750 libras por cerca de trezentos livros. Ela ficou contente por eu deixar o restante para trás. Se ao menos fosse sempre assim! Na maioria das vezes as pessoas querem se desfazer da coleção inteira, principalmente quando se trata de patrimônio de alguém que faleceu. Anna e eu carregamos catorze caixas para a van e fomos embora. A senhora pareceu ficar aliviada por finalmente conseguir se despedir do que claramente era a paixão de seu marido, algo que ela sabia que não seria fácil, apesar de não ter um interesse particular pelo assunto. Antes de sairmos, Anna perguntou a ela sobre as castanhas-da-índia nas portas e janelas, e logo ficou evidente que ela e Anna tinham pavor de aranhas. Aparentemente, as castanhas liberam uma substância que as repele.

Eu comprei a van (um Renault Trafic) há dois anos e já quase a fiz arriar até o chão. Mesmo nos percursos mais curtos, fica claro que as pessoas que me veem no carro me confundem com um carteiro.

Essa coleção sobre aviação continha o total de *22 histórias aeronáuticas*, de Putnam. É uma série sobre fabricantes de aeronaves e sobre tipos de aeronaves – Fokker, Hawker, Supermarine, Rocket Aircraft, e no passado foram vendidos consistentemente, tanto online como nas lojas, por entre 20 e 40 libras o volume. Então calculei meu preço sobre a suposição de que conseguiria vender os livros com relativa rapidez e recuperar o que gastei.

Muitas negociações de livros começam com alguém completamente desconhecido ligando e explicando que um familiar faleceu recentemente e que precisam se desfazer dos livros que pertenciam à pessoa. Compreensivelmente ainda estão de luto, e é quase impossível não se deixar levar pela tristeza. Examinar, folhear e separar os livros da pessoa que faleceu possibilita ter uma noção de quem a pessoa era, de seus interesses e, até certo ponto, de sua personalidade. Hoje, quando visito amigos, sou atraído por qualquer estante de livros que eu veja e presto atenção em tudo que possa revelar alguma coisa que eu não conhecia sobre eles. A minha estante de livros não é diferente; entre ficção moderna e os livros sobre arte e história escocesa que ocupam as prateleiras, podem ser encontrados um exemplar de *Talk Dirty Yiddish* e *Collectable Spoons of the Third Reich*[8] – o primeiro, um presente de Anna, e o segundo, de meu amigo Mike.

Anna e eu voltamos de Leeds pelo Ilkley Moor debaixo de chuva e chegamos por volta de 19h. Eu abri a porta para me deparar com pilhas de livros no chão, caixas por toda parte e dezenas de e-mails na caixa de entrada. Nicky parece ter uma espécie de gratificação sádica em deixar montanhas de livros e caixas espalhadas pela loja, provavelmente porque ela sabe como sou meticuloso com superfícies limpas e livres, principalmente o chão. Sendo ela uma pessoa desmazelada por natureza, deve achar o meu gosto por ordem e organização algo incomum e engraçado, então ela deliberadamente cria o caos na loja e depois me acusa de ter TOC[9] quando a repreendo por isso.

Faturamento total £77,50

7 clientes

SEGUNDA-FEIRA, 10 DE FEVEREIRO

Pedidos online: 8

Livros encontrados: 7

Entre os pedidos, havia um para o livro *Pebble Mill Good Meat Guide*.

Como enviamos um volume considerável de exemplares, temos um contrato com os Correios e, em vez de levarmos os pacotes ao balcão da

---

[8] Palavras chulas em iídiche e colheres colecionáveis do Terceiro Reich. (N.T.)

[9] TOC – Transtorno Obsessivo Compulsivo. (N.T.)

agência para Wilma, a agente postal, cuidar disso, nós os processamos online, e todos os dias ou Nicky ou eu levamos as encomendas para a sala dos fundos do correio, de onde são levados para a estação de triagem.

O correio de Wigtown, como tantas agências de correios rurais, faz parte de outra loja, e a nossa é uma banca de jornais e revistas/loja de brinquedos de um irlandês do norte chamado William. Qualquer que seja o oposto de uma disposição alegre, é o caso de William. No grau máximo. Ele nunca sorri e reclama de absolutamente tudo. Se ele está na loja quando levo as sacolas, eu sempre faço questão de dizer bom-dia para ele. Nas raras ocasiões em que ele se digna a responder, é infalivelmente "O que tem de bom, posso saber?". Ou, então, "Poderia ser um bom dia se eu não estivesse preso neste lugar horroroso". E sempre em tom de voz de quem está resmungando. Geralmente, quanto mais simpático e animado for o seu cumprimento, mais hostil será a resposta. Para que se tenha uma noção do poço de azedume humano que ele é, ele cola todas as revistas nas prateleiras com três camadas de fita adesiva, de modo que se torna impossível aos clientes folheá-las. Wilma, por sua vez, é o oposto. É alegre, amigável e brincalhona. O correio é de fato o centro da comunidade de Wigtown – todo mundo vai lá em algum momento durante a semana, e é onde se fica sabendo das fofocas e também onde os anúncios fúnebres são afixados.

Depois do almoço o rolo de papel do caixa acabou, então fui pegar outro, mas não tinha mais. Eu encomendei vinte rolos, que devem durar uns dois ou três anos. Com sorte, menos, se as vendas forem boas.

Dois novos assinantes para o Random Book Club hoje. O Random Book Club é um desdobramento da loja que eu abri há alguns anos, quando as vendas estavam fracas e o futuro parecia sombrio. Por 59 libras por ano, os assinantes recebem um livro por mês, mas não podem escolher o gênero, e o controle de qualidade depende inteiramente de mim. Eu sou extremamente criterioso com os livros do RBC que seleciono para serem embalados e enviados. Como os assinantes são claramente leitores inveterados, eu sempre tenho o cuidado de escolher livros que acredito que qualquer pessoa que adore ler pelo simples prazer da leitura irá gostar. Não há nada que exija grande conhecimento técnico para ser compreendido: um misto de ficção e não ficção, tendendo mais para não ficção, e um pouco de poesia. Entre os livros que separei para enviar este mês estão um exemplar de *Other Passports* de Clive James, *Prospero's Cell* de Lawrence Durrell, a biografia de Sartre de Iris Murdoch, *A Town Like Alice* de Neville Shute e um livro intitulado *100+ Principles of Genetics*. Todos os livros estão em bom estado, nenhum veio de biblioteca, e alguns – vários a cada ano – têm centenas de anos. Eu estimo que, se os membros decidissem vender os livros no eBay, eles ganhariam de volta o dinheiro que pagaram e ainda teriam lucro. Há um fórum no site, embora ninguém o use, que me dá uma noção do tipo de pessoas que acham a ideia interessante – pessoas que não gostam de grupos onde têm de interagir com outras pessoas. Talvez tenha sido por isso que eu tive a ideia – uma espécie de abordagem Groucho Marx. São cerca de cento e cinquenta membros, e, além de uma propaganda mínima na *Literary Review*, o único marketing que eu faço é em um site e uma página no Facebook, sendo que faz algum tempo que não atualizo nenhum dos dois. O boca a boca me parece ser a melhor forma de propaganda. Isso me poupou de dificuldades financeiras maiores durante um período muito difícil no comércio de livros.

Faturamento total £119,99
11 clientes

TERÇA-FEIRA, 11 DE FEVEREIRO

Pedidos online: 7
Livros encontrados: 5

Norrie ficou tomando conta da loja para que eu pudesse ir a um leilão em Dumfries, a cerca de oitenta quilômetros de distância. É uma venda geral, e é impossível prever o que você irá encontrar. No salão tem de tudo, desde *chaises-longues* até máquinas de lavar, candelabros, tapetes, porcelanas, joias e às vezes até automóveis. Eu comecei a frequentar para comprar livros, mas logo percebi que a maneira mais econômica de mobiliar o apartamento na sobreloja da livraria (que estava vazio quando comprei) era comprar os móveis no leilão, então, quando eu tinha funcionários em tempo integral na loja, eu ia até lá religiosamente, terça-feira sim, terça não, e escolhia barganhas, peças de mobília antiga muito mais bonitas e infinitamente mais baratas do que qualquer equivalente na Ikea[10]. Uma vez ou outra, eu voltava para casa com uma caixa de livros, mas o mais provável era que eu trouxesse uma escrivaninha georgiana, um esquilo de pelúcia, uma luminária ou uma poltrona de couro. Um dos frequentadores assíduos é um simpático tripulante de submarino aposentado chamado Angus. Ele e eu costumamos ficar juntos e observar os outros compradores. Ele tem um apelido para cada um dos frequentadores assíduos – Dave Chapéu, Bispo, e outros –, nenhum deles cruel, mas todos perfeitamente adequados. Hoje eu voltei com um par de esquis de madeira da Lillywhites, que será usado para compor a vitrine e depois vendido na loja. Atualmente, como não tenho mais condições de ter uma equipe em período integral, raramente vou ao leilão.

Quando Anna está por aqui, fazemos o possível para ir ao leilão, e sempre dou um jeito de encontrar alguém que fique na loja. Ela adora o leilão, mas tem o limite máximo de lance de 3 libras, o que significa que sempre volta com um monte de quinquilharias, e hoje não foi exceção – um cachorrinho corgi de latão, cinco dedais, um conjunto de chaves antigas e uma torradeira quebrada. Houve uma ocasião, porém, em que ela chegou a oferecer 15 libras por uma caixa de bijuterias na qual encontrou um anel que achou interessante. Ela o levou à Bonhams em um dia de avaliação grátis, e eles sugeriram que ela o deixasse lá em consignação. Foi vendido por 850 libras.

Há alguns anos, disponibilizo a sala de estar na sobreloja para uma aula de artes, um dia por semana. O professor é o artista local Davy Brown, e

---

[10] Rede de lojas de móveis. (N.T.)

as aulas acontecem todas as terças-feiras à tarde. As alunas são um grupo de dez ou doze senhoras aposentadas. Nesta época do ano, o apartamento é muito frio, então recomendei a Norrie que acendesse a lareira e ligasse o aquecedor uma hora antes de as senhoras chegarem, mas ele esqueceu. Uma delas quase precisou ser ressuscitada. Eu gostaria de ceder o espaço gratuitamente, mas elas têm a gentileza de me pagar o suficiente para cobrir os custos de aquecimento e um pouquinho mais.

Quando Anna e eu voltamos para a loja depois do leilão, notei que a vitrine do lado esquerdo estava completamente inundada (há duas vitrines, uma de cada lado da entrada da loja, que usamos para expor livros temáticos). Sempre houve goteiras ali, mas não desse jeito. Retirei todos os livros encharcados e os joguei fora. Agora, no lugar dos livros, a vitrine contém seis canecas, uma toalha e uma panela para recolher as gotas de água. Todos os anos tem alguma coisa no apartamento ou na loja que requer reparo, e isso acontece invariavelmente no inverno, quando o tempo está implacável, e os caixas, mais vazios. Tento reservar cerca de 7 mil libras por ano para fazer a manutenção do telhado e conservar as paredes em pé, e até agora é mais ou menos isso que tem custado.

Eliot – diretor da Feira de Livros de Wigtown – chegou às 19h. Do último fim de semana de setembro ao primeiro fim de semana de outubro, é realizado em Wigtown um festival literário. Quando comprei a loja, o festival consistia em pequenos eventos, com um público reduzido, a maioria moradores locais, mas desde então cresceu para um acontecimento grandioso, com trezentas marquises e mais de duzentos eventos, que incluem personalidades culturais de vários lugares. É um evento extraordinário, e agora – desde o início modesto, administrado por um grupo de voluntários – tem um escritório com cinco funcionários pagos e um público de milhares de pessoas, que vêm de todas as partes do mundo. Eliot era jornalista, e dos bons. Mudou-se para Wigtown há alguns anos, e logo ficou evidente que ele era a pessoa ideal para administrar a feira de livros, então encontrou-se dinheiro para pagá-lo e criou-se uma posição assalariada para ele. Ele tornou-se um bom amigo, e sou padrinho de seu segundo filho. No momento, infelizmente, ele mora em Londres e nos vemos bem menos do que eu gostaria, mas, quando ele vem para as reuniões da Festival Company em Wigtown, ele fica hospedado em minha casa. Como sempre, assim que chegou ele tirou os sapatos e os deixou no chão, e, claro como sempre, em dez minutos tropecei neles.

Faturamento total £5
1 cliente

QUARTA-FEIRA, 12 DE FEVEREIRO

Pedidos online: 15
Livros encontrados: 14

Dia frio, sombrio e triste hoje; chuva persistente, o dia todo. Eliot estava no banho entre 8h15 e 9h, por isso não consegui escovar os dentes nem me lavar antes de abrir a loja.

Em contraste com o tempo, Nicky estava irritantemente alegre e animada o dia todo. Falamos sobre fazer uma lista de livros para a Fulfilled By Amazon, um serviço oferecido pela Amazon no qual listamos e etiquetamos livros em nossa base de dados e depois os enviamos para o depósito deles em Dunfermline, onde são armazenados até que um cliente os solicite. Os funcionários da Amazon selecionam os livros e os embalam à medida que recebem os pedidos. Isso resolve o problema de falta de espaço na loja e é particularmente útil quando chega na loja uma coleção sobre um assunto que não vende muito. Nicky se recusa veementemente a mandar os livros para a FBA, com base em uma série de julgamentos questionáveis que se perdem nas áreas da moralidade e outros campos irrelevantes da filosofia. Não entendo totalmente, nem mesmo em parte, por que Nicky se opõe tão fortemente à FBA, a não ser por se se tratar de algo relacionado à Amazon, por meio da qual já vendemos parte dos nossos livros. Muitos poucos livreiros têm uma opinião positiva sobre a Amazon, mas infelizmente é a única loja da cidade em matéria de vendas online. Já desisti de tentar argumentar com ela: ela meneia a cabeça concordando com minhas sugestões e solicitações, e depois ignora por completo tudo o que eu disse.

Nós passamos parte da manhã montando uma vitrine com tema das Olimpíadas de Inverno, na vitrine que não tem goteiras, usando o par de esquis de madeira da década de 1920 da Lillywhites que comprei no leilão ontem. A outra vitrine ainda está cheia de vasilhas e panelas para coletar os pingos de água.

Na hora do almoço, Anna e eu fomos até Newton Stewart, de onde ela pegou o ônibus para Dumfries e de lá o trem para Londres.

Às 14h chegou à loja um homem com um bigode estilo Carlitos, trazendo duas caixas de livros sobre arte e cinema. Ele se interessou por alguns livros da loja, então chegamos a um acordo de 30 libras pelos livros que ele havia trazido. Esta é uma ocorrência praticamente diária e é uma das maneiras de adquirirmos estoque, além dos livros e coleções dos quais as pessoas se desfazem. Quase todos os dias aparece pelo menos uma pessoa querendo vender livros, e cerca de cem livros por dia entram na loja dessa maneira. Normalmente, nós rejeitamos mais ou menos setenta por cento deles, mas na maior parte das vezes a pessoa que traz os livros quer vender todos. Isto gera um problema, porque a loja fica cheia de caixas de livros que não nos interessam. Nós costumamos pagar em espécie pelos livros, já que em geral não são valores que requeiram preencher um cheque. Para estas transações, temos um elegante livro-razão vitoriano no qual o vendedor preenche seu nome, endereço e valor, para nosso controle e balanço.

Certa vez, não muito tempo depois que comprei a loja, um rapaz que estava de mudança para o Canadá trouxe várias caixas de livros para vender. Quando pedi a ele que assinasse o livro-caixa, ele escreveu "Tom Jones". Dei risada e contei a ele sobre alguns outros nomes que eram claramente inventados, mas que ele era o primeiro a usar Tom Jones, ao que ele respondeu "Não é incomum", e depois foi embora. Quando comecei a colocar preço nos livros, reparei que, na última folha de cada um deles, estava escrito a caneta "Tom Jones". O gosto dele por livros era muito semelhante ao meu, embora houvesse ali alguns que eu ainda não tinha lido. Presumindo que gostaria, escolhi uma meia dúzia e os separei para ler depois. Um deles era *The Ascent of Rum Doodle*, uma paródia clássica de W.E. Bowman sobre a escalada da literatura.

Faturamento total £104,90

8 clientes

QUINTA-FEIRA, 13 DE FEVEREIRO

Pedidos online: 4

Livros encontrados: 4

Eliot partiu para Londres às 14h.

Uma moça e sua mãe passaram a maior parte da tarde na loja. A mãe estava bem preparada para o frio, mas a filha parecia alheia à temperatura congelante. Ela tagarelava alegremente enquanto pagava e me disse que seu nome era Lauren McQuistin e que estava treinando para ser cantora lírica. Ela me pareceu vagamente familiar, devo tê-la visto antes em algum lugar. Ela comprou uma pilha impressionante de material intelectual e sugeriu que eu lesse *Any Human Heart*. Possivelmente, um dos livros mais recomendados que fui aconselhado a ler seja *Any Human Heart*, de William Boyd. Tenho uma tendência a evitar tudo o que me recomendam, preferindo imaginar ingenuamente que cavarei minha própria mina de ouro literária, mas o entusiasmo dela era tão contagiante que depois do jantar acendi a lareira e comecei a lê-lo. Na hora de dormir já estava completamente envolvido com a leitura.

Faturamento total £13

2 clientes

SEXTA-FEIRA, 14 DE FEVEREIRO

Pedidos online: 4
Livros encontrados: 4

Se existe alguém que pode ser considerado uma instituição de Wigtown, esse alguém é Vincent. Ele está aqui desde que qualquer um pode se lembrar, embora tenha passado a infância no Clyde. É uma pessoa de quem todo mundo gosta, um sujeito interessante e travesso. Há rumores de que estudou em Cambridge, mas até onde eu sei ninguém conseguiu comprovar isso. Deve ter oitenta e poucos anos, mas ainda trabalha bastante, mais do que qualquer um de seus mecânicos.

A oficina de Vincent já foi uma concessionária da Renault, onde ele vendia carros novos. Na verdade, o showroom antigo ainda está lá, com a marca Renault desbotada e rachada, mas agora, em vez dos automóveis novos e reluzentes, sua frota consiste em veículos que, para dizer a verdade, já viram dias melhores. Certa vez, durante a visita de um amigo botânico, nós fomos até lá para abastecer a van com diesel. Meu amigo saltou entusiasmado para fora da van e foi até um dos carros da frota de Vincent, que está estacionado do lado de fora do showroom com os quatro pneus vazios desde que voltei para Wigtown. Ele apontou para uma folhagem que crescia por entre o volante e a identificou como algo bastante raro.

Depois do almoço, fui até uma fazenda perto de Stranraer para avaliar alguns livros de um inventário. Fui recebido por um fazendeiro taciturno com boina de tweed que me instruiu a segui-lo em seu quadriciclo, todo completo, inclusive com um coitado de um *collie* empoleirado na traseira, latindo para a van o tempo inteiro. Logo chegamos a uma casa de aparência desoladora, ao pé de uma encosta lamacenta, um cenário piorado pela incessante chuva horizontal.

Entramos, e ele me explicou que a casa tinha pertencido a seu tio e tia. A tia havia falecido cinco anos antes, e o tio, dois anos antes. Era evidente que nada havia sido tocado desde então, provavelmente nos cinco anos desde que a tia morrera. Um gato de aparência solitária estava deitado sobre um cobertor em cima de um aquecedor junto à janela, olhando para os campos alagados. O fazendeiro ia lá todos os dias para limpar a areia e pôr comida para ele. Tudo estava coberto de poeira e pelos de gato. Havia cerca de 2 mil livros, amontoados em todos os cantos e recantos, incluindo uma pilha em cada degrau da escada. A tia era leitora de L.M. Montgomery, Star Trek, Agatha Christie, Folio Society e uma porção de livros infantis. A maioria eram brochuras em condições não muito boas, em parte graças ao gato. Avaliei tudo em 300 libras, e ele perguntou se eu compraria depois que ele conversasse com a família. Eu disse a ele que sim, mas que muita coisa ali teria de ser jogada fora. Ele respondeu que, se decidisse me vender os livros, seria com a condição de eu levar o lote todo.

Quando voltei para a loja às 15h, fui imediatamente abordado por um cliente que marchou até o balcão sem nenhuma delicadeza e dardejou:

– Marcações de ouro.

Eu reprimi um suspiro e expliquei onde era a seção de joias.

Faturamento total £307,50
4 clientes

SÁBADO, 15 DE FEVEREIRO

Pedidos online: 6
Livros encontrados: 6

Mais um dia horroroso, que não melhorou às 9h10, quando o telefone tocou.

– Que desgraça dos infernos… Não sei como você tem coragem de se dizer livreiro, mandando essa porcaria… – E o homem continuou por essa linha por vários minutos.

Quando tive chance de perguntar, ficou claro que ele tinha encomendado um livro de uma loja com um nome similar (não incomum, como Tom Jones tão sabiamente observava), e não gostou nada do estado do livro. Quando expliquei que ele havia ligado para a loja errada e que o livro não era nosso, ele me disse que "aquilo não iria ficar assim" e desligou.

Uma mulher vestindo o que parecia ser um saco de dormir com uma abertura em cima para a cabeça e outra embaixo para os pés queixou-se da temperatura gelada na loja. A loja é velha, fria e um pouco desconexa. Fica na avenida principal de Wigtown, com ampla fachada de granito, e no início do século 19 foi a moradia de um homem chamado George McHaffie. Ele era uma espécie de reitor da cidade e reconstruiu a propriedade no estilo georgiano, que é mantido até hoje. Todo o andar térreo é agora ocupado pela livraria, e na última contagem havia aproximadamente 100 mil volumes. Nos últimos quinze anos nós substituímos todas as prateleiras e fizemos uma pequena reforma, tanto estrutural como estética. Os clientes costumam se referir à loja como "caverna de Aladim" ou "labirinto". Removi as portas internas para encorajar os clientes a explorar mais a loja, mas isto, mais o fato de tratar-se de uma casa grande e antiga sem um sistema adequado de aquecimento, muitas vezes gera comentários não muito lisonjeiros dos clientes sobre a temperatura.

Faturamento total £336,01
8 clientes

SEGUNDA-FEIRA, 17 DE FEVEREIRO

Pedidos online: 9
Livros encontrados: 8

A chuva torrencial continua. Um cliente idoso elogiou a vitrine, confundindo os potes, panelas e canecas (que estão lá para coletar os pingos das goteiras) com uma vitrine temática de culinária.

Não vejo o gato desde sábado. Anna acha que ele está sendo intimidado por um gato rival que vem à noite para roubar a ração dele. De fato, a ração está sendo consumida além do habitual, e sente-se um cheiro de urina de gato por ali, sendo que o Captain não urina pela casa.

Nesta manhã, quando eu estava examinando umas caixas do nosso antigo depósito, encontrei um livro assinado por *sir* Walter Scott. Pertencia a uma coleção que comprei de um castelo em Ayrshire. Guardei tudo em caixas e por alguns meses me esqueci completamente delas. É sempre emocionante saber que você está manuseando um livro que alguém cujo gênio literário se destaca há mais de duzentos anos segurou nas mãos. O melhor mercado para este tipo de produto não é a loja, e normalmente eles acabam no eBay ou são enviados para a Lyon & Turnbull, uma casa de leilões que costuma pagar bem pelos livros que deixo em consignação. Vou tentar vender este no eBay por 200 libras, e, se não conseguir, posso mandar para a L&T.

Nosso depósito é uma construção no jardim, com um cômodo revestido de prateleiras e um pequeno escritório com banheiro. Ainda funciona como depósito, mas atualmente nós o usamos para armazenar caixas de livros quando não temos espaço na loja. Nós o construímos (em 2006) para expandir nosso estoque e vendas online. Esse ramo do negócio tinha um funcionário em período integral, inicialmente Norrie, depois um amigo da cidadezinha vizinha de Bladnoch, cujo trabalho consistia em listar os novos estoques, atender pedidos e dar informações quando solicitadas. Por algum tempo parecia que seria lucrativo, mas, à medida que a concorrência cresceu no mercado online, os preços caíram, e em 2012 ficou evidente que não renderia dinheiro suficiente nem para pagar os salários, então, com certa relutância, tive de dispensar o último membro restante da equipe de período integral e enviar o estoque para um amigo em Grimsby que tinha um sistema operacional mais eficaz. Antes de fazer isso, porém, examinei tudo em busca de material que pudesse melhorar a qualidade do estoque da loja, encaixotei e transferi para a loja. E a dedicatória de sir Walter Scott estava entre esses livros. Hoje em dia, tudo o que compramos (com exceção do estoque FBA) fica na loja, e, se houver um livro que valha a pena colocar online, ou Nicky ou eu o cadastramos. A única desvantagem desse sistema é que os clientes tendem a mudar os livros de lugar, e às vezes não conseguimos encontrar o que queremos para atender os pedidos.

Embora Scott já fosse bem conhecido quando escreveu a dedicatória nesse livro (para Mary Stewart), foi seis anos antes de *Waverley* ser publicado e seu nome tornar-se famoso. Dedicatórias e exemplares de apresentação também levantam a questão da identidade da pessoa a quem o livro foi dedicado; talvez Stuart Kelly, um bom amigo e autor de *Scott-land: The Man Who Invented a Nation*, tenha alguma ideia.

Às 11h o telefone tocou. Era uma mulher do País de Gales que liga de tempos em tempos. Ela tem a voz mais depressiva que já ouvi e sempre pede livros de teologia do século 18. Quando leio para ela a lista de livros que temos no estoque, ela invariavelmente responde:

– Ah, que pena...

Faz vários anos que ela liga, com um intervalo de alguns meses. No início, eu lia a lista de títulos para ela para ver se algum lhe interessava, mas, depois de anos recebendo aquela reação negativa, desisti e agora simplesmente invento títulos.

O fazendeiro de Stranraer ligou e ofereceu a coleção de livros, com a condição de que eu comprasse tudo. É uma decisão difícil, já que há ali uma quantidade considerável de material inútil, a casa está em um estado deplorável, e muitos dos livros estão em locais inacessíveis. Não só demora mais tempo para pegar tudo, como também minhas costas estão fracas e doloridas. Contorcer-me em recantos apertados está se tornando cada vez mais problemático, mas eu disse a ele que sim e combinei para ir buscar os livros na próxima terça-feira.

Faturamento total £282,90
21 clientes

TERÇA-FEIRA, 18 DE FEVEREIRO

Pedidos online: 5
Livros encontrados: 3

Um dos pedidos online hoje foi sobre uma reserva natural no Zimbábue chamada *Wankie*.

Nesta manhã recebi uma mensagem da Amazon me informando que nosso desempenho online caiu de Bom para Razoável e que, se não melhorar, eles irão suspender minha conta. Um dos principais prazeres de ser autônomo é não ter de obedecer às ordens de um chefe. À medida que a Amazon avança com sua cruzada de "loja de tudo", ela vai, lenta porém certamente, se tornando a chefe dos autônomos no varejo. Terei de recrutar mais membros para o Random Book Club para poder me libertar dos grilhões cada vez mais restritivos da Amazon. As classificações de desempenho são baseadas em vários fatores, incluindo índice de erro nos pedidos, índice de cancelamento, índice de atraso no envio, violações de políticas e tempo de resposta do contato. Não são métricas fáceis de seguir, então tendo a ignorá-las até que me enviem um e-mail comunicando que há algum problema.

Uma família de quatro entrou na loja às 12h30. Cada um comprou um livro, e cada um deu uma resposta diferente à pergunta:

– Gostaria de uma sacola?

Mãe – Ah, tudo bem.
Pai – Não.
Filho 1 – Sim.
Filho 2 – Se você tiver...

Às 13h Carol Crawford apareceu. Eu gosto de estocar alguns livros novos, cerca de cento e cinquenta títulos que compramos da Booksource, uma distribuidora de livros predominantemente escoceses. Carol é uma das representantes de vendas deles. É uma mulher encantadora, e nós sempre batemos papo sobre várias coisas antes de chegar ao assunto dos livros. O filho dela, que era um menino pequeno quando ela começou a vir à loja, agora está na universidade. Até o ano passado ela vinha munida de pastas contendo *folders* de capas de livros dentro de plásticos e formulários de pedidos. Agora ela traz apenas um iPad. Ela vem cerca de quatro vezes por ano, e decidir o que comprar é um negócio complicado, particularmente porque os clientes já não veem o preço de capa de um livro novo como o que deveriam pagar. Amazon e Waterstones acabaram com isso, então novamente estou na posição em que – caso eu decida fazer isso – provavelmente poderia comprar o estoque que compro da Booksource pagando mais barato na Amazon do que na distribuidora. Pedi dois ou três exemplares de cerca de quarenta títulos novos da lista dela, especialmente de relevância local ou escritos por pessoas que conheço.

Em 1899, as editoras mais poderosas do Reino Unido concordaram em abastecer as livrarias com a condição de que os livros fossem vendidos pelo preço de capa e sem desconto. Qualquer violação dessa condição resultaria no cancelamento de fornecimento de livros. Isso ficou conhecido como Net Book Agreement (NBA). O sistema funcionou bem para todo mundo até 1991, quando surgiram as cadeias de lojas Dillons e Waterstones, superando as pequenas independentes. Elas rapidamente perceberam que podiam contornar o NBA com uma cláusula que isentava livros danificados. Usando uma caneta marcadora, eles desenhavam um X nas bordas dos livros sobre os quais queriam desconto. De vez em quando ainda me deparo com um desses quando estou comprando. Seguiram-se desentendimentos acirrados entre as editoras e as grandes cadeias de lojas, culminando em uma decisão do Office of Fair Trading que declarou o NBA ilegal em 1997.

Um dos benefícios do NBA foi criar uma estabilidade financeira no mercado que possibilitou às editoras publicar livros que talvez tivessem mais valor cultural do que comercial. Sem o acordo, as editoras não se sentem em posição de correr esses riscos, e consequentemente, embora o número de livros impressos no Reino Unido cresça a cada ano, o número de títulos diminuiu: uma tiragem maior de menos livros. O mercado de livros agora é controlado não pelas editoras, mas pelos compradores da Waterstones e Tesco e outros "monopólios", como Orwell teria chamado.

O cheiro de xixi de gato está ficando mais forte.

Faturamento total £111,50

12 clientes

QUARTA-FEIRA, 19 DE FEVEREIRO

Pedidos online: 8
Livros encontrados: 5

Finalmente, um dia sem chuva. A maior parte do dia foi dedicada a embalar livros para o Random Book Club e a tentar contornar o sistema neolítico dos correios. Como a agência de Wigtown não abre às quartas-feiras no período da tarde, terei de ir amanhã de manhã falar com Wilma e perguntar se ela pode mandar o carteiro vir buscar seis sacolas de pacotes.

Nesta manhã, cadastrei no eBay o livro autografado por *sir* Walter Scott. Não vale a pena cadastrar na Amazon nem na AbeBooks. Embora a AbeBooks tenha uma seção de "Livros Autografados", este em particular não é um livro de autoria de Scott, portanto nunca seria encontrado em uma busca.

Quatro senhoras idosas entraram na loja às 10h30. Eu estava ao computador, de costas para elas, mas ouvi-as especulando sobre onde estariam os livros de artesanato. Depois de um breve debate, uma delas me avistou no canto e disse para as outras:

– Por que não perguntamos à moça?

Norrie acha que sabe por onde a água está entrando e inundando a vitrine e ofereceu-se para consertar as goteiras.

Eu cheguei na parte de *Any Human Heart* em que o filho de Logan decide dar à sua banda o nome de Dead Souls[11] e Logan reage com uma gargalhada e diz a ele que Nikolai Gógol escreveu um livro com o mesmo nome. Eu não fazia a menor ideia disso e me senti tão pateta quanto o filho de Logan. Será o próximo livro que lerei.

Faturamento total £24
4 clientes

---

[11] "Almas mortas" (N.R.)

QUINTA-FEIRA, 20 DE FEVEREIRO

Pedidos online: 6
Livros encontrados: 6

Nicky entrou às 9h15 (quinze minutos atrasada), olhou para o relógio e disse:

– Ah, esse relógio está certo? – E jogou a bolsa, o gorro e o casaco no chão, no meio da loja, e subiu para ir ao banheiro e preparar uma xícara de chá.

Faturamento total £88
7 clientes

SEXTA-FEIRA, 21 DE FEVEREIRO

Pedidos online: 5
Livros encontrados: 5

Os pedidos online de hoje incluem um dos títulos mais enfadonhos que já vi: *British Transport Film Library Catalog since 1966*. Inclui filmes fascinantes como *AC Electric Locomotive Drivers' Procedures*, *Service for Southend* e *Snowdrift at Bleath Gill*. Apesar da visão popular de que os livros sobre trens são extremamente monótonos (a fama dos fãs de trens como comedores de sanduíche de banana, vestidos com seus anoraques, é provavelmente em parte responsável por isso), eles estão entre os livros mais vendidos da loja. Invariavelmente, são comprados por homens e, na maioria das vezes, homens com barba. Normalmente estão entre os clientes mais simpáticos da loja, possivelmente porque ficam entusiasmados ao ver o tamanho da seção de livros sobre trens, que costuma ter por volta de dois mil livros.

Uma cliente usando Crocs amarelos perguntou onde ficavam os parquímetros em Wigtown. Quando expliquei que não havia nenhum e que não havia restrições para estacionar, ela ficou boquiaberta e comentou:

– Meu Deus, isso é maravilhoso. É como se este lugar estivesse preso em um túnel do tempo de cinquenta anos atrás.

Eu tranquei a portinhola do gato ontem à noite quando o Captain entrou. Nenhum cheiro de urina de gato nesta manhã. Anna pode estar certa sobre o indesejado gato visitante.

Faturamento total £24,50

1 cliente

SÁBADO, 22 DE FEVEREIRO

Pedidos online: 4

Livros encontrados: 4

O primeiro telefonema do dia foi da senhora Phillips, que mora perto de Dumfries:

– Tenho noventa e três anos e sou cega, você sabe.

Fui avaliar seus livros há cerca de dois anos – coleção interessante em uma casa muito bonita. Quando cheguei, descobri que ela havia feito almoço para mim e para seu neto, que a estava visitando. Eu já tinha comido – um sanduíche seco com um recheio não identificável comprado no posto de gasolina em Newton Stewart –, mas não queria recusar, já que ela havia tido o trabalho. Era camarão em aspic. Hoje ela ligou para pedir um livro, Babar, para sua bisneta. Ela é uma dos poucos clientes que ainda encomendam livros na loja, em vez de comprar online na Amazon.

Uma seguidora da loja no Facebook veio comprar livros hoje. Ela e o namorado querem se mudar para cá, e a ouvi sussurrando:

– Não diga nenhuma bobagem, porque ele posta no Facebook.

Vou escrever algo maldoso sobre ela mais tarde. Quando abri a conta do Facebook para a loja, há quatro anos, dei uma olhada em outras livrarias que tinham feito o mesmo. O conteúdo de todas me pareceu muito fraco e não transmitia realmente todo o horror ou a deliciosa alegria de trabalhar em uma livraria, então assumi um risco calculado e decidi destacar o comportamento do cliente, particularmente as perguntas estúpidas e os comentários rudes. Aparentemente funcionou, e quem segue a loja parece ficar mais satisfeito quanto mais ofensivo eu sou com os clientes. Recentemente verifiquei quem está me seguindo, e tem um número significativo de livrarias na lista.

Faturamento total £227,45

14 clientes

SEGUNDA-FEIRA, 24 DE FEVEREIRO

Pedidos online: 3

Livros encontrados: 3

O dia estava depressivamente chuvoso quando acordei, mas por volta das 9h30 o sol apareceu. Os construtores poloneses chegaram para remover a cerca viva e substituí-la por um novo muro de pedra. Depois de cortar a cerca viva, eles decidiram atear fogo nela, cobrindo a maior parte da cidade com uma fumaça densa e ácida. Durante grande parte do dia, pude ver as pessoas passando pela porta da loja cambaleando, tossindo e praguejando.

Faturamento total £277

16 clientes

TERÇA-FEIRA, 25 DE FEVEREIRO

Pedidos online: 4
Livros encontrados: 4

Sandy, o homem mais tatuado da Escócia, trouxe algumas bengalas que ele mesmo fez. Temos um acordo no qual ele recebe 6 libras de crédito na loja para cada bengala que me trouxer. Depois vendo as bengalas por 10 libras cada. Elas vendem bem – cerca de uma ou duas por semana –, e ele acrescenta uma etiqueta informando o tipo de madeira usada e mais um ou dois dados interessantes sobre a bengala. Seus livros preferidos são principalmente sobre folclore escocês e história antiga. Ele é pagão e mora perto de Stranraer, mas vem uma vez a cada duas semanas com um amigo e aproveita a vinda a Wigtown para almoçar ou tomar um café e dar uma olhada nas lojas. É incrivelmente afável, sempre simpático e invariavelmente tem algo interessante a dizer. O melhor de tudo é que ele adora provocar Nicky.

Ao meio-dia fiz um sanduíche, e Anna e eu partimos na van com cerca de cinquenta caixas de papelão para a velha casa de fazenda perto de Stranraer. O fazendeiro grisalho com sua boina de tweed nos encontrou novamente e nos levou até a casa onde o casal de tios havia morado. Estava ainda mais suja do que me lembrava. Anna e eu começamos a encaixotar os livros e levá-los para a van. O gato solitário emitia um "miau" rouco cada vez que passávamos por ele, depois retomava seu olhar melancólico para os campos inundados e pontilhados de cabeças de gado com as costas sob a chuva forte.

Como costuma acontecer quando mexemos em livros que estão no mesmo lugar há muito tempo, quando terminamos, estávamos totalmente cobertos de poeira e pelos de gato – uma faceta da refinada arte de vender livros que as pessoas raramente imaginam. Paguei o fazendeiro, e saímos pela estrada esburacada, a van rangendo lentamente com o peso da carga.

A experiência de recolher bens de uma pessoa falecida é familiar para a maioria das pessoas no comércio de livros usados, e a experiência vai deixando você insensível aos poucos, exceto em situações como essa, em que o casal não tem filhos. Por alguma razão, as fotos na parede – o marido em seu elegante uniforme da RAF[12], a esposa quando jovem passeando em Paris – despertaram uma espécie de melancolia que não existe quando os casais deixam filhos. Desmantelar aquela coleção de livros pareceu ser o ato final de destruição de suas memórias – você é responsável por eliminar a última evidência de quem eles foram. A coleção de livros dessa mulher foi um registro de sua história: seus interesses, uma marca muito semelhante ao que seria uma herança genética. Talvez seja por isso que o sobrinho esperou tanto tempo antes de nos pedir para pegarmos os livros, da mesma forma como as pessoas que perdem um filho muitas vezes não conseguem tirar nada de seu quarto por anos.

Faturamento total £124
9 clientes

QUARTA-FEIRA, 26 DE FEVEREIRO

Pedidos online: 4
Livros encontrados: 4

Nesta manhã, um cliente pediu livros de Nigel Tranter, claramente convicto de que não teríamos um exemplar. Eu o encaminhei para a sala escocesa, onde fica quase toda a obra de Tranter, inclusive seu material arquitetônico. Poucos minutos depois, ele saiu apressado da loja, tentando não ser notado. Algumas pessoas só querem que você saiba quais são seus hábitos de leitura e não têm intenção de comprar nada.

Uma mulher inacreditavelmente arrogante telefonou exigindo a cama do mezanino para todo o período do festival do livro. A cama do mezanino é um espaço que construímos no ano passado na loja, em parte

---

[12] Força Aérea Real. (N.T.)

como homenagem à livraria Shakespeare & Co., em Paris, em parte como estratégia publicitária e também para ter uma cama extra, que pode ser ocasionalmente necessária. Quando eu disse a ela que era improvável que participássemos da feira neste ano, ela pareceu não querer entender e continuou insistindo que precisava, pelo menos, para a noite de 29 de setembro. Não demorou muito para que a conversa tomasse um rumo assustador com as preocupantes palavras "Eu tenho um motivo para isso... quero falar com você e Anna".

Afinal, revelou-se que ela escreveu uma autobiografia intitulada *No, I Am Not Going on the Seesaw*. A conversa foi cheia de referências às pessoas que ela conhece no mercado editorial ("Não estou pensando em autopromoção, você sabe"), sua insistência em encontrar seu próprio revisor ("Eu tenho autoridade para dizer que a maioria dos revisores é incompetente.") e pausas dramáticas as quais ela claramente acha que causam boa impressão.

Ela falou, de novo e demoradamente, sobre como achava que deveria fazer parte do programa do festival de 2015. Ela nunca, jamais fará parte do festival.

Terminei de ler *Any Human Heart*. Absolutamente adorei! Comecei a ler *Almas Mortas* de Gógol. Tínhamos uma cópia na seção Black Penguin Classics.

Faturamento total £66
7 clientes

QUINTA-FEIRA, 27 DE FEVEREIRO

Pedidos online: 4
Livros encontrados: 1

Seguindo o conselho de minha irmã, olhei no TripAdvisor para ver se alguém tinha avaliado a loja. Havia nove comentários, dois deles criticando a qualidade da comida, sendo que não servimos comida. Nunca servimos comida. Outros dois reclamavam que a loja "não era tão grande" como esperavam.

Inspirado, escrevi um comentário ridículo elogiando a impressionante beleza do proprietário, a simpatia, o charme, o perfume fascinante, o estoque maravilhoso, a atmosfera agradável e uma ladainha de outros elogios duvidosos. Em pouco tempo, ele foi removido e recebi um e-mail ameaçador do TripAdvisor me alertando para não fazer isso novamente. Entrei no site deles na mesma hora e escrevi outro comentário incentivando os seguidores da loja no Facebook a fazerem o mesmo.

Depois do almoço, verifiquei o eBay e descobri que o livro autografado por *sir* Walter Scott foi vendido por 250 libras, então enviei um e-mail ao vencedor do leilão e enviei-lhe uma fatura. É fácil não perceber coisas como autógrafos ou inscrições importantes em livros quando se está comprando, mas acontece também quando se está vendendo. Certa vez, pouco depois de comprar a loja, comprei, sem ver, dez caixas de livros de outro vendedor, um homem chamado David McNaughton, que estava no ramo de livros havia quase quarenta anos. Ele queria 10 libras por caixa e me garantiu que era um estoque razoável. Com base nas negociações que já tinha feito com ele, não havia razão para duvidar disso. O que eu realmente não esperava, porém, era encontrar um livro com uma dedicatória de Florence Nightingale para uma de suas enfermeiras.

Era um título de Charles Kingsley – não me lembro qual. Florence Nightingale gostava de autografar livros e presentear os amigos e, por isso, há bastante deles com autógrafo por aí, mas ainda assim rendeu 300 libras no eBay. Uma enfermeira do Missouri o comprou. Mandei uma caixa de vinhos para David e contei-lhe o que tinha acontecido. Infelizmente, ele morreu há alguns anos. Ele estava entre os últimos de uma geração que agora pode ser vista como de livreiros tradicionais. Antes de existirem Amazon e AbeBooks – sites onde se pode consultar os preços muito rapidamente –, os livreiros precisavam adquirir e possuir todas essas informações, e David era uma fonte de informações biográficas, bibliográficas e literárias. Agora, esse conhecimento – acumulado ao longo de uma vida, que foi tão valorizado e com o qual se podia levar uma boa vida – é quase inútil. Aqueles vendedores que podiam dizer a data, editora, autor e valor de um livro só de olhar são muito poucos e raros de se encontrar. Ainda conheço um ou dois deles, e estão entre as pessoas que mais admiro no ramo. Sem exceção, todos aqueles que encontrei e com quem fiz negócios – que agora parecem pertencer a uma era antiga de venda de livros – eram honestos e decentes.

Vi um gato de rua na sala escocesa quando eu estava fechando.

Ele miou e saltou pela portinhola do gato enquanto eu o perseguia.

Faturamento total £11

3 clientes

SEXTA-FEIRA, 28 DE FEVEREIRO

Pedidos online: 6

Livros encontrados: 6

Sara Maitland trouxe três caixas de livros de sua biblioteca pessoal para vender. Nós conversamos sobre um de seus livros mais conhecidos, *A Book of Silence*, e sobre a possibilidade de ela fazer um evento no Hogmanay: talvez uma caminhada silenciosa seguida de uma palestra sobre a importância do silêncio. Sara mora nas proximidades, no alto da colina atrás de New Luce, e é uma visitante ocasional da loja. É sempre um prazer recebê-la.

Nesta manhã fui ao Callum para pegar trinta caixas que ele estava guardando em sua garagem. Trata-se basicamente de uma coleção de 500 livros sobre golfe, dos quais venho tentando me livrar há mais de um ano. Callum é um amigo próximo; eu o conheço há cerca de doze anos, e costumamos fazer caminhadas pelas colinas, velejar e andar de bicicleta juntos. Ele mora em uma velha casa de fazenda perto de Kirkinner, a cerca de seis quilômetros de Wigtown, com seus três filhos, com idades entre dez e quinze anos. É da Irlanda do Norte e poucos anos mais velho que eu. Ele teve uma variedade de empregos especialmente interessantes ao longo de sua vida profissional, desde exploração geológica na Venezuela até a colheita de pinhas nas Terras Altas, passando por consultor financeiro. Atualmente, ele corta e vende lenha, entre outras coisas. Suspeito que uma das razões pelas quais nos damos tão bem é que nenhum de nós jamais se considerou preparado para ter qualquer tipo de carreira, e, embora haja algumas coisas sobre as quais discordamos, parece haver muito mais sobre as quais concordamos.

Os livros que estavam em sua garagem eram de uma coleção que comprei em uma casa em Manchester no ano passado. Eu não tinha espaço nas prateleiras para colocá-los, e o depósito estava cheio, então, quando Callum ofereceu sua garagem como depósito temporário, fiquei grato em aceitar. Agora ele precisa do espaço de volta, então terei de achar outra solução.

A revista *Dumfries and Galloway Life* veio para uma sessão de fotos na loja à tarde. Não sei para que era, mas eles precisaram de muitos livros como cenário. Ficaram aqui uma hora e foram embora por volta das 16h.

Faturamento total £51
3 clientes

MARÇO

Quando trabalhei em uma loja de livros usados – tão facilmente retratada, se você não trabalha em uma, como uma espécie de paraíso onde charmosos cavalheiros de idade folheiam livros antigos encadernados em couro –, o que mais me chamou a atenção foi a raridade de pessoas verdadeiramente estudiosas e interessadas em leitura.

George Orwell, *Bookshop Memories*

Pessoas verdadeiramente interessadas em leitura são uma raridade, embora sejam muitas as que consideram ser. Estas últimas são particularmente fáceis de identificar – normalmente elas se apresentam quando entram na loja, alegando que "amam ler". Usam camisetas ou carregam mochilas com *slogans* explicando exatamente quanto elas acham que adoram livros, mas a maneira mais segura de identificá-las é que elas *nunca* compram livros. Hoje em dia é tão raro encontrar tempo para ler que, quando eu consigo, parece que é a mais pura forma de indulgência, mais do que qualquer outra experiência sensorial. Quando um importante relacionamento na minha vida terminou – eu estava com trinta e poucos anos –, a única coisa que eu tinha disposição para fazer era ler; acumulei uma pilha de livros, afundei neles, e assim escapava do mundo à minha volta e de mim mesmo. As descrições de Jonathan Meades, William Boyd, José Saramago, John Buchan, Alastair Reid, John Kennedy Toole e outros me protegiam de meus próprios pensamentos, que eram afastados para algum recôndito onde se processavam em silêncio sem me perturbar. Criei uma parede sobre minha escrivaninha, uma parede de livros, e, à medida que os lia, ela lentamente ia diminuindo, até desaparecer.

Em um sentido mais real, os livros são a mercadoria que eu comercializo, e a enorme quantidade deles que existe no mundo instiga um lado diferente da minha mente. Quando vou à casa de alguém para comprar livros, vou com uma antecipação que é diferente de qualquer outra sensação. É como jogar uma rede sem saber o que você vai encontrar quando a recolher. Acredito que livreiros e donos de antiquários sintam a mesma coisa quando atendem a um chamado para avaliar uma oferta. Como diz Gógol em *Almas Mortas*: "Certa vez, há muito tempo, nos anos da minha mocidade, nos anos da minha infância, que passaram tão rápida e irremediavelmente, era uma alegria para mim ir pela primeira vez a um lugar desconhecido".

SÁBADO, 1º DE MARÇO

Pedidos online: 5
Livros encontrados: 5

Dia lindo e ensolarado.

Nossa classificação de vendas na Amazon caiu para "Fraco".

Kate, do correio, entregou a correspondência às 10h da manhã, como sempre. Entre as contas habituais e os pedidos de doação para caridade estava uma carta dos correios informando que, como parte de uma campanha de eficiência, eles irão aumentar as taxas. Aparentemente vamos economizar, porque o aumento é menor que a inflação. Fiz umas contas e calculei que a média que vou pagar por pacote vai aumentar de 1,69 libras para 1,87 libras. É um aumento de dez por cento. Na última vez que verifiquei, a inflação estava por volta de dois por cento. Será que a Amazon vai aumentar o valor que cobra dos clientes em proporção com o aumento dos correios? É quase certo que não. No momento, a taxa de postagem de 2,80 libras não tem nenhuma semelhança com o custo real de postagem de livros, então, no caso de alguns livros mais pesados, nós perdemos dinheiro com a postagem, o que é irritante, e nos livros pequenos nós ganhamos, o que irrita o cliente. Só quem sai sempre ganhando é a Amazon, que fica com 40 *pence* da postagem cobrada do cliente, deixando-nos com 2,31 libras da postagem por livro.

Na hora do almoço, um cliente perguntou se acontecem roubos de livros na loja. Nunca pensei muito sobre isso, apesar de o layout labiríntico da loja propiciar aos ladrões potenciais uma riqueza de oportunidades. Já houve ocasiões em que não consegui encontrar um ou outro livro e deduzi que haviam sido roubados, mas na maioria das vezes eles acabaram aparecendo em outros lugares. Moralmente, parece que não é tão condenável roubar um livro como, por exemplo, um relógio. Talvez porque livros em geral são considerados edificantes, e, dessa forma, adquirir o conhecimento neles contido tem um valor social e pessoal maior que o impacto do delito. Ou, pelo menos, se não é maior, certamente é um atenuante. Irvine Welsh explora essa ideia em *Trainspotting*, quando Renton e Spud são pegos furtando na Waterstones. No tribunal, Spud admite que roubou os livros para vender, ao passo que Renton alega que roubou o exemplar de Kierkegaard com o qual foi surpreendido em flagrante porque queria lê-lo. Quando o magistrado cético o desafia sobre seu conhecimento do filósofo existencialista, Renton responde:

Eu me interesso pelos conceitos dele de subjetividade e verdade, e particularmente por suas ideias a respeito de escolha: a noção de que a escolha é feita com base na dúvida e incerteza, e sem recurso à experiência de terceiros. Pode-se argumentar, e até certo ponto justificar, que é principalmente uma filosofia existencial burguesa e que, portanto, buscaria minar a sabedoria social coletiva. Entretanto, também é uma filosofia libertadora, porque, quando essa sabedoria social é negada, a base para o controle social sobre o indivíduo se enfraquece e… ah, mas estou me estendendo além da conta, Meritíssimo, perdão.

O juiz absolve Renton, mas condena Spud.

De qualquer forma, eu não gosto nem um pouco de câmeras de segurança e prefiro perder um ou outro livro a ter esse tipo de monitoramento intrusivo na loja. Isto não é *1984*.

O cheiro de xixi de gato voltou.

Faturamento total £236
14 clientes

SEGUNDA-FEIRA, 3 DE MARÇO

Pedidos online: 9
Livros encontrados: 8

Mais um dia lindo, prejudicado logo de manhã por um cliente usando short e meias três-quartos de lã que esbarrou em uma pilha de livros, derrubando tudo, e os deixou espalhados pelo chão. Pouco depois, um cliente de rabo de cavalo que assobiava o tempo inteiro e usava um chapéu que só pode ter sido emprestado de um palhaço comprou um exemplar de *O Alquimista*, de Paulo Coelho; eu desconfio de que ele propositalmente quis abalar a minha fé na humanidade e afundar ainda mais meu estado de espírito.

Um livro que tínhamos vendido na Amazon intitulado *Orient-Express: A Personal Journey* e que foi enviado há três semanas foi devolvido hoje com um bilhete do cliente dizendo o seguinte: "Infelizmente não correspondeu às expectativas. Esperava uma versão mais pictórica. Favor trocar ou reembolsar". Suspeito que o cliente esteja nos tratando como uma biblioteca online e que leu o livro.

Eliot chegou às 17h para ficar hospedado em casa por um período ainda indeterminado. Tenho quase certeza de que ele tem uma reunião do conselho do Festival do Livro em algum dia desta semana, mas ele ainda não me disse nada.

Faturamento total £90
4 clientes

TERÇA-FEIRA, 4 DE MARÇO

Pedidos online: 6
Livros encontrados: 6

A loja tem um visitante habitual que se chama William, ou Agnes, dependendo do dia e da disposição com que acorda de manhã. Como de costume, ele/ela apareceu com uma sacola de livros para vender. William ou Agnes é um octogenário transgênero homem/mulher de Irvine que dirige um Reliant Robin. Não tenho certeza de qual gênero ele/ela fez a transição, por isso o "ele/ela". Ele/ela estava usando enormes brincos de argola e estava bastante entusiasmado/a com os livros que havia trazido, que eram, como sempre, um monte de porcarias. Paguei a ele/ela 4 libras por tudo. Ele/ela passou algum tempo reclamando das complexidades do sistema de benefícios, terminando o discurso com "Sou um homem-mulher muito ocupado".

Desde que recebeu o status de Cidade dos Livros, Wigtown atrai um número cada vez maior de pessoas que vêm tanto para vender livros como para comprar. O conceito de Cidade dos Livros se originou com Richard Booth na década de 1970. Ele convenceu os livreiros a se mudarem para a cidade de Hay-on-Wye, nas Marcas Galesas, para testar a teoria de que uma cidade repleta de livrarias encorajaria as pessoas a irem visitar e que isso revigoraria a economia. Funcionou, e o conceito acabou chegando à Escócia. O projeto Cidade dos Livros de Wigtown foi lançado em 1998. Embora no início tenha sido visto com desconfiança por muitos habitantes, ele mudou o lugar para melhor, e a cidade, de acordo com seu lema, está florescendo mais uma vez. Quando voltei para cá de Bristol, em 2001, lembro-me de ler uma carta na *Galloway Gazette* na qual a correspondente, queixando-se de que não tinha mais condições de comprar nem mesmo um par de meias em Wigtown, culpava as livrarias por essa bizarrice. Esse ressentimento quase não existe mais, e só mesmo alguém muito corajoso irá argumentar que o projeto Cidade dos Livros não melhorou a vida na cidade de maneira imensurável. Hoje em dia já não é possível comprar meias nem mesmo na cidade mercantil vizinha de Newton Stewart. Aquela mulher deve estar incandescente agora.

Bev deixou na loja uma caixa de canecas, nas quais ela estampou a capa de *Gay Agony*.

Faturamento total £57
5 clientes

QUARTA-FEIRA, 5 DE MARÇO

Pedidos online: 3
Livros encontrados: 3

Um cliente australiano pagou por um livro de 1,50 libra com troco miúdo, mas ele claramente não conhecia as moedas e demorou cerca de cinco minutos para separá-las. A certa altura, ele perguntou:

– Para que vocês usam estas moedas de 1 *penny* e de 2 *pence*?

Anna telefonou às 3h da tarde, e nós recordamos um exemplo famoso do impressionismo linguístico dela: a vez que sua amiga Sarah veio dos

Estados Unidos nos visitar e nós fomos a Glentrool, nas Galloway Hills. Glentrool, além de ser uma linda região montanhosa, com cachoeiras e pontilhada de lagos, foi o local de importante batalha em 1307, que marcou o início da campanha de Robert the Bruce contra o domínio inglês sobre a Inglaterra, culminando na Batalha de Bannockburn em 1314. Quando estávamos lá caminhando para uma cachoeira com Sarah, Anna explicou que "Glentrool era onde Robert the Burns teve sua última atuação". E, com isso, em uma frase curta, ela conseguiu confundir Robert the Bruce, Robert Burns e o general Custer e reescrever o resultado de uma batalha importante na história da Escócia.

Faturamento total £70,49
11 clientes

QUINTA-FEIRA, 6 DE MARÇO

Pedidos online: 7
Livros encontrados: 7

Hoje de manhã esvaziei as caixas de livros sobre golfe que peguei com Callum no sábado. Tentei vendê-los no eBay como uma coleção, sem êxito. Portanto, provavelmente eu os leiloarei em Dumfries, depois de verificar se tem algo ali no meio que valha a pena cadastrar online. Nicky pode cuidar disso no fim de semana. O depósito está começando a ficar bagunçado.

Um cliente usando um massivo crucifixo de ouro em uma corrente perguntou:

– Vocês têm uma seção de Bíblias antigas e coisas de igreja?

Eu não tinha certeza a que ele se referia com "coisas de igreja", então indiquei a ele onde ficava a seção de teologia. Nós temos algumas Bíblias antigas bonitas e baratas, mas as pessoas que perguntam por elas nunca compram. Ele conseguiu encontrar uma em miniatura, de 1870, que estava sem preço. Perguntou-me quanto custava, e eu disse 4 libras. Ele não comprou. Deve haver algum tipo de efeito psicológico criado pelo fato de encontrar um livro sem preço. Qualquer valor que você sugira quando perguntam, por menor que seja, parece ser maior do que o cliente está preparado para pagar. Já perdi a conta de quantas vezes as pessoas levam os livros até o balcão nos quais ainda não colocamos preço e dizem:

– Este está sem preço. Deve ser de graça.

Não foi engraçado na primeira vez, e catorze anos depois perdeu completamente o brilho que nunca teve.

Logo antes da hora de fechar, uma mulher com um forte sotaque de Yorkshire comprou um livro de culinária e falou:

– Você não é daqui.

Respondi que fui criado aqui. Já ouvi isso tantas vezes que não tenho mais paciência. Ela disse que tenho um "sotaque estranho".

Faturamento total £47

3 clientes

SEXTA-FEIRA, 7 DE MARÇO

Pedidos online: 4

Livros encontrados: 4

Quando desci depois do café da manhã para abrir a loja, descobri que Nicky já tinha chegado e ligado tudo. Ela me cumprimentou com seu habitual e melódico "Oláááá!" antes de subir correndo para guardar na geladeira o que só Deus sabe que ela havia surrupiado da Morrisons[13] na véspera.

Eliot foi embora às 2h da tarde, deixando para trás um par de sapatos, cada pé em um cômodo diferente.

---

[13] Loja de departamento da Inglaterra semelhante a um supermercado brasileiro. (N.T.)

De manhã, examinando uma sacola de livros, encontrei uma lista de compras dentro de um deles. A caligrafia era muito parecida com a de Nicky. Entre os itens estavam "Gel de Cabelo", "Lâminas de Barbear" e "Limpador Facial". Quando perguntei a Nicky, ela negou saber do que se tratava, alegando que não depilava as pernas no inverno e oferecendo-se para me mostrar a título de evidência.

Às 2h da tarde eu saí da loja e dirigi até Dumfries para pegar o trem para Londres e passar o fim de semana com Anna. Deixei Nicky com trinta caixas de livros sobre golfe, para examinar e fazer o cadastro na Fulfilled By Amazon. Ela reclamou bastante, mas relutantemente concordou em fazê-lo.

Na viagem para o sul eu li *Confessions of a Justified Sinner*, de Read Hogg, um livro extraordinariamente moderno, considerando que foi escrito em 1824.

Faturamento total £90,50
6 clientes

SÁBADO, 8 DE MARÇO

Em Londres.

Faturamento total £305,48
28 clientes

SEGUNDA-FEIRA, 10 DE MARÇO

Pedidos online: 7
Livros encontrados: 4

Hoje foi um dia lindo e ensolarado. Callum me ligou perguntando se eu queria escalar uma colina, mas eu estava sozinho na loja, então não pude ir.

Por volta do meio-dia, uma família entrou na loja: um jovem casal com um menino de uns sete anos e uma menina de uns nove. O menino foi direto para a seção infantil e ali ficou durante uma hora, até que os pais disseram a ele que estava na hora de ir almoçar; ele se arrastou para fora do pufe e implorou para a mãe lhe comprar *The House at Pooh Corner*. Ela foi até o balcão e pagou 2,50 libras pelo exemplar em brochura e disse, com ar exasperado:

– Nunca vi uma criança que goste tanto de ler... tudo o que ele faz é ler. Gasta cada centavo que ganha em livros.

Nicky não conseguiu cadastrar um único livro no fim de semana porque, segundo o bilhete que ela deixou, "A impressora não está funcionando". Fui verificar: ela não a havia ligado.

A notícia local de hoje é de que a destilaria em Bladnoch entrou em liquidação.

Faturamento total £47

3 clientes

TERÇA-FEIRA, 11 DE MARÇO

Pedidos online: 6

Livros encontrados: 6

Hoje foi outro dia lindo, e bastante quente também. Nicky chegou sabiamente agasalhada com cachecol, gorro e casaco. Mesmo nos dias de temperatura mais alta, dentro da loja é sempre mais frio.

A maior parte do dia foi para examinar caixas de livros que estão no depósito há um ano. Vieram de uma mansão vitoriana perto de Castle Douglas. Estava nevando bastante quando fui lá buscar, um ano atrás. Foi difícil subir a encosta escorregadia de volta para a avenida principal com a van carregada, e cheguei a pensar que teria de pedir para passar a noite na casa com o homem esquisito de quem eu havia comprado os livros, mas no final acabei conseguindo subir. Como naquela ocasião eu não tinha espaço para guardar as caixas, coloquei-as na garagem de Callum, com os livros de golfe. Entre os livros que examinei hoje estava um panfleto raro autografado por Seamus Heaney. Harrington, em Londres, está oferecendo o único outro exemplar online por 225 libras, então coloquei no meu o preço de 140 libras.

Aula de arte das senhoras lá em cima... ninguém morreu de frio.

Quando eu estava fechando a loja, decidi abrir a portinhola do gato outra vez, na esperança de que o intruso esteja cansado de bater com a cabeça contra ela e tenha encontrado outra casa onde fazer xixi.

Faturamento total £49

6 clientes

QUARTA-FEIRA, 12 DE MARÇO

Pedidos online: 4

Livros encontrados: 3

Dia muito calmo.

Logo antes de fechar, o senhor Deacon apareceu, agitado e afogueado, e perguntou se podia encomendar um livro sobre James I para sua tia, que vai fazer noventa anos na próxima sexta-feira. Como sempre, ele mostrou uma resenha do *The Times* e deixou comigo. Deve chegar na próxima semana.

Quando eu estava trancando a porta dos fundos da loja, escutei grasnados de gansos na área pantanosa ao pé da colina, o balido de cordeiros recém-nascidos nos campos e o coaxar de sapos no laguinho do jardim. Nada de gente. Nada de carros. Para quem cresceu na zona rural da Escócia, sons como esses são sinais familiares de mudança de estação, e para mim o início da primavera é a melhor época do ano. Depois que você passa alguns anos vivendo na cidade, suponho que ocorra um distanciamento desses sinais de mudança sazonal para a qual sapos, cordeiros e gansos – arautos da primavera na água, na terra e no céu – alertam você.

Faturamento total £28,49
4 clientes

QUINTA-FEIRA, 13 DE MARÇO

Pedidos online: 4
Livros encontrados: 4

Nicky veio hoje, já que vai tirar folga amanhã (normalmente ela vem às sextas e sábados). Ela começou o dia reclamando novamente do cheiro de xixi de gato. Eu disse a ela que é um gato de rua e que Mike da cooperativa pegou emprestada uma armadilha da Liga de Proteção de Gatos e vai tentar pegar o bichano. Mas ela ainda culpa o Captain. O jardim de Mike faz fundos com o meu, e o Captain é um visitante regular na cozinha dele, do mesmo modo que os gatos dele são na minha. O gato de rua também tem estado lá na casa dele.

Eliot me pediu para ajudá-lo a escrever um plano de negócios para a ideia da The Open Book, para que possamos descobrir se ela é capaz de se sustentar financeiramente. Se for, então ela irá operar sob a égide da Companhia do Festival. The Open Book é um plano que Anna, Finn e Eliot criaram: eles querem usar uma loja vazia na cidade que tenha acomodações na sobreloja e dar às pessoas a oportunidade de vir administrar a loja por quinze dias para que elas tenham uma noção do que é ser livreiro. Finn é um amigo de infância que mora aqui perto. Tem uma fazenda de gado leiteiro e é uma das pessoas mais espirituosas que conheço. Há cerca de dez anos foi cooptado para ser o presidente do então grupo de voluntários do Festival de Wigtown. Em um ano ele já o havia transformado na Companhia do Festival de Wigtown, uma instituição beneficente (o que significava que poderia acessar novos fundos) e transformado um pequeno grupo de inexperientes, porém entusiasmados, voluntários em uma organização profissional eficiente com funcionários pagos em período integral. Depois de alguns anos afastado, agora ele está de volta ao conselho de curadores. Pensei em fazer uma pesquisa para o plano de negócios, então procurei no Google "Administrar uma livraria". Ironicamente, no topo da lista está um livro à venda na Amazon intitulado *The Complete Guide to Starting and Running a Bookshop*[14].

No começo da tarde, recebi um telefonema de uma mulher da Yell.com com relação ao meu anúncio nas Páginas Amarelas e listagem online. Ela me perguntou se a minha empresa estava "localizada em Wigwam Shire", que segundo ela era considerada uma "área local", e acrescentou que me daria "um exemplo, por exemplo". Também descreveu meu site na Yell.como tendo uma "aparência completamente diferente, mas muito semelhante". Diferente do quê e semelhante a quê, não faço a menor ideia.

Sete pessoas trouxeram caixas de livros para a loja hoje, para vender. Como é frequente acontecer nesta época do ano, eu comprei mais do que vendi.

Faturamento total £120
9 clientes

SEXTA-FEIRA, 14 DE MARÇO

Pedidos online: 3
Livros encontrados: 2

Hoje Nicky não veio. Aparentemente ela está se desfazendo do entulho que há em sua casa. Um dos pedidos online hoje foi de um livro sobre

---

[14] Guia Completo para Abrir e Administrar uma Livraria. (N.T.)

instrumentos para medição de radioatividade, para um cliente do Irã. Às 11h30 o telefone tocou. Era Nicky:

– Você quer a minha geladeira? Estou me livrando de tudo que funciona com eletricidade.

É impressionante como toda vez que ela abre a boca sempre sai alguma pérola, totalmente formada.

Minha mãe apareceu às 14h trazendo quatro cestas para pendurar na frente da loja, todas plantadas. Ela faz isso todo ano, apesar dos meus protestos de que eu mesmo posso cuidar disso.

Faturamento total £42
3 clientes

SÁBADO, 15 DE MARÇO

Pedidos online: 3
Livros encontrados: 2

O primeiro cliente de hoje foi um homem baixinho com uma barbicha rala que apareceu de repente no balcão, me assustando. Ele sorriu e disse:

– Você tem um bocado de coisas aqui, não? Bastante mesmo...

Ele comprou um exemplar de *The Hobbit*. Estou montando um quebra-cabeça mental de como é um *hobbit*, com base em uma composição de todos os clientes que compram esse livro.

Depois do almoço, um cliente perguntou se tínhamos o título *To Kill a Mockingbird*. Não tínhamos, mas, pouco depois que ele saiu, uma mulher trouxe duas caixas de livros para vender, e em uma delas havia um exemplar. É muito mais gratificante quando acontece ao contrário.

Faturamento total £78,98
13 clientes

SEGUNDA-FEIRA, 17 DE MARÇO

Pedidos online: 7
Livros encontrados: 6

Um dos pedidos de hoje foi de um livro intitulado *Sexing Day-Old Chicks*.

A primeira cliente do dia foi uma senhora maltesa vestida de maneira extraordinariamente elegante que me disse que não existem lojas de livros usados em Malta. Não sei ao certo o que ela estava fazendo em Wigtown, mas era simpática, embora não tenha comprado nada. No instante em que ela estava saindo, o telefone tocou. Era o bibliotecário do centro budista Samye Ling, em Eskdalemuir, a cerca de cem quilômetros de distância. Eles estão se desfazendo do estoque antigo e querem vender alguns livros. Combinei de ir lá na próxima semana.

Minha mãe entrou na loja quando estava bem movimentada e começou a dar suas opiniões não muito lisonjeiras sobre o SNP[15], num tom de voz mais alto do que seria conveniente. Ela é do oeste da Irlanda e, apesar de viver na Escócia há quase cinquenta anos, ainda mantém a cantilena de seu país da infância. Ou, pelo menos, é o que me dizem meus amigos, pois eu mesmo não percebo. Ela tem uma capacidade de falar que, tenho certeza, não tem paralelo no mundo inteiro, e abomina o silêncio da mesma forma que a natureza abomina o vácuo. Em várias ocasiões testemunhei minha mãe dizer a mesma coisa (normalmente uma descrição do que ela comeu no almoço, ou aonde ela foi de manhã) de dez maneiras diferentes em um único fôlego. Meu pai, por sua vez, é um homem bem quieto. Ele atribui isso à falta de oportunidade de falar por causa da tagarelice incessante de minha mãe. É um homem alto, tem mais de 1,90m, engenheiro por formação, mas dedicou-se ao trabalho na fazenda ainda antes de completar trinta anos. Juntos, meus pais conseguiram empreender e criar projetos que possibilitaram enviar a mim e minhas duas irmãs para o colégio interno.

---

[15] Partido Nacional Escocês. (N.T.)

Visitas não anunciadas de familiares e amigos não são incomuns e certamente não são exclusividade de minha mãe. Além disso, os parentes e amigos falam abertamente sobre assuntos que eu não considero pertinentes nem adequados para os clientes ouvirem. Ocorre-me com frequência que as livrarias podem ter um papel principalmente recreativo para a maioria das pessoas, pois são lugares tranquilos para onde escapar dos rigores implacáveis e das demandas digitais da vida moderna, e por isso meus amigos e familiares sempre aparecem sem avisar e sem serem convidados, felizes da vida, para interromper seja o que for que eu esteja fazendo, com pouca ou nenhuma consideração pelo fato de que a loja é meu local de trabalho. Se eu trabalhasse na cooperativa ou na biblioteca, duvido que eles tivessem essa falta de cerimônia. Tampouco, desconfio, falariam com tanta liberdade na frente de pessoas totalmente estranhas em qualquer outro local de trabalho.

Depois de fechar a loja, liguei para o senhor Deacon para avisar que a biografia de James I que ele encomendou havia chegado.

Faturamento total £41
4 clientes

TERÇA-FEIRA, 18 DE MARÇO

Pedidos online: 2
Livros encontrados: 2

A manhã estava fria e úmida, por isso acendi o fogão aquecedor. Por volta de 11h, cinco clientes haviam passado pela porta; nenhum deles comprou nada. Então um homem alto e pálido, usando um moletom com capuz, entrou e perguntou se tínhamos algum livro sobre farmacologia, porque "me indicaram um substituto para heroína e quero saber mais a respeito".

O senhor Deacon apareceu na hora do almoço e pagou pelo livro que havia pedido. O aniversário da tia será no sábado, então ele terá tempo de enviar o presente.

Faturamento total £82,99
9 clientes

QUARTA-FEIRA, 19 DE MARÇO

Pedidos online: 2
Livros encontrados: 2

Às 10h30 subi para fazer uma xícara de chá. Quando voltei para baixo, senti um cheiro familiar. Mal havia me sentado e começado a listar os livros quando um irlandês baixote com a barba crescida surgiu de trás de uma estante. Sua aparência (e cheiro) disfarça um homem cujo conhecimento sobre livros é notável. Cerca de duas vezes por ano ele me traz uma boa quantidade de material interessante, que descarrega da van onde claramente reside. Desta vez ele trouxe quatro caixas de livros sobre ferrovias e duas de livros sobre Napoleão, pelo que paguei a ele 170 libras.

Às 2h da tarde o telefone tocou. Era uma mulher do conselho cujo trabalho é encontrar trabalho para pessoas com dificuldades de aprendizado.

Mulher – Temos um rapaz procurando emprego em uma livraria. Ele tem síndrome de Asperger. Já ouviu falar de síndrome de Asperger?

Eu – Sim.

Mulher – Bem, você sabe que em geral as pessoas com síndrome de Asperger têm um talento especial para alguma área específica, como matemática, ou desenho?

Eu – Sim.

Mulher – Bem, não é o caso dele.

Então concordei em contratá-lo por um período de experiência. Ele começa na terça-feira.

Antes de fechar a loja, etiquetei e empacotei os livros para o Random Book Club, e espero ter conseguido convencer Wilma a mandar o carteiro vir buscá-los amanhã com a van.

Depois de anos comprando, avaliando, listando e vendendo livros, algumas editoras se tornam muito familiares para nós: as significativas quantidades de livros publicados pela Macmillan no começo do século 20; Blackie and Son, com suas capas características, ilustradas por Talwin Morris; A.&C. Black, com os famosos guias de viagem escoceses; Fullarton and Cassell, duas editoras de vida curta que, juntamente com Newnes and Gresham, abraçaram a revolução tecnológica que possibilitou que o papel fosse fabricado a partir de polpa de madeira em meados do século 19; Ward Lock, com sua série de guias de viagem vermelhos para o Reino Unido; David & Charles, de Newton Abbot, cujos livros sobre ferrovias regionais são incomparáveis; Hodder and Stoughton, que publicou a outrora desejada série *King's England*, hoje não mais procurada; e Nelson, cujas edições de John Buchan encadernadas em tecido vermelho ainda vendem em grande número.

Outras se destacam nem tanto pelo design ou estilo, mas mais pelo conteúdo. Hooper and Wigstead, por exemplo, que publicou *Antiquities of Scotland*, de Francis Grose, cujas páginas contêm a primeira versão de *Tam o'Shanter* de Burns que apareceu em um livro; William Creech, que publicou o primeiro *Statistical Account of Scotland*, de *sir* John Sinclair – e introduziu a palavra "estatística" na língua inglesa; John Wilson, que produziu a edição de Kilmarnock de *Poems, Chiefly in the Scottish Dialect*, de Burns; John Murray, de *On the Origin of Species by Means of Natural Selection*; William Strahan, que trouxe ao mundo *Inquiry into the Nature and Causes of the Wealth of Nations*, de Adam Smith.

Editoras mais recentes tiveram um impacto semelhante: Penguin, cuja edição britânica sem censura de *O amante de lady Chatterley* acabou levando os editores ao tribunal; Shakespeare & Company, que ousou publicar *Ulysses*; outras pequenas e de vida curta, como a Kelmscott Press de

William Morris; e a Golden Cockerel Press, para quem o artista Eric Gill (o designer de fontes que criou Gill Sans, Perpetua e outras) criou uma fonte à qual deu o nome da editora. A lista é longa, mas essas editoras e seus *publishers* correram riscos e trouxeram ideias novas ao mundo, cada qual com seu estilo distinto, desde assuntos até designs, tipografia e produção.

Faturamento total £131,33
10 clientes

QUINTA-FEIRA, 20 DE MARÇO

Pedidos online: 4
Livros encontrados: 4

Bum Bag Dave entrou logo depois que a loja abriu e comprou três livros da seção de aviação. Ele é um homem culto e bem informado, desalinhado e com uma barba desgrenhada, e um pouco paranoico com a ideia de que uma firma de advogados locais esteja atrás dele, por alguma razão. Seu apelido deriva do fato de que ele sempre carrega duas pochetes[16], uma na cintura e outra a tiracolo. Em ocasiões especiais ele usa mais, e quase sempre também uma mala ou mochila. Ele mora perto de Sorbie e anda o dia inteiro de ônibus, fazendo uso de todas as instalações gratuitas disponíveis, como biblioteca e outras. Hoje, quando estava saindo, ele me perguntou a que horas sai o ônibus para Whithorn. Quando eu disse que não fazia ideia, ele respondeu:

– Você deveria saber esse tipo de coisa. Sendo dono de um comércio, deveria prestar serviço público e saber dar informações.

Isso é novidade para mim. Ele também tem um relógio digital que toca o alarme a cada poucos minutos e pelo menos um celular que não para de emitir sons irritantes.

---

[16] Pochete em inglês: bum bag. (N.T.)

No começo da tarde, um senhor idoso telefonou. Tinha encontrado um livro que estamos vendendo online por 3 libras e queria comprar diretamente da loja. Devido a problemas de audição e por estar um pouco confuso, o processo todo demorou meia hora. Enquanto eu estava ao telefone com esse senhor, o carteiro passou e levou as cinco sacolas de livros.

Às 17h15, Bum Bag Dave ainda estava às voltas com seus diversos aparelhos sonoros e perguntou se tínhamos uma seção de livros sobre animais de estimação. Eu disse a ele que sim, mas que já íamos fechar. Às 17h25 ele ainda estava perambulando pela loja, resmungando por causa dos advogados.

Faturamento total £107,49
14 clientes

SEXTA-FEIRA, 21 DE MARÇO

Pedidos online: 5
Livros encontrados: 4

Nicky voltou hoje. Como sempre, discutimos por causa da bagunça que ela faz e por colocar os livros nas prateleiras erradas. Ela ameaçou pedir demissão, coisa que normalmente faz uma vez por mês, mais ou menos.

Na hora do almoço, fui até Samye Ling, o retiro budista tibetano em Eskdalemuir. *En route* peguei Anna na estação de trem de Dumfries, para uma pausa de sua vida em Londres.

Samye Ling aumentou consideravelmente desde a última vez que estive lá, há vinte anos, e é uma incongruência espetacular na sombria charneca escocesa, pontilhada de Budas dourados, pagodes, templos e construções coloridas, bem como um punhado de casas móveis semiabandonadas e outras relíquias. Encontramos a biblioteca e conhecemos

Maggy, a bibliotecária, uma mulher de seus sessenta e poucos anos em uma cadeira de rodas.

A biblioteca é nova e é uma sala enorme, sem prateleiras, com pilhas de livros no chão. Dei uma olhada no estoque do qual querem se desfazer e ofereci 150 libras. Claramente, Maggy esperava mais, mas, quando eu disse que ela ficasse à vontade para chamar outra pessoa para avaliar, houve um coro de "Não!" dos outros voluntários que trabalham lá, então tive de levar também o que não prestava, mas havia uma ou outra coisa razoável no meio de tudo, um misto geral de ficção e não ficção, o tipo de coisa que a gente normalmente esperaria encontrar em uma residência, não em um mosteiro tibetano. Não resta dúvida de que eles retiraram de lá todo o material considerado apropriado para manter em sua coleção.

Anna ficou completamente encantada com Samye Ling – o contraste entre a paisagem e a arquitetura, e mesmo dentro do próprio lugar, onde partes parecem genuinamente orientais e outras poderiam ter sido construídas na segunda metade do século 20.

Voltamos para Wigtown, e Anna relaxou conforme nos aproximamos da loja. Seu primeiro instinto ao entrar é sempre encontrar Captain, o gato, e em poucos minutos ambos estavam alegremente juntos.

O transformador de uma das luzes na sala escocesa queimou. Estou cansado de trocar lâmpadas nesses fios de luzes, então comprei no eBay três lustres de latão francês usados.

Isabel veio fazer a contabilidade. Ela e o marido têm uma fazenda perto de Newton Stewart, e Isabel é proficiente no pacote de contabilidade Sage. Ela aceitou organizar minhas contas, dessa forma me poupando da tarefa mais temida da semana. Normalmente ela vem às quartas-feiras, mas uma de suas filhas estava se apresentando em um concerto nesta semana, por isso ela mudou para hoje. Suas palavras ao despedir-se foram:

– Você tem um bocado de dinheiro na sua conta.

Nunca antes alguém usou essas palavras, nessa ordem, ao falar comigo.

Faturamento total £122
11 clientes

SÁBADO, 22 DE MARÇO

Pedidos online: 3
Livros encontrados: 3

O sol brilhou o dia todo, e a temperatura estava quente o suficiente para deixar a porta da frente aberta. Nicky chegou no horário de sempre (quinze minutos atrasada), e começamos a abrir as caixas de livros de Samye Ling. Nicky descobriu uma empresa chamada Cash for Clothes, que paga 50 libras por tonelada de livros usados. Ela agendou para que viessem à loja na quarta-feira seguinte para buscar os livros de Samye Ling que não nos interessam.

Algumas semanas atrás, uma mulher comprou um exemplar de *Where No Man Cries*, de Emma Blair. Ela me contou, para minha surpresa, que Blair não era na verdade uma mulher, e sim um homem de Glasgow de 1,90m, que bebia cerveja e fumava sem parar, chamado Iain Blair, e que só alcançou sucesso com seus romances quando adotou um pseudônimo feminino. Os livros de Blair estão entre os mais procurados nas bibliotecas da Escócia nos últimos vinte anos. Antes de se tornar escritor, Blair era ator. Aparentemente, sua carreira terminou abruptamente quando, depois de ser chamado para um teste para um papel em *Os Caçadores da Arca Perdida*, ele ficou tanto tempo na sala de espera que, quando por fim Steven Spielberg apareceu e perguntou se ele podia voltar no dia seguinte, ele respondeu:

– Não, não posso, porra!

Ele morreu em 2011.

Os lustres chegaram justamente quando Norrie estava na loja para retirar umas tintas que foram entregues aqui por engano.

Faturamento total £160,38
17 clientes

SEGUNDA-FEIRA, 24 DE MARÇO

Pedidos online: 8
Livros encontrados: 5

Eu estava voltando da cozinha com minha xícara de chá quando um cliente usando calça de poliéster uns quinze centímetros curta demais e jaqueta de trabalho a derrubou da minha mão e perguntou:

– Já aconteceu alguma morte aqui? Alguém já morreu caindo da escada na loja?

– Ainda não – respondi –, mas tinha a esperança de que hoje fosse o meu dia de sorte.

Nos e-mails de hoje havia um de uma ex-funcionária da loja, Sara, que trabalhou para mim durante as férias do colégio alguns anos atrás: "Cara, preciso de uma carta de referência. O formulário está anexo. Preencha direito, ou vai se haver comigo".

Então escrevi isto e enviei para ela.

Tel. 01988 402499 www.the-bookshop.com
17 North Main Street, Wigtown DG8 9HL
Segunda-feira, 24 de março de 2014

A QUEM POSSA INTERESSAR

REFERÊNCIA PARA SARA PEARCE
Sara trabalhou aos sábados na The Book Shop, 17 North Main Street, Wigtown, por três anos, quando estudava na Douglas Ewart High School.

Quando digo "trabalhou", uso a palavra em seu sentido mais amplo possível. Ela passava o dia todo do lado de fora da loja, fumando e resmungando para as pessoas que tentavam entrar, ou assistindo às reprises de *Hollyoaks* no 4OD.

Embora no geral fosse pontual, era comum chegar embriagada ou de ressaca. Normalmente era rude e agressiva. Raramente fazia o que lhe era solicitado, e nunca, nos três anos em que esteve aqui, fez algo construtivo sem que se precisasse mandá-la fazer.

Invariavelmente, deixava um rastro de lixo para trás, consistindo principalmente em garrafas de Irn-Bru, pacotes de salgadinhos, embalagens de chocolate e de cigarros. Roubava regularmente isqueiros e fósforos da loja e era, muitas vezes, ofensiva e violenta para comigo.

Era um membro valioso da equipe, e eu a recomendo sem hesitar.

Faturamento total £109,39
12 clientes

TERÇA-FEIRA, 25 DE MARÇO

Pedidos online: 3
Livros encontrados: 3

Dois dos pedidos de hoje foram para tabelas de horários de ônibus da década de 1960 para o norte da Inglaterra.

Andrew, o voluntário com síndrome de Asperger, chegou às 11h. Veio acompanhado da moça do conselho, que achou melhor vir junto para se certificar de que ele chegaria em segurança e de que tudo estava em ordem. Ela sugeriu que eu o encarregasse de organizar a seção de livros policiais em ordem alfabética. Ao meio-dia ele estava na letra B; depois foi embora.

Pouco depois que Andrew havia saído, uma mulher idosa extremamente antipática exigiu um exemplar da biografia de Stalin de Simon Sebag Montefiore. Havia um na seção da Rússia, o qual ela levou até o balcão. Era um exemplar em excelente estado, com sobrecapa verde, claramente nunca manuseado – preço original de 25 libras. Ela perguntou quanto era, e eu mostrei a etiqueta onde estava escrito £6,50. Ela empurrou o livro sobre o balcão e virou-se para sair, resmungando:

– Muito caro.

Eu tenho certeza de que ela vai voltar, então mudei o preço para £8,50.

A amiga de Anna, Lucy, chegou para uma visita. Vai ficar hospedada conosco até segunda-feira.

Faturamento total £34,50

7 clientes

QUARTA-FEIRA, 26 DE MARÇO

Pedidos online: 5

Livros encontrados: 4

Lindo dia ensolarado. Continuei a examinar os livros que trouxemos de Samye Ling.

Isabel veio hoje para fazer a contabilidade. O feliz comentário "Você tem um bocado de dinheiro na sua conta" ficou para trás, e um aviso comedido sobre o estado desastroso das finanças da loja foi o comentário de despedida desta semana. Então, já que ela me disse que tenho um bocado de dinheiro, decidi que estava na hora de pagar algumas contas atrasadas.

Nem sinal da Cash for Clothes, que deveria ter vindo buscar os livros que não queremos vender e revezar o estoque.

Carol-Ann chegou às 17h. Ela vai passar a noite aqui, porque tem de ir trabalhar em Stranraer amanhã de manhã e é muito mais perto daqui do que de Dalbeattie, onde ela mora. Quando era adolescente, Carol-Ann trabalhava na loja aos sábados; agora ela está com vinte e poucos anos e tornou-se uma boa amiga. Ela e Anna se dão muito bem e estão sempre fazendo planos para negócios inviáveis que, felizmente, nunca chegaram a se concretizar.

Nicky vai trabalhar amanhã e decidiu dormir na cama do festival. A casa está movimentada e barulhenta, com ela, Carol-Ann, Anna e Lucy, já que todas falam pelos cotovelos.

Faturamento total £95,75
8 clientes

QUINTA-FEIRA, 27 DE MARÇO

Pedidos online: 5
Livros encontrados: 5

Lucy, Carol-Ann e Nicky expressaram o desejo de um café da manhã com *rolls* de bacon, assim passei a primeira parte da manhã na frente do fogão. Quando perguntei a Nicky por que a Cash for Clothes não apareceu, ela disse que não confirmou com eles porque "você estava de mau humor, então achei melhor não incomodar". Agora já está tudo acertado, então espero que venham logo e que possamos abrir um pouco de espaço na loja. São cerca de quarenta caixas para retirar, aproximadamente meia tonelada.

A prioridade do dia era tirar todos os livros de cima da mesa e colocar nas prateleiras, de modo que possamos processar mais caixas de estoque novo, as quais estão empilhadas por toda parte, inclusive em galpões de amigos. Depois do almoço fui ao banco em Newton Stewart e, quando voltei, descobri que Nicky havia aberto quase todas as caixas (desafiando minha regra de "uma caixa por vez") e liberado somente metade da mesa – justamente o que eu havia pedido para ela fazer antes de qualquer outra coisa. Tivemos uma discussão acalorada, e Lucy pareceu ficar constrangida, pediu licença e subiu. Carol-Ann, por sua vez, ria como uma hiena e instigava o conflito a continuar.

Alguém postou no Facebook um link para um site de fotos de bibliotecários húngaros segurando livros com fotos de rostos nas capas, escondendo os próprios rostos. Passei a noite tentando convencer Lucy e Anna a fazer o mesmo, mas usando as revistas de pornografia da década de 1980 que comprei há cerca de um ano. Não está indo muito bem, por enquanto.

Faturamento total £128
15 clientes

SEXTA-FEIRA, 28 DE MARÇO

Pedidos online: 4
Livros encontrados: 4

A mulher que reclamou do preço da biografia de Stalin voltou. Quando viu que eu tinha aumentado o preço, disse que eu não podia fazer isso. Falei para ela que eu podia. Ela ficou furiosa, mas comprou o livro, murmurando que nunca mais pisaria na loja outra vez.

Nicky chegou às 9h15, como de costume, e, depois de uma breve repetição da discussão de ontem, outra se seguiu, com relação ao que ela deve fazer na loja. Concordamos em fazer uma lista todas as manhãs do que era preciso ser feito, para que não haja confusões. Mais tarde descobri que ela havia acrescentado alguns itens, incluindo "Lembrar Shaun várias vezes de retornar as ligações das pessoas", "Levar Shaun a sério", "Não perder tempo precioso diante da câmera para o Facebook", "Oferecer ao cliente pelo menos três vezes o valor dos livros que ele está vendendo". Para minha alegria, recentemente ela arrumou um admirador. Toda vez que ele vê a van dela (Bluebottle) estacionada perto da loja, ele entra para dizer "oi" e conversar com ela. Está invariavelmente alcoolizado, seja qual for a hora do dia, e tenta disfarçar o cheiro com quantidades avassaladoras de Brut 33. Nicky faz pouco ou nenhum esforço para não demonstrar a antipatia que sente por ele, mas parece que isso só aumenta o ardor do sujeito.

Depois do almoço fui à cooperativa para comprar leite. Mike me disse que pegou o gato que anda entrando na casa dele e na minha loja. Captain vai ficar aliviado. Faz semanas que ele está nervoso, e o cheiro de xixi de gato está por toda parte.

Anna, Lucy e eu fomos a Galloway House Gardens à tarde e colhemos alhos silvestres, depois à noite fizemos pesto de alho-silvestre usando azeite de oliva, queijo parmesão e nozes. Este é um dos pontos altos do ano para Anna.

Nicky encontrou um livro na coleção de Samye Ling intitulado *Vamping Made Easy*[17]. Infelizmente, é sobre escalas de piano.

O senhor Deacon passou pouco antes de fechar para encomendar um livro, e confirmou que sua tia recebeu a biografia de James I e adorou.

Faturamento total £97

10 clientes

SÁBADO, 29 DE MARÇO

Pedidos online: 6

Livros encontrados: 6

Nicky tirou folga hoje, portanto fiquei sozinho na loja outra vez. Seis pedidos, incluindo um de poesia medieval escocesa, para enviar para Bagdá.

Um casal de idade entrou depois do almoço, trazendo uma sacola da Farmfoods cheia de livros. Isto nunca é um início promissor. Eles estavam se desfazendo de itens da casa de uma tia e encontraram alguns livros antigos que, segundo consta, faziam parte de uma coleção incompleta de Dickens – em péssimas condições – da década de 1920. Queriam uma avaliação. Quando o marido mostrou o primeiro livro, eu disse a ele que não

---

[17] Como tornar-se vamp em passos fáceis. (N.T.)

valia nada. Ele claramente não acreditou em mim e continuou a mostrar outros, um por um, perguntando:

– E este?

Tentei explicar que não adiantava ele me mostrar mais se eram todos da mesma coleção, mas cinco minutos depois ele continuava tirando os livros de dentro da sacola.

Subi no final da tarde, mas, quando cheguei à cozinha, outra voz me chamou lá de baixo. De pé no meio da loja estava um hipster alto, com barbicha e boné de tweed, segurando uma sacola de livros da Tesco. Uma sacola da Tesco pode significar uma melhoria em relação à da Farmfoods em termos da qualidade dos livros que ela provavelmente contém, e neste caso de fato os livros eram melhores, mas duplicatas de exemplares que eu já tinha em abundância, então os rejeitei, principalmente porque o sujeito ficava o tempo todo me chamando de "colega".

Faturamento total £105

12 clientes

SEGUNDA-FEIRA, 31 DE MARÇO

Pedidos online: 5

Livros encontrados: 5

Abri a loja hoje com meia hora de atraso porque esqueci que os relógios foram adiantados.

Fui verificar as configurações do computador, e por acaso isso me levou a descobrir algumas das anotações "Frequentemente Usadas" de Nicky para descrever os livros em nossas listas online:

"sem marcas e escritos"

"não parece ter sido manuseado"

"lindas ilustrações!"

Normalmente, as anotações que eu faria para descrever os livros seriam do tipo:

"Nome do proprietário anterior na página de rosto"
"Impressão em baixo relevo na frente, lombada costurada"
"Páginas *deckled edge*, bordas chanfradas"

Mas, como Nicky frequentemente observa, esses termos só são usados pelas pessoas do mercado editorial e livreiro. Não fazem sentido para quem não conhece o jargão dos livros. Ian, meu amigo livreiro de Grimsby, costuma conversar sobre isso com a esposa, que acredita que a linguagem do jargão dos livros pertence a uma época passada e que a internet a tornou redundante, com exceção dos catálogos de leilão. Quando comprei a loja em 2001, antes que a internet se transformasse na monstruosa máquina de varejo que em parte se tornou, muitos livreiros enviavam catálogos de seu estoque para os clientes em suas listas de mala direta e, por necessidade, tinham de fornecer descrições detalhadas dos títulos que estavam vendendo, mas o uso de vocábulos como "dentelas douradas", "verso" ou "recto", "octavo", "florão" e "colofão" tornou-se irrelevante para a venda de livros desde então. Até onde sei, não existe ninguém no mercado de livros que ainda envie catálogos, e, com o declínio rápido e aparentemente inexorável das livrarias tradicionais, receio que iremos pelo mesmo caminho. Esta nossa época, porém, não é o primeiro período de transição na história da publicação e venda de livros. Como Jen Campbell observa em *The Bookshop Book*, após a invenção de Gutenberg dos tipos móveis e da disponibilização dos primeiros livros de "mercado de massa", "Vespasiano da Bisticci, um famoso livreiro de Florença, ficou tão indignado com o fato de os livros não serem mais manuscritos que fechou sua loja em um tremendo acesso de fúria e tornou-se a primeira pessoa na história a profetizar a morte da indústria dos livros".

Nossa classificação na Amazon voltou para Bom novamente.

Como o dia estava agradável, eu pintei os bancos na frente da loja, na hora do almoço. Uma vizinha idosa que conheço somente de dar bom-dia e boa-tarde estava passando (eu comprei os livros do espólio da falecida irmã dela há muitos anos). Ela estava a caminho da cooperativa com seu carrinho de compras, parou na frente da loja e começou a conversar. Me contou que gastou bastante dinheiro com seu banco de jardim há quinze anos porque foi o primeiro banco de jardim que ela teve na vida e quis dar esse presente a si mesma. Quando perguntei onde ela morava antes de Wigtown, ela citou vários lugares, incluindo Tóquio e Jerusalém, onde ela ajudou a criar o primeiro dicionário hebraico. Eu não fazia ideia de que a vida dela tinha sido tão interessante. Ah, os perigos de fazer suposições sobre as pessoas! Sem dúvida, eu faço isso diariamente com meus clientes e rejeito aqueles que me parecem ser bufões espalhafatosos, quando é muito possível que tenham conduzido soldados às praias da Normandia ou sido pioneiros em pesquisas médicas inovadoras.

Depois do almoço peguei o carro, deixei Anna e Lucy na estação em Dumfries para pegarem o trem para Londres (ambas munidas de um pote de pesto de alho-silvestre), e às 16h estava de volta na loja.

Durante a última hora do expediente, a loja foi ocupada por uma família de seis – mãe, pai e quatro meninas de idades entre 6 e 16 anos. Na hora de pagar os livros, a mãe me contou que eles haviam saído de manhã para caminhar e que as meninas ficaram impacientes e chateadas, apesar do tempo agradável. A mãe perguntou por que elas estavam tão infelizes, e elas responderam em uníssono que tudo o que queriam era visitar The Book Shop, já que fazia dois anos que não iam lá e queriam muito voltar. Elas gastaram 175 libras e saíram com seis sacolas de livros. Estas coisas acontecem muito raramente, mas, quando acontecem, servem como um lembrete bem-vindo de por que decidi ingressar no mundo da venda de livros e de como as livrarias são importantes para muitas pessoas.

Minha mãe veio às 16h e deixou aqui uma caixa de três ovos de Páscoa. Não sou louco por chocolate, mas meu gosto não é exigente. Já Anna gosta especialmente de chocolate amargo, como Callum, e muitas vezes os dois se unem para zombar de mim por ter o gosto de uma criança pequena. Nas raras ocasiões em que sinto vontade de comer chocolate, prefiro ao leite simples, ou sem recheios sofisticados.

Depois de fechar a loja, fui à cooperativa para comprar pão e leite.

Mike estava trabalhando lá e me contou que a Liga de Proteção aos Gatos castrou o gato invasor. Ele e Emma (sua namorada) decidiram ficar com o bichano.

Faturamento total £288,48

14 clientes

ABRIL

Nossa loja tinha um estoque excepcionalmente interessante, mas tenho dúvidas de que nossos clientes soubessem distinguir um livro bom de um ruim.

George Orwell, *Bookshop Memories*

É claro que um livro que é bom para uma pessoa não necessariamente é bom para outra; essa é uma questão inteiramente subjetiva. Um amigo meu é joalheiro em Londres, e certa vez perguntei a ele o que determinava que ele comprasse ou não uma peça em um leilão. Ele me explicou que, quando começou no negócio de joias, ele comprava peças que parecessem inofensivas e que, na opinião dele, tivessem um apelo universal. Mas ele logo descobriu que essas características não vendiam particularmente bem e que raramente justificavam um preço alto, então ele mudou de estratégia.

– Agora, quando vejo algo que me impressiona, eu compro. Não importa se é algo que eu adoro ou detesto... se me causou uma impressão forte, posso garantir que conseguirei um preço bom.

Muitos livreiros se especializam em um tema. Eu, não. A loja tem uma variedade de assuntos e títulos tão ampla quanto consigo colocar lá dentro.

Eu espero que sempre haja algo que irá agradar alguém, mas, mesmo com cem mil títulos em estoque, muitas pessoas saem da loja de mãos vazias. Se alguém compra um Mills and Boon por 2,50 libras ou um exemplar amarrotado de *Ética* de Spinoza por 2,50 libras, é irrelevante. Cada um irá, eu espero, obter igual prazer com a experiência da leitura.

TERÇA-FEIRA, 1º DE ABRIL

Pedidos online: 2
Livros encontrados: 2

Norrie veio e trocou as lâmpadas fluorescentes por lustres, mergulhando a sala escocesa na escuridão durante toda a manhã. Ficaram infinitamente melhores do que as horríveis luzes frias, que davam ao ambiente a atmosfera de um corredor de hospital. Ao longo dos anos eu as venho substituindo, e só restam quatro das vinte e duas que estavam aqui quando assumi em 2001.

Andrew (o voluntário com Asperger) veio às 11h da manhã e trabalhou até o meio-dia. Ele chegou até a letra C na seção de livros policiais, mas ficou muito atrapalhado quando alguém perguntou a ele onde estavam os livros sobre ferrovias, tanto que teve de se sentar.

Nesta manhã recebi um e-mail de minha mãe – que teve de pegar emprestado o iPad do meu pai para enviá-lo porque o dela está "constipado" – perguntando se eu poderia ir lá em breve para consertá-lo. Respondi que passaria lá assim que pudesse.

Às 3h da tarde fui até o banco em Newton Stewart e, quando voltei, quase na hora de fechar, descobri que a Cash for Clothes tinha estado lá e levado as caixas de livros, e me pagaram 25 libras por elas. Eles pagam por peso e levaram meia tonelada de livros.

Nas correspondências de hoje havia uma carta da senhora Phillips (noventa e três anos e cega) endereçada simplesmente para "Shaun Bythell, Revendedor de Livros em Wigtown, Escócia", que, por Galloway ser tão pequena, acabou chegando até aqui. Como sempre, era um pedido de livro para um de seus bisnetos: desta vez, *Sequestrado*, de Robert Louis Stevenson.

Faturamento total £71
10 clientes

QUARTA-FEIRA, 2 DE ABRIL

Pedidos online: 1
Livros encontrados: 1

A primeira visita do dia foi de uma mulher de cabelos volumosos que regularmente entrega o *Green Handbook for Southwest Scotland*, um panfleto cheio de endereços de homeopatas e curandeiros alternativos. Ela apareceu quando eu estava ao telefone. Toda vez que ela vem eu estou ao telefone, então nunca tenho a oportunidade de dizer a ela que não quero mais que ela deixe os panfletos porque ninguém os pega.

Depois dela veio um casal de uns sessenta anos, vestindo roupas de ciclismo, de *lycra*. Eles foram até o balcão com quatro livros de escalada em Wainwright Lakeland, em quase perfeito estado. O homem os colocou no balcão e perguntou:

– O que você pode fazer por mim, se eu levar os quatro?

Eu somei os valores, o total chegou a 20 libras, e eu disse que ele poderia ficar com eles por 17. Ele visivelmente se incomodou e depois respondeu:

– Não pode fazer por 15 libras?

Quando expliquei que isso seria um desconto de vinte e cinco por cento, ele disse:

– Quem não chora, não mama.

Por fim, pagaram as 17 libras e saíram, parecendo bastante contrariados.

Faturamento total £115,94
10 clientes

QUINTA-FEIRA, 3 DE ABRIL

Pedidos online: 6
Livros encontrados: 5

O dia começou mal com um telefonema de Carol-Ann às 8h50 me avisando que estava do lado de fora e perguntando por que a loja não estava aberta. Eu disse a ela que abro às 9h, mas desci e abri a porta para ela. Eu havia me esquecido de que ela tinha ligado ontem para perguntar se podia se encontrar com um de seus clientes na cozinha. Ela trabalha para uma empresa que auxilia pessoas que estão abrindo pequenos negócios, e tem uma grande área a cobrir, então costuma usar a loja para fazer reuniões. Ela imediatamente me acusou de ser grosseiro e de estar ficando careca. Nicky chegou logo em seguida e concordou com ambas as coisas.

Minha mãe me mandou um e-mail novamente pedindo ajuda com seu iPad constipado.

Depois do almoço dirigi até Glasgow para ver uma coleção de livros sobre ferrovias. Felizmente era uma coleção extremamente boa, todos os livros em ótimo estado. O vendedor era um homem idoso que estava vendendo os pertences de seu falecido irmão. Dei a ele 400 libras por oito caixas. Livros sobre ferrovias são provavelmente os mais vendidos na loja, algo que eu nunca poderia ter imaginado quando comprei o negócio quinze anos atrás.

O dia terminou com a reunião da Associação de Livreiros de Wigtown (ALW), aqui, às 17h30. Chá e biscoitos, como sempre. A discussão foi principalmente sobre o que faremos para conseguir um local para o festival de maio, agora que a destilaria foi fechada. É um pouco embaraçoso, já que o tema é uísque e a maioria dos eventos havia sido programada para acontecer na destilaria. O festival de maio é organizado pela ALW, que reúne alguns donos de livrarias em Wigtown. Não temos orçamento, então o festival é executado com pouco dinheiro. Embora faltem investimentos e também os grandes nomes do festival de setembro, o evento está aos poucos se tornando parte do calendário cultural de Wigtown. Anne, uma das funcionárias em tempo integral do festival, oferece uma ajuda indispensável na montagem do programa, e suspeito de que sem ela ele não aconteceria.

A reunião correu razoavelmente bem, com as discussões usuais sobre nova sinalização, quem está fazendo o quê, o ombro quebrado de Joyce, etc., mas o ponto alto foi quando o assunto de produzir um aplicativo sobre as Mártires de Wigtown foi abordado. A maioria de nós apoiava vagamente ou era indiferente à ideia, mas dois dos membros tinham opiniões definidas e opostas sobre o assunto, e uma discussão se seguiu durante a qual os dois se acusaram com intolerância e preconceito enquanto o resto de nós olhava com um constrangimento desconfortável.

As Mártires de Wigtown eram duas mulheres que se negaram a aceitar as imposições religiosas de seu tempo: o final do século 17. Durante aquele tempo, o dogma ditava que – entre muitas outras coisas – o rei fosse reconhecido como o chefe oficial da Igreja. Na Escócia houve oposição a isso, e os rebeldes eram conhecidos como Covenanters. Eles enfrentaram uma cruel perseguição pelas forças do governo no que ficou conhecido como "The Killing Times". Margaret Wilson e Margaret McLaughlan foram duas mulheres que fizeram parte desse grupo e foram executadas por causa de suas crenças. Elas foram amarradas a estacas de madeira na orla ao pé da colina de Wigtown para esperarem a maré subir. A Margaret mais velha foi amarrada ainda mais perto do mar, na esperança de que a Margaret mais jovem, vendo-a se afogar, mudasse de ideia e se conformasse. Mas ela não mudou de ideia. Há um monumento no pântano das marés marcando o local da execução – a Estaca das Mártires –, e seus túmulos estão no cemitério da Igreja da Escócia, na cidade. Antes de serem levadas para se afogar, elas foram presas na cela do antigo pedágio. Esse lugar agora é conhecido como Cela das Mártires.

É uma pena que as figuras mais famosas de Wigtown tenham tido um fim tão pouco edificante. De Wigtown saíram pessoas importantes para o mundo, entre elas Helen Carte, que (junto com seu marido Richard) dirigiu a D'Oyly Carte Opera Company; Paul Laverty (que é o roteirista de Ken Loach) esteve na agora extinta escola católica de Wigtown; o botânico John McConnell Black e o jogador de futebol Dave Kevan também são filhos de Wigtown. Na verdade, o ator James Robertson Justice – um antigo morador da cidade – amou tanto o lugar que em várias ocasiões ele falsamente o declarou como seu local de nascimento.

Faturamento total £301
14 clientes

SEXTA-FEIRA, 4 DE ABRIL

Pedidos online: 3
Livros encontrados: 1

Três pedidos, todos da Amazon; só encontrei um. Um dos livros que faltaram era *The Places in Between*, de Rory Stewart, que Nicky listou como estando na prateleira Q6 na sala escocesa, apesar de ser um livro sobre o Afeganistão, escrito por um homem que nasceu em Hong Kong. Talvez o nome do autor, que parece escocês, a tenha confundido. Quando eu estava levando as sacolas de correspondência para Wilma, encontrei Jock, que trabalhava na loja quando John Carter ainda era o proprietário. Jock é famoso por suas histórias compridas e claramente improváveis. Geralmente envolvem alguém tentando enganá-lo e, em seguida, ele descobrindo o golpe e levando a melhor sobre eles. Quase todas as histórias acabam em uma luta, que ele invariavelmente vence. As pessoas têm dificuldade para entender o que ele diz, tanto por causa do seu sotaque e dialeto como por não ter dentes. Hoje ele me contou sobre uma mulher em cujo jardim ele trabalha uma vez por semana. De acordo com Jock, ela não é uma boa motorista por causa de sua visão deficiente.

Às 12h15 um cliente telefonou e disse que havia comprado um livro na loja que era o primeiro de uma "*trio*logia". O livro, já com a postagem, havia custado 7,20 libras, e ele estava bastante satisfeito com isso. Agora queria comprar o volume II, mas nossa cópia do volume II é a única cópia disponível na internet e custa 200 libras, valor que ele não estava preparado para pagar. Ele o queria pelo mesmo preço que pagou pelo volume I. Tentei explicar que, como o nosso era o único exemplar disponível online, era um livro muito raro, e o preço era esse mesmo, 200 libras. Ele me disse que estava revoltado e desligou.

Depois de uma conversa com Anna, comecei a pensar em organizar um evento do Random Book Club em Londres – provavelmente uma palestra de um autor, mas o público não saberá quem será o autor até que a palestra comece. Mandei um e-mail para Robert Twigger, e ele ficou feliz em ajudar. Rob sempre vem ao Festival do Livro de Wigtown e normalmente fica em minha casa pelos dez dias que dura o festival. É um escritor que já ganhou vários concursos e prêmios: sua obra mais conhecida talvez seja *Angry White Pyjamas*, pelo qual ganhou o prêmio *William Hill Sports Book of the Year*. É um aventureiro e explorador, um homem extremamente divertido, e me considero muito sortudo por conhecê-lo e por tê-lo como um bom amigo. Ele morou com sua família no Cairo até a revolução de 2011, quando decidiram voltar para o Reino Unido. Ele agora mora em Dorset. Durante o festival do livro de setembro do ano passado, percebi que Eliot havia desligado uma das luminárias de minha mesa e ligado seu Kindle. Isso foi uma afronta em tantos níveis que, quando contei para Rob, ele decidiu que a melhor forma de vingança era baixar um livro chamado *Two in the Bush: The Fine Art of Vaginal Fisting* no Kindle dele. Desconfio de que sua esposa tenha ficado terrivelmente impressionada.

Callum e eu saímos para tomar uma cerveja depois que fechei a loja, em seguida fui até a cooperativa para comprar um pouco de leite. Mike estava trabalhando lá e parecia muito incomodado. Perguntei a ele como o gato de rua recém-castrado estava se adaptando, e ele me disse que havia sido desrespeitado verbalmente no dia anterior por uma mulher que entrara na cooperativa e o acusara de roubar seu gato. Aparentemente, ela estava procurando por ele havia semanas, desde que ele fugira. Ela não ficou muito satisfeita em saber que o bicho havia sido castrado.

Faturamento total £103,99
12 clientes

SÁBADO, 5 DE ABRIL

Pedidos online: 3
Livros encontrados: 2

Nicky chegou, como sempre, quinze minutos atrasada e armada com uma desculpa que, por mais improvável que pareça, eu sei que é verdade. A história de hoje foi que ela deixou cair um *éclair* que estava comendo (surrupiado da xepa do Morrisons) no colo enquanto dirigia e teve de parar e limpar a saia antes que o chocolate derretesse. Fiz para ela uma xícara de chá em uma caneca diferente da habitual caneca xadrez que ela usa. Nicky é particularmente exigente em relação a porcelana óssea, e uma caneca de porcelana comum pareceu causar um incômodo exagerado. Pouco depois de ela chegar, Kelly Cheiroso, seu pretendente embebido em Brut 33, apareceu e tentou convencê-la a acompanhá-lo em algum tipo de reunião familiar. Ela não aceitou o convite.

Um dos pedidos de hoje foi de um livro intitulado *A History of Orgies*. Outro novo membro do Random Book Club se inscreveu hoje.

Às 11h da manhã, uma mulher extremamente gorda trouxe seis caixas de livros de culinária, a maioria sobre dietas. Eu dei a ela 70 libras por eles.

Depois do almoço, eu trouxe as oito caixas de livros sobre ferrovias que comprei na quinta-feira em Glasgow. Enquanto as empilhava na frente da loja, um homem (que havia se posicionado de modo que eu tivesse de pedir "com licença" a cada caixa que eu trazia) perguntou:

– Aquilo são mais caixas de livros? – Como se estivesse fazendo uma incrível descoberta.

Quando eu disse que sim, ele riu alto por um tempo desconfortavelmente longo.

Quando você lida com um grande número de pessoas diferentes todos os dias, começa a notar padrões de comportamento. Uma das coisas mais interessantes para mim é ver do que as pessoas dão risada. Não faço ideia de por que aquele cliente achou tão engraçado que um livreiro estivesse trazendo caixas de livros para uma livraria. Muitas vezes não é algo engraçado ·

que provoca risos, as pessoas dão risada de seus próprios comentários ou observações banais. Às vezes, parece ser usado como uma espécie de sinal de pontuação para finalizar uma frase. Certa vez, encontrei e tratei de adquirir uma coleção de livros sobre psicologia em uma residência em Cúmbria, entre os quais estava um livro chamado *Laughter*, de Robert R. Provine. Segundo ele, apenas os primatas têm a capacidade de rir e "existem milhares de idiomas, centenas de milhares de dialetos, mas todos riem praticamente da mesma maneira". O riso não está limitado ao humor; palestrantes tendem a rir vinte por cento mais que seu público. Apesar disso, e do fato de que o riso é claramente uma forma de se aproximar das pessoas, os motivos pelos quais os clientes riem ainda me intrigam.

Depois do trabalho, desci para a casa dos meus pais para consertar o iPad "constipado" de minha mãe. Um de seus amigos estava lá, e tivemos uma longa conversa sobre animais de estimação, durante a qual ele confessou que nunca dá a seus cães uma comida que ele mesmo não comeria. Em várias ocasiões, isso resultou em comer comida de cachorro enlatada.

Faturamento total £345,87
23 clientes

SEGUNDA-FEIRA, 7 DE ABRIL

Pedidos online: 6
Livros encontrados: 6

Um dos pedidos do dia foi a edição da Penguim de *As cartas de John Steinbeck*, que cadastramos algumas semanas atrás por 5 libras e foi vendido online por 24. O que aconteceu foi que, no momento em que o incluímos na lista, o nosso preço foi comparado com a cópia online mais barata, que deve ter sido vendida, então nosso preço foi automaticamente reavaliado em relação à próxima cópia mais barata, que era 24 libras. Isso geralmente funciona ao contrário, e os livros online se tornam mais baratos à medida que os revendedores abaixam seus preços.

Nosso status de vendedor na Amazon caiu de Bom para Razoável novamente, graças aos pedidos não atendidos de sexta e sábado.

Vendi para uma mulher americana um livro intitulado *Guia do Dieter para emagrecer durante o sexo*.

Quando eu estava separando os livros que um homem trouxe em sacos de lixo no sábado, encontrei um marcador de página vitoriano no qual estavam bordadas as palavras "Eu amo a pequena Pussy" com a imagem de um gato embaixo.

A loja estava surpreendentemente cheia hoje, sem dúvida porque é época de férias escolares. Às 17h uma mulher veio me perguntar se seu marido havia ido embora, então eu disse a ela que não fazia ideia de quem era seu marido. Ela me olhou feio e saiu.

E-mail na caixa de entrada na hora em que estava fechando a loja, da Crail Bookshop, localizada em Fife, que acabara de fechar. Eles têm doze mil livros que querem vender e me ofereceram a chance de dar uma olhada neles. Eu recusei. O estoque, nestes casos, costuma estar esgotado, e os melhores livros são removidos antes de prepararem a venda em um único lote.

Outro e-mail de um colecionador de Edimburgo que tem treze mil livros para vender. Respondi pedindo mais informações.

Faturamento total £239,37
33 clientes

TERÇA-FEIRA, 8 DE ABRIL

Pedidos online: 4
Livros encontrados: 4

Às 10h15 uma mulher entrou e gritou:
– Estou no meu elemento! Livros!

Ela então passou uma hora me fazendo perguntas, falando muito alto, enquanto gingava pela loja como um "ganso majestoso", como Gógol descreve a esposa de Sobakevich em *Almas Mortas*. Como já era de se prever, ela não comprou nada.

Andrew chegou às 11h e trabalhou até o meio-dia. Ele conseguiu terminar a letra C na seção policial.

Assim que desci depois de fazer uma xícara de chá, um homem veio até o balcão com uma pulseira de cobre da mesa de antiguidades da loja e perguntou:

– *C'est combien?*

Por que ele escolheu falar francês, não faço ideia. Ele nem é francês; é escocês. Eliot chegou às 16h e imediatamente tirou os sapatos. No prazo de cinco minutos, tropecei neles duas vezes.

Quatro clientes comentaram que o Captain estava gordo.

A loja esteve movimentada o dia todo, mas mesmo assim consegui terminar *Almas Mortas*.

Faturamento total £451,41

33 clientes

QUARTA-FEIRA, 9 DE ABRIL

Pedidos online: 1
Livros encontrados: 1

Excepcionalmente, Nicky chegou pontualmente ao trabalho hoje; às vezes ela chega dez minutos adiantada, mas, normalmente, quinze minutos atrasada. Ela chegou segurando uma escova de cabelo e uma escova de dentes e correu escada acima para se arrumar. Mas parecia exatamente igual quando desceu. Quando perguntei por que estava tão agitada, ela respondeu:

– Não tente comer refogado frio enquanto estiver dirigindo. Passei em um buraco e a maior parte acabou subindo pelas minhas mangas e desceu pelo decote.

Ela saiu para almoçar assim que uma família americana entrou. Três gerações. O avô se aproximou com três livros na mão, bateu com eles com força no balcão e disse de forma grosseira:

– Aqui, moço. – Depois introduziu o cartão na máquina e disse: – Vocês aceitam cartão de crédito, não?

Os netos estavam correndo pela loja, causando um caos enquanto o pai gritava com eles. Ele foi ao balcão com uma coleção de quatro volumes do século 18 sobre a Escócia que custava 100 libras e perguntou onde ficava nossa seção sobre Badenoch. Quando eu disse a ele que não temos uma seção específica sobre Badenoch, ele continuou falando, contando que sua família era de lá, como se isso fosse de alguma forma melhor do que ser de qualquer outro lugar. A sensação de paz quando saíram era praticamente palpável, mas, em sua defesa, eles compraram a coleção de 100 libras. Eles se redimiram.

Muitas vezes, mesmo depois de você dizer aos clientes que não tem no estoque um livro que estão procurando, eles insistem em contar detalhes entediantes de por que estão procurando aquele título específico. Algumas explicações possíveis para isso me ocorreram, mas a que mais me convenceu é que se trata de um exercício de vaidade intelectual. Eles querem que você saiba que aquele é um assunto sobre o qual estão informados e, mesmo que estejam errados sobre o que quer que tenham escolhido para pontuar, eles continuam falando – normalmente em um tom de voz alto o suficiente para atingir não apenas o livreiro, mas todos os que estiverem nas proximidades também.

Finn, Anna e eu estávamos fazendo uma reunião na cozinha quando Eliot entrou abruptamente, falando alto ao celular. Em vez de se desculpar pela intrusão, ele tirou os sapatos e continuou falando. Acabamos nos mudando para a sala de estar, incapazes de competir com o volume da conversa de Eliot, que ele estava compartilhando conosco.

Nicky ficou para dormir. Eliot se ofereceu para comprar o jantar no bar, então peguei Nicky e fomos até lá. Bebemos dois copos de cerveja e voltamos. Nicky foi direto deitar na cama do festival, enquanto Eliot e eu subimos fazendo muito barulho, apenas alguns metros acima de sua cabeça.

Faturamento total £537
24 clientes

QUINTA-FEIRA, 10 DE ABRIL

Pedidos online: 3
Livros encontrados: 3

Acordei às 7h com o caos sinfônico de Eliot, andando, batendo os pés e esbarrando em tudo enquanto tomava banho, mexia em xícaras de chá e arrumava suas coisas antes de finalmente sair às 7h30. Pouco depois disso, ouvi Nicky no andar de baixo, fazendo uma pequena fração do barulho de Eliot, para fazer exatamente as mesmas coisas.

Nicky sugeriu que fizéssemos pequenos cartazes pedindo aos clientes que gravassem um vídeo lendo uma passagem de seu livro favorito para nós, com o que eu relutantemente concordei, então forcei Carol-Ann a estrear. Nicky escolheu para ela um livro da seção infantil destinado a crianças de onze anos. Ela pareceu profundamente ofendida, mas leu um trecho mesmo assim.

Faturamento total £424
31 clientes

SEXTA-FEIRA, 11 DE ABRIL

Pedidos online: 3
Livros encontrados: 3

Sexta-feira gastronômica. Hoje Nicky trouxe duas tortinhas de creme de ovo que saqueou do Morrisons. Acidentalmente, ela se sentou em cima de uma delas na van.

Às 11h, quando desci depois de preparar uma xícara de chá, um cliente usando sandálias e meias me abordou e disse:

– Olá. Preciso falar com você sobre o preço do seu exemplar de *The Busconductor Hines*. Diz que é £65. Certamente isso não pode estar certo.

Então verifiquei online, e realmente a nossa era a edição mais barata disponível. Ele resmungou e acabou vindo ao balcão com uma edição em brochura ao preço de 2,50 libras. Na semana passada, algo parecido aconteceu com uma cópia do *Feersum Endjinn* de Iain M. Banks.

Durante o almoço, ouvi um grupo de clientes de vinte e poucos anos discutindo sobre a loja. Uma delas disse que a loja era a "mais agradável" em que ela já tinha estado. Provavelmente ela estava se referindo à temperatura.

Enquanto estava fechando os fundos da loja, percebi que havia uma enorme quantidade de ovos de sapo no lago.

Faturamento total £182,49
19 clientes

SÁBADO, 12 DE ABRIL

Pedidos online: 4
Livros encontrados: 2

Nicky apareceu em seu traje de esqui preto, como de costume nesta época do ano. Parecia mais adequada para trabalhar em um frigorífico industrial do que em uma livraria. Nesta manhã, ela me disse que "não podia se preocupar" em processar os pedidos no sistema dos correios e que eu poderia fazer isso na segunda-feira. Desisti de confrontar Nicky quando se trata desse tipo de coisa. No passado, quando eu pedia a ela para fazer alguma coisa, ela meneava a cabeça com entusiasmo e, em seguida, ignorava completamente o que eu havia dito e fazia o que bem entendia. No entanto, ela é confiável e esforçada, e excepcionalmente divertida. Ela adora a loja e faz tudo o que pode para melhorar o estoque e fazer as coisas funcionarem melhor. É apenas uma pena que tenhamos opiniões diferentes sobre quais são essas coisas.

O vento hoje estava gelado, então acendi o fogão às 10h da manhã. Muitos clientes. Enquanto eu caminhava pela loja colocando novos livros nas prateleiras, vi três meninos lendo em silêncio na cama do festival. Normalmente desencorajo os clientes a irem para a cama do festival porque geralmente as crianças a tratam como um espaço para brincadeiras e bagunçam tudo, depois eu tenho de arrumar. Há um cordão barrando o acesso, mas os meninos devem ter passado por baixo dele. Somente alguém com coração de pedra poderia dizer-lhes para saírem de lá, pois estavam sentados, silenciosamente entretidos.

Nesta noite comecei a ler *O Terceiro Policial*[18], que uma ex-namorada me deu anos atrás e eu ainda não tinha lido.

Faturamento total £479,97
36 clientes

SEGUNDA-FEIRA, 14 DE ABRIL

Pedidos online: 3
Livros encontrados: 2

A última cliente do dia foi uma moça italiana que colocou sobre o balcão uma edição de *Decameron*, de Boccaccio, em dois volumes, datada de 1679, que estavam na prateleira há pelo menos dez anos. Foi a única coisa decente entre todo o conteúdo de um apartamento na sobreloja de uma cafeteria italiana semiabandonada em New Cumnock, que pertencera a uma senhora que havia falecido alguns meses antes de sermos chamados por uma das inventariantes da propriedade para retirar os livros.

Eu dirigi até lá numa noite de segunda-feira em janeiro de 2003, debaixo de chuva e granizo, depois de fechar a loja, e encontrei a mulher que estava encarregada da tarefa ingrata de se desfazer do conteúdo do apartamento.

---

[18] The Third Policeman é um romance do escritor irlandês Brian O'Nolan, escrito sob o pseudônimo de Flann O'Brien. Foi escrito entre 1939 e 1940, mas, depois que inicialmente não encontrou um editor, o autor retirou o manuscrito de circulação e alegou que o havia perdido. Fonte: Wikipedia (inglês). (N.T.)

O lugar se encontrava num estado deplorável: goteiras no teto, o papel de parede floral descascando, lâmpadas nuas penduradas por fios cobertos de teias de aranha, tetos com ripas expostas e gesso caindo aos pedaços. Não havia evidência de alguma limpeza ter sido feita ali por anos. Claramente havia sido habitada por uma solteirona idosa: todas as roupas de cama eram cor-de-rosa e cheias de pelos de gato. Devia haver uns dois mil livros, todos úmidos e também com pelos de gato, e – com exceção do *Decameron* – todos eram da The Book Club, uma editora que a maioria dos livreiros evita a todo custo (o mercado para os livros deles é quase não existente). Enquanto eu procurava alguma coisa que pudesse fazer a viagem ter valido a pena, a mulher que tinha nos recebido explicou que a última moradora da casa havia sido a filha única de um imigrante italiano que viera para a Escócia na década de 1920. Ele conhecera e se casara com uma mulher escocesa, e os dois abriram uma cafeteria no estabelecimento vazio que ficava abaixo do apartamento. Em pouco tempo passou a ser o lugar mais movimentado da cidade, agitado e próspero.

A inventariante encontrou uma cômoda empoeirada, abriu uma das gavetas e pegou um álbum de fotografias amarelado que continha centenas de fotos em preto e branco do lugar em seus tempos áureos – lotado de pessoas sorridentes, todas as mesas ocupadas, pessoas dançando. Quando o senhor italiano faleceu, alguns anos depois da esposa, na década de 1970, ele já havia transferido o negócio para sua filha única, mas os tempos tinham mudado, e o negócio declinou e acabou fechando. Lá embaixo as amplas vidraças estavam vedadas com tábuas, e o lugar – outrora movimentado – estava silencioso como uma tumba, exceto pelo som da chuva que entrava pelo telhado e pingava no chão. O otimismo daquele jovem italiano, com sua esposa escocesa, o negócio próspero e sua filhinha, e a coragem que o levou a mudar-se para outro país, aprender uma língua nova e iniciar um negócio e uma nova vida jamais poderiam ter previsto o triste fim que o destino daria ao seu sonho. Tenho certeza de que o *Decameron* de dois volumes estava entre os poucos pertences que ele trouxe consigo da Itália, e fico imaginando por quanto tempo esses livros passaram de geração para geração na família dele, para acabarem no meio de uma herança em um apartamento mofado em New Cumnock, sem mais ninguém para herdar.

Mas agora terão vida nova nas mãos da moça que os comprou hoje, e quem sabe o que está reservado para eles nas próximas centenas de anos?

Faturamento total £248,28
21 clientes

TERÇA-FEIRA, 15 DE ABRIL

Pedidos online: 3
Livros encontrados: 2

Sandy, o pagão tatuado, passou para ver se nosso estoque de bengalas precisa ser completado. Faz pelo menos um mês que não vendemos uma.

Ligação do conselho avisando que Andrew não virá mais, pois achou o trabalho muito cansativo. Eu estava começando a gostar dele.

O senhor Deacon passou às 16h20 para encomendar um exemplar de *A Gambling Man*, de Jenny Uglow, que, por acaso, eu tinha colocado na prateleira mais cedo. Ele ficou tão encantado quanto é possível para ele ficar na companhia de alguém.

Faturamento total £179,99
12 clientes

QUARTA-FEIRA, 16 DE ABRIL

Pedidos online: 5
Livros encontrados: 5

Duas mocinhas ruivas muito bonitinhas e amáveis vieram de manhã e perguntaram se ali era a loja do Captain. Devem ser garotas locais, ou então seguem a loja no Facebook. A fama do Captain claramente se alastrou mais do que eu imaginava. Enquanto estávamos conversando sobre como Captain engordou nos últimos tempos, um homem usando um short extremamente apertado foi até o balcão e comprou um livro intitulado *The Book of Successful Fireplaces*[19].

No começo da tarde, um homem aproximadamente da minha idade entrou, chutou os sapatos e deixou-os ao lado da porta. Na verdade, penso que não estou em posição de criticar; muitas vezes ando por ali descalço, no verão, mas acho que não faria isso na loja de outra pessoa.

Faturamento total £340,35
35 clientes

QUINTA-FEIRA, 17 DE ABRIL

Pedidos online: 3
Livros encontrados: 3

Nicky chegou com sua indumentária de verão, o traje de esqui de inverno agora no guarda-roupa até novembro. A roupa de hoje consistia em uma saia longa feita de uma espécie de fibra de urtiga e uma blusa estampada feita em casa com uma túnica marrom (também feita em casa). Ela poderia muito bem passar por uma figurante em uma adaptação de baixo orçamento de *Robin Hood*.

Um dos livros pedidos hoje foi *The Female Instructor*, um antigo "guia para a felicidade doméstica" da época vitoriana. No contexto de hoje parece mais um guia do abuso doméstico.

À tarde um cliente perguntou se podia ser filmado lendo seu livro favorito, então eu armei o tripé e pedi a ele que se sentasse perto da lareira. A leitura dele é linda; ele escolheu ler um trecho de *Cold Comfort Farm*, e leu com um sotaque galês lírico. Quando ele terminou, eu conversei um

---

[19] Em tradução livre: O livro de sucesso das lareiras, de G. Donley and Donley Brothers. (N.T.)

pouco com ele e a esposa e perguntei o que estavam fazendo aqui na região. Ela disse que estavam a caminho de Larne, ao que eu respondi:

– Por quê? É um lugar horrível.

Mas, aparentemente, Larne é a cidade onde eles moram.

Faturamento total £319,70
30 clientes

SEXTA-FEIRA, 18 DE ABRIL

Pedidos online: 5
Livros encontrados: 5

Boa sexta-feira.

Katie trabalhou na loja, já que Nicky tirou folga por causa de compromissos com as testemunhas de Jeová. Katie é uma estudante de medicina que já trabalhou várias vezes na loja nas férias de verão e que não tem um pingo de respeito por mim. Ela se mudou para cá de Oxford com a mãe e a irmã quando era criança.

Um cliente foi até o balcão e disse:

– Eu procurei na seção W e não achei nada de Rider Haggard.

Eu sugeri a ele que procurasse na seção H.

Faturamento total £197,89
18 clientes

SÁBADO, 19 DE ABRIL

Pedidos online: 3
Livros encontrados: 3

Katie veio novamente para substituir Nicky, então pedi a ela que empacotasse e endereçasse os livros para o Random Book Club (que conta agora com cento e sessenta e três membros). Quando fui à agência do correio para perguntar a Wilma se o carteiro poderia ir buscar, ela disse que ele poderia ir na terça-feira (segunda-feira após a Páscoa = feriado bancário).

Quando eu estava para fechar a loja, recebi uma ligação da senhora Phillips ("Tenho noventa e três anos e sou cega, sabe"), que não conseguia se lembrar do título do primeiro romance de Mrs. Gaskell e queria ver se eu sabia.

Faturamento total £250,49

17 clientes

SEGUNDA-FEIRA, 21 DE ABRIL

Pedidos online: 3

Livros encontrados: 2

O primeiro cliente trouxe um livro embrulhado em plástico bolha e papel de seda. Era uma obra teológica em latim, datada de 1716. Ele pediu uma avaliação, então sugeri que 40 libras talvez seria um preço razoável. Foi quando ele me disse (indignado) que a Bonhams tinha avaliado o livro em 50 libras.

Um dos pedidos de hoje foi para um livro intitulado *Liquid Gold: The Lore and Logic of Using Urine to Grow Plants*[20].

Faturamento total £162,43

18 clientes

---

[20] Ouro Líquido: A tradição e a lógica de usar urina para cultivar plantas. (N.T.)

TERÇA-FEIRA, 22 DE ABRIL

Pedidos online: 3
Livros encontrados: 3

Ligação às 11h de um homem perguntando:
– Como vocês fazem a leitura de livros em sua loja?
Um exame mais aprofundado revelou que o gênero dele é fantasia e que ele quer ler trechos de seu livro mais recente, que é sobre sereias.
– É ambientado no mar.
É difícil imaginar onde mais seria ambientado.
Às 14h, um cliente foi ao balcão com um livro lindamente ilustrado sobre pesca de salmões na década de 1920, que ele encontrou na Sala do Jardim. Estava sem preço. Ele perguntou quanto era, e eu, sentindo-me generoso, respondi:
– Faço por £2,50 para você.
Ele saiu da loja murmurando:
– Pago menos na Amazon.
Logo depois fui checar na Amazon e vi que o exemplar mais barato estava por 22 libras. Então atualizei o preço do meu para 12 libras, mas duvido que ele volte.
Pouco antes de fechar a loja, recebi uma ligação de uma mulher de Moffat, que tem uma biblioteca jurídica para vender. Eu tento evitar esse gênero porque não é fácil de vender, mas nunca se sabe o que se pode encontrar no meio dos livros, então combinei para ir ver a coleção no sábado.
O carteiro veio às 16h30 retirar as sacolas de pacotes para o Random Book Club.

Faturamento total £286,49
22 clientes

QUARTA-FEIRA, 23 DE ABRIL

Pedidos online: 2
Livros encontrados: 2

Um homem cheirando a tricloropropano foi o único cliente da loja na primeira hora de expediente, durante a qual tentei renovar o estoque da loja. Ele tinha a irritante capacidade de ficar na frente de cada prateleira que eu queria acessar, independentemente do gênero ou da localização das prateleiras na loja.

Faturamento total £233,48
19 clientes

QUINTA-FEIRA, 24 DE ABRIL

Pedidos online: 3
Livros encontrados: 3

Nicky veio hoje para poder tirar folga amanhã. Ela decidiu tomar o café da manhã na loja em vez de na van. Normalmente ela come enquanto dirige para o trabalho, o que inevitavelmente resulta em pingos e migalhas cobrindo sua saia de juta e seu tabardo de Robin Hood.

Uma cliente idosa me disse que seu próximo livro do clube do livro é *Drácula*, mas que ela não consegue se lembrar do que ele escreveu.

Notei que dois dos três ovos de Páscoa que minha mãe me deu estão faltando.

Faturamento total £160,70
14 clientes

SEXTA-FEIRA, 25 DE ABRIL

Pedidos online: 3
Livros encontrados: 3

Hoje Nicky não veio, então não houve nenhuma guloseima gourmet da xepa do Morrisons.

Depois do almoço, um cliente trouxe quatro caixas de livros:

– Você vai amar, são todos bestsellers.

Eu escolhi alguns e ofereci a ele 5 libras. Ele olhou para mim horrorizado e disse que nesse caso preferia doar para um bazar beneficente, onde – segundo ele – "dão valor à qualidade".

O fenômeno do bestseller na indústria editorial não parece se refletir na mesma medida na indústria dos livros usados. Talvez as pessoas que compram livros seguindo o conceito de bestseller sempre gostem de comprar os livros novos, para estarem na crista da onda e lerem o sucesso do momento, em vez de tempos depois. Talvez também porque os Dan Browns e Tom Clancys da vida sejam publicados em tanta quantidade que nunca há um valor por escassez para o negociante ou para o colecionador. O que é considerado bestseller no mercado de livros novos é justamente o tipo de livro que será um problema no comércio de livros usados. Normalmente os clientes não entendem isso e acham que sua primeira edição de *Harry Potter e as relíquias da morte* vale uma fortuna, quando na verdade 12 milhões de cópias foram impressas. Conforme o sucesso e a fama de um autor crescem, também crescem as tiragens de seus livros. Portanto, uma primeira edição de *Casino Royale* (da qual somente 4.728 cópias de capa dura foram impressas) terá um valor consideravelmente maior do que *O homem com a pistola de ouro*, cuja primeira edição teve uma tiragem de oitenta e dois mil exemplares.

Faturamento total £243,40
20 clientes

SÁBADO, 26 DE ABRIL

Pedidos online: 3
Livros encontrados: 2

Nicky veio hoje. Perguntei a ela se sabia o que tinha acontecido com os ovos de Páscoa que minha mãe me deu e que estavam atrás do balcão. A princípio ela negou ter qualquer conhecimento dos ovos, depois me contou que teve de dar um para uma "criança que estava chorando porque tropeçou em um tapete na loja". Quando perguntei se ela tinha comido algum ela respondeu que "só uma lasquinha". A criança chorosa, claramente, era ela própria. Por fim ela acabou confessando que tinha comido todos e acrescentou:

– Não sei por quê... eu nem gosto de ovo de chocolate.

Uma cliente se aproximou do balcão às 10h e perguntou:

– Onde estão os livros infantis?

Eu apontei para a seção de literatura infantil.

– Bem ali, passando por aquela porta.

A cliente girou cento e oitenta graus a partir da direção que eu tinha indicado e apontou para a entrada da loja, por onde ela havia entrado – literalmente segundos antes – e perguntou:

– Qual porta, aquela?

Depois do almoço dirigi até Moffat para ver a biblioteca de um escritório de advocacia que fechou há alguns anos. Provavelmente umas quarenta caixas. A maior parte era de pouco interesse, então peguei somente os volumes de Sessões de Tribunal, aproximadamente 150, encadernados de acordo com o padrão jurídico. Pretendo vendê-los como coleção no eBay. Esse tipo de encadernação costumava ser vendida por 300 libras o metro, então será interessante ver quanto conseguirei por eles. São sete metros.

Voltei para a loja impregnada do cheiro inconfundível de Brut 33 de Kelly Cheiroso, que, para minha sorte, tinha saído poucos minutos antes.

Faturamento total £269,99
24 clientes

SEGUNDA-FEIRA, 28 DE ABRIL

Pedidos online: 4
Livros encontrados: 4

Logo depois de abrir a loja, recebi uma ligação sobre um livro que uma cliente havia pedido online. Tinha chegado no sábado, e ela estava chateada porque as últimas cinco páginas estavam rasgadas:
– Eu tenho aversão a páginas rasgadas, me dão arrepios. Posso devolver?
Concordei, com certa relutância, que ela mandasse de volta para reembolso.
Às 16h30 um homem de bigode e usando boné de beisebol perguntou:
– Você não vende livros, vende? – E então gargalhou ruidosamente.

Faturamento total £92,96
13 clientes

TERÇA-FEIRA, 29 DE ABRIL

Pedidos online: 3
Livros encontrados: 2

A senhora maltesa que esteve na loja em março (queixando-se de que não há lojas de livros usados em Malta) apareceu para se apresentar. Seu nome é Tracy, e naquela ocasião ela veio para uma entrevista na RSPB[21], para o cargo de representante. Um casal de águias-pescadoras voltou para o ninho nos arredores de Wigtown há seis anos; a RSPB tem um vídeo do ninho no County Buildings. Tracy veio para trabalhar lá, embora o que ela irá fazer exatamente é assunto para especulação, já que neste ano as águias não deram sinal de vida.

---

[21] Associação Real para Proteção de Aves. (N.T.)

Três clientes, ao entrarem, se queixaram de que não conseguiam enxergar nada dentro da loja porque o sol estava tão brilhante do lado de fora que seus olhos estavam demorando para se adaptar ao ambiente interno. Isto não é incomum de acontecer e normalmente é dito em um tom que sugere que eu sou pessoalmente responsável pelo reflexo involuntário nas íris dos clientes.

Terminei de ler *O Terceiro Policial* durante a tarde, quando a loja estava em silêncio.

Faturamento total £121,98

12 clientes

QUARTA-FEIRA, 30 DE ABRIL

Pedidos online: 0

Livros encontrados: 0

Katie veio hoje. Ela passou a maior parte do dia colocando preço nos livros recém-chegados e colocando-os nas prateleiras.

Acendi o fogão pela última vez até o outono chegar. De maio a outubro não há necessidade, é bem quentinho dentro da loja. Além disso, as andorinhas chegam em maio e fazem seus ninhos no depósito de lenha. Não gosto de perturbá-las.

Não houve pedidos hoje de manhã, o que normalmente significa que há algum problema com o Monsoon, então mandei um e-mail para eles e espero que resolvam.

Um cliente trouxe uma coleção de livros sobre Burma que ele queria vender, provavelmente uns cinquenta títulos. Mas ele não aceitou minha oferta de 85 libras.

Depois do almoço fui até Dumfries pegar Anna na estação de trem – ela voltou do Festival de Primavera e detesta perder qualquer coisa que esteja acontecendo em Wigtown. Eu desconfio de que ela sente saudade do gato tanto quanto sente de mim, a julgar pela atenção que dispensa a ele.

Quando voltamos de Dumfries, encontramos um cliente na loja que perguntou se temos em estoque edições antigas de *The Scots Magazine*. Ao saber que não, por algum motivo ele interpretou isto como um sinal para me dizer, extensivamente, quais assuntos ele estava procurando e por quê.

Logo antes de fechar, eu abri o e-mail e encontrei um de Rob Twigger me avisando que virá me visitar amanhã.

Faturamento total £147,50
14 clientes

MAIO

Não é verdade que homens não leem romances, mas é verdade que há ramos inteiros da ficção que eles evitam. De modo geral, aquilo que se pode chamar de romance comum – com mocinho, vilão e enredo previsível, que é mais ou menos o padrão do romance inglês – parece existir somente para as mulheres. Os homens leem ou os romances que é possível respeitar, ou histórias de detetive.

George Orwell, *Bookshop Memories*

Apesar do sucesso da serialização televisiva de *A saga dos Forsyte*, o tipo de história previsível ao qual Orwell se refere é completamente ignorado pelos clientes hoje em dia, e autores como Jeffery Farnol, Dennis Wheatley, Warwick Deeping, O. Douglas, Baroness Orczy – tão vorazmente consumidos em seu auge – agora servem apenas para juntar poeira. No que diz respeito às mulheres serem as maiores leitoras de ficção, o estereótipo de gênero de George Orwell é ainda mais verdadeiro hoje, embora sua afirmação de que somente os homens "leem… romances que é possível respeitar" pelos padrões de hoje soa, no mínimo, anacrônico. O meu próprio gosto deve ser incomum na opinião dele, já que prefiro ficção (porém não histórias de detetive). A maior parte da não ficção, a menos que seja uma paixão (como, por exemplo, Galloway – no momento estou lendo o livro de Dane Love *The Galloway Highlands*), parece ser um trabalho bem difícil, até onde posso ver, mas a capacidade de um bom romance de transportar o leitor para um mundo diferente é exclusiva da palavra escrita.

De modo geral (pelo menos na minha loja), a maior parte da literatura de ficção ainda é comprada por mulheres, ao passo que os homens raramente compram qualquer coisa que não seja não ficção, uma tendência confirmada em um experimento completamente não científico realizado alguns anos atrás pelo autor Ian McEwan em Londres. Ele decidiu distribuir gratuitamente exemplares de um de seus livros durante um movimentado horário de almoço. Quase todos os que demonstraram apreciação eram mulheres, e os que reagiram com desconfiança eram quase todos homens. Isso levou McEwan a concluir no *The Guardian* que "Quando as mulheres pararem de ler, o gênero romance morrerá" – um sentimento com o qual Orwell poderia, até certo ponto, ter concordado. É difícil prever o que os clientes irão comprar, embora a quantidade de homens que vão direto para a seção de ferrovias seja impressionante.

Durante o Festival do Livro de Wigtown (que acontece ao longo de dez dias no final de setembro), são sempre os eventos de não ficção que infalivelmente atraem um público mais numeroso. A poesia parece ser o único gênero para o qual não há quase público nenhum – um fato triste, que se reflete na loja. Poesia vende muito pouco. Heaney, Hughes, Auden, Eliot, MacDiarmid, Wendy Cope e alguns outros até atraem a atenção, mas Tennyson, Cowper, Browning e Lowell permanecem nas prateleiras, só ocasionalmente perturbados pelas mãos de um ou outro cliente mais curioso. São fósseis poéticos que talvez um dia sejam desenterrados e espanados por paleontólogos literários.

QUINTA-FEIRA, 1º DE MAIO

Pedidos online: 0
Livros encontrados: 0

Nenhum pedido outra vez, e nenhuma resposta do Monsoon.

Nicky chegou à loja vestida em seu tabardo medieval e uma calça tão amarela que parecia uma gema de ovo que havia sido exposta a perigosos níveis de radiação. Ela anunciou que vai complementar sua renda transformando a van em uma loja móvel de faça-você-mesmo. Na hora do almoço, ela desapareceu e voltou mais tarde com um enorme pedaço de fungo que havia cortado de uma árvore perto de Martyrs' Stake, bem no sopé de Wigtown Hill, cem metros depois da última casa da cidade. Ela decidiu que aquilo é comestível e que muito provavelmente é frango-da-floresta. Passou a maior parte do dia tentando me convencer a comer um pouco. A única coisa de que estou convencido é que ela está tentando me matar.

Monsoon finalmente respondeu ao meu e-mail, logou-se remotamente ao nosso sistema e consertou seja lá o que estivesse bloqueando os pedidos.

No meio da tarde, quando Nicky e eu estávamos no meio de uma discussão sobre evolução (estávamos no ponto em que "você pode ser macaco, eu não sou"), o senhor Deacon apareceu. Aparentemente, ele tinha perdido seu exemplar de *A Gambling Man* antes de acabar de ler e queria comprar outro. A discussão sobre evolução terminou assim que ele saiu.

Faturamento total £99,50
10 clientes

SEXTA-FEIRA, 2 DE MAIO

Pedidos online: 3
Livros encontrados: 3

Nicky veio hoje outra vez. Abri a porta para me deparar com Twigger esperando do lado de fora com sua mochila. Eu tinha me esquecido de deixar uma porta aberta antes de ir dormir ontem à noite. Ele dormiu no jardim. Pedi desculpas, e ele respondeu:

– Sem problema, cara. Eu gosto de dormir ao ar livre.

Hoje foi o primeiro dia do Festival de Primavera de Wigtown. Trata-se de uma série de eventos organizados pela Associação de Livreiros de Wigtown. Sem muito orçamento para palestrantes ou para promoção, é um evento de pequenas proporções e mal gera uma fração do movimento do Festival de Setembro, cujo orçamento está agora por volta de 400 mil libras. Os eventos do Festival da Primavera são realizados nas próprias lojas ou em locais pequenos pelos quais podemos pagar, e normalmente são frequentados pelos moradores locais.

Nicky voltou ao sopé da colina para cortar mais frango-da-floresta. Ela fritou aquilo na cozinha. Twigger apostou um livro para ver se ela ainda estará viva amanhã.

Anna e eu passamos grande parte do dia voltando para o lugar os móveis da sala de estar, que foram mudados em preparação para uma Ceia do Uísque, que aconteceu no andar de cima. Foram vendidos dezesseis ingressos. O bufê ficou a cargo de Maria, uma mulher australiana que se mudou para cá há alguns anos com o marido e os filhos. Ele é professor, e ela abriu uma empresa de bufê. O entusiasmo dela é impressionante. Tudo para ela é "fantástico", mesmo que não seja. A refeição estava esplêndida, assim como o uísque que todos bebemos em excesso.

Nicky passou a noite na cama do festival e prometeu abrir a loja de manhã para que eu possa dormir até mais tarde.

Faturamento total £182,49
13 clientes

SÁBADO, 3 DE MAIO

Pedidos online: 4
Livros encontrados: 4

Não havia ruído nem movimento no andar de baixo às 8h30, então desci e abri a loja. Nicky dormia profundamente. Twigger, Nicky e eu estávamos sofrendo da bebedeira da véspera. Depois do almoço, fui até Dumfries com Anna para pegar a amiga dela, Lola. Lola trabalha na indústria cinematográfica e, como Anna, é uma americana residente em Londres. É uma mulher franzina, de cabelos escuros e muito espirituosa. Anna a apresentou à sua amiga Diana, outra americana que também mora em Londres e que também trabalha no ramo do cinema. Diana e Lola abriram uma produtora e estão ansiosas por transformar o livro de Anna em um longa-metragem. A caminho de casa, paramos no Castelo Threave. O castelo fica no meio do rio Dee, e o acesso é feito por um pequeno barco com motor de popa. Foi a residência dos infames condes de Douglas e foi construído no século 14 por um homem que se encantou com o nome de Archibald o Sombrio, lorde de Galloway. É uma fortificação impressionante, claramente projetada para tal, muito mais do que como uma residência luxuosa.

Quando chegamos em casa, Alex (meu cunhado) já tinha chegado para se preparar para sua palestra às 18h sobre a construção de uma nova destilaria de uísque. Alex trabalha para uma empresa chamada Adelphi. Quando o negócio começou, a estratégia era comprar tonéis de maltes raros de destilarias, engarrafar e vender com o rótulo da empresa. Mas o chefe dele decidiu que valeria a pena produzir uísque próprio, então eles construíram uma destilaria em Ardnamurchan, o ponto mais ocidental do continente britânico. Para alguém que parece bastante tímido, a palestra de Alex foi excelente e melhor ainda, se possível, graças às frequentes amostras de uísque que ele generosamente distribuiu.

Faturamento total £417,57
28 clientes

DOMINGO, 4 DE MAIO

Pedidos online: 3
Livros encontrados: 2

Quando tentei abrir a loja às 11h (Twigger tinha uma palestra no andar de cima ao meio-dia), descobri que a fechadura estava emperrada e que a porta não abria, então fizemos sinais para as pessoas se dirigirem à porta lateral e fui até Newton Stewart para comprar outra fechadura. Grande parte da tarde foi dedicada a tentar abrir a porta sem a quebrar, para que eu pudesse trocar a fechadura. Não foi o dia mais profissional ou produtivo do Festival da Primavera, embora a palestra de Twigger tenha sido excelente e com um ótimo público. Anna se encarregou de apresentá-lo e de agradecer a todos.

Anna e Lola passaram a ensolarada tarde de primavera passeando pela cidade, Anna claramente feliz por poder mostrar a Lola seus lugares favoritos em Wigtown e arredores, como uma entusiasmada guia de turismo. Anna abraçou carinhosamente a vida em Wigtown e fez amizade com muito mais pessoas do que eu poderia ter imaginado, sendo abençoada com uma completa falta de timidez. Um de seus preferidos entre os moradores da cidade era um homem que costumava passar zunindo pelas ruas em uma scooter com seu nome "Gibby" na placa. Quando ele morreu, há dois anos, ela ficou desolada. Está de tal maneira envolvida na comunidade que, como acontece com a maioria das pessoas em Wigtown, atravessar a rua pode demorar vinte minutos, dependendo de quem você encontra pelo caminho.

Comecei a ler o livro de Twigger, *Angry White Pyjamas*, que, apesar de conhecer o autor há alguns anos, nunca tinha me animado a ler.

Faturamento total £128,50
13 clientes

SEGUNDA-FEIRA, 5 DE MAIO

Pedidos online: 2
Livros encontrados: 2

Feriado bancário.

Nicky veio trabalhar hoje para que Anna e eu pudéssemos dar atenção e fazer companhia a Lola. Fomos almoçar na casa de Margie, depois nós três (Anna, Lola e eu) preparamos uma perna de cordeiro para o jantar, para dez amigos. Margie é uma acadêmica de Cambridge que comprou uma casa em Wigtown alguns anos atrás. Ela é holandesa e tem duas filhas, que são líderes em seus respectivos campos científicos. Ela morava em Galloway quando as meninas eram pequenas, depois mudou-se para Cambridge. Está de volta, em parte, por causa do livro de Anna. Margie é uma das maiores preciosidades de Wigtown: muito inteligente, engraçada, irreverente e generosa ao extremo.

Tracy passou na loja na hora do almoço para me contar que tinha acabado de ver um bando de andorinhas. A primavera chegou.

Twigger saiu às 10h e voltou para Dorset.

Outra noite prolongada, regada a vinho tinto e ao uísque que sobrou da palestra de Alex no sábado.

Faturamento total £106,99
13 clientes

TERÇA-FEIRA, 6 DE MAIO

Pedidos online: 3
Livros encontrados: 3

Norrie ficou na loja porque terça-feira é o dia da semana em que Nicky sai batendo de porta em porta para falar sobre Jesus. Eu fui a Dumfries – Anna e Lola queriam ira ao leilão. Anna voltou com duas caixas de tranqueiras, como de costume. Tive uma longa conversa com Angus, o tripulante de submarino, sobre a nítida ausência de Dave Chapéu, que nunca perde uma venda. Especulamos sobre o que pode ter acontecido. Nós três passamos o dia comendo e passeando pela cidade, incluindo uma visita ao Castelo Caerlaverock, depois deixamos Lola na estação de trem às 17h e voltamos para casa.

Entre as habituais contas e pedidos de dinheiro que chegam pelo correio, estava o livro do senhor Deacon.

Faturamento total £120,50
13 clientes

QUARTA-FEIRA, 7 DE MAIO

Pedidos online: 8
Livros encontrados: 7

Na hora do almoço, deixei uma mensagem no telefone do dr. Deacon avisando que ele pode vir buscar o livro quando quiser.

Faturamento total £140,01
18 clientes

QUINTA-FEIRA, 8 DE MAIO

Pedidos online: 4
Livros encontrados: 4

Um cliente amigável e conversador me contou que precisa se desfazer da coleção de livros de história marítima do tio, que está em seu apartamento na extrema zona oeste de Glasgow. Vou até lá na próxima semana para dar uma olhada.

O senhor Deacon veio buscar o livro por volta das 15h. Quando ele estava saindo, notei que estava sem o sapato do pé esquerdo.

Faturamento total £180,83
19 clientes

SEXTA-FEIRA, 9 DE MAIO

Pedidos online: 2
Livros encontrados: 2

Um cliente estava esperando na porta com duas caixas de livros, quando abri a loja de manhã, todos da Penguin, e a maioria sobre crimes ambientais, que vendem muito bem. Nicky chegou dez minutos depois que eu os havia comprado por 60 libras e me perguntou quanto eu havia pagado por eles. Perguntei a ela quanto ela achava, ela os folheou por alto e arriscou 20 libras.

O quitute da sexta-feira gastronômica desta semana foi um bolo das antigas de Mr. Kipling's Battenberg da xepa do Morrisons. Passamos o dia colocando preço nos livros da Penguin, arrumando-os nas prateleiras e conversando sobre até que ponto devemos considerar os preços da Amazon quando não temos certeza de quanto cobrar por um livro na loja. Nicky é a favor de vender mais barato do que na Amazon, mas eu acredito que a maioria dos clientes compreende que nossos preços nem sempre podem ser mais baixos que os da Amazon por causa das despesas gerais da loja.

Faturamento total £192
14 clientes

SÁBADO, 10 DE MAIO

Pedidos online: 6
Livros encontrados: 6

Os ovos de sapo no lago desapareceram, e centenas de girinos minúsculos surgiram em seu lugar.

Faturamento total £170,70
14 clientes

SEGUNDA-FEIRA, 12 DE MAIO

Pedidos online: 5
Livros encontrados: 3

Depois do almoço, fui abordado por um homem de capuz e uma voz enervantemente sibilante, que se aproximou de mim do lado de dentro do balcão, perto demais para o meu gosto, e perguntou:

– Escute, qual é a sua especialidade?

– Livros – respondi.

Admito que foi uma resposta estúpida, e, como era de se prever, ele não ficou impressionado e disse:

– Não se faça de engraçadinho comigo.

Dando uma inútil continuidade ao meu comentário anterior, eu retruquei:

– Por que não?

Não preciso dizer que a conversa não acabou bem. Na verdade, ele ficou tão irritado que fui obrigado a tirar vantagem da minha posição de chefe e chamei Nicky para lidar com ele.

Faturamento total £84,50
14 clientes

TERÇA-FEIRA, 13 DE MAIO

Pedidos online: 5
Livros encontrados: 5

Obviamente temos um problema com a AbeBooks, já que todos os pedidos de hoje foram na Amazon, então fui verificar e vi que nosso estoque online caiu de dez mil para quatrocentos e cinquenta livros. Enviei um e-mail para eles para saber o que está acontecendo. Estimo que a perda de vendas com a AbeBooks seja de cerca de 100 libras semanais. A AbeBooks é o melhor meio para vender livros mais valiosos, e nossa média de vendas nesse site é de aproximadamente 30 libras, o equivalente a cerca de seis vendas na Amazon; portanto, apesar de não vendermos uma grande quantidade de livros na AbeBooks, o valor com relação à Amazon é significativo.

Dois casais de andorinhas começaram a construir ninhos, um na passagem entre a loja e a loja vizinha, e outro no depósito de lenha.

Ao meio-dia, um cliente amarrou seu terrier que não parava de latir em um dos bancos na frente da loja enquanto ele e a esposa esquadrinhavam as prateleiras. Uma hora depois, o coitadinho ainda latia. Eles não compraram nada. Pouco depois que foram embora, um homem com o que parecia ser um porta-ovo tapando o olho esquerdo perguntou por livros de "numerologia". Tive de perguntar o que significava.

Faturamento total £107,99
12 clientes

QUARTA-FEIRA, 14 DE MAIO

Pedidos online: 3
Livros encontrados: 2

Às 11h, uma cliente foi até o balcão com uma pilha de livros sobre ferrovias para o marido. Quando estava pagando, ela disse:

– Nunca se case com um ferroviário.

Como se isso fosse algo que eu estivesse considerando seriamente.

De manhã chegou o e-mail abaixo:

Prezado proprietário da livraria de maior prestígio da Escócia,
Espero que este e-mail o encontre bem de saúde.
Sou um autor independente de histórias paranormais e de fantasia,
com três e-books atualmente disponíveis e um romance recém-publicado,

sobre o meu lugar favorito entre todos para escrever a respeito – o ocea-no. Sim, sou daqueles que acreditam na existência de sereias, ou, como gosto de chamá-las, asperini. Esse romance, The White Queen, *é o primeiro de uma minissérie,* Beyond Endless Tides, *na qual muitas asperini [sic] lutam por um futuro seguro quando percebem que as criaturas do oceano, grandes e pequenas, irão morrer em breve devido à redução da quantidade de planctônia. Muitas dessas asperini acredi-tam que o segredo para sua sobrevivência é abandonar de vez o oceano e viver na terra entre os humanos, ou, como os chamam, nghozas. A única maneira de conseguir isto é acasalar com eles e tornarem-se hu-manas também. Nem todas as asperini acreditam nisso e, assim como Morg, tentam encontrar outro caminho.*

Morg é forçada a acasalar com um nghoza, mas tem a sorte de ter consigo um amigo de seu pai, que a ajuda a escapar. Ela sabe onde encontrar outras asperini e logo vai ao encontro delas, incerta sobre a crença delas com relação ao acasalamento com os nghoza. Para sua alegria, ela é aceita em uma família, mas, quando seu pai aparece, não há nada que ela possa fazer a não ser fugir. Antes de ir embora com o rapaz da família, ela fica sabendo por uma sereia (ligphur), a Rainha Branca, que consegue enxergar o futuro e pode ser a chave para a sobrevivência de todas as asperini. Juntos, Morg e Ethos viajam rumo ao Sul para procurar o ligphur místico.

Isto é tudo por enquanto, mas, se quiser saber mais, fique à von-tade para perguntar.

Estou lhe escrevendo hoje porque estou bastante interessado em ler no seu estabelecimento, e tenho em mente um tour de leitura pelo qual estarei aí na região na sexta-feira 19 de setembro de 2014. Seria possível agendar um evento nessa data? Reconheço que está um pouco em cima da hora, por isso me diga quando é melhor para você. Isto, é claro, se lhe aprouver receber um autor desconhecido [sic] como eu.

Levarei meus exemplares para autografar após a leitura e, é claro, se houver interesse de sua parte em adquirir para a sua loja, terei al-guns disponíveis para venda, ou consignação, com trinta e cinco por cento de desconto sobre o menor valor. Estou vendendo na Amazon's

*Createspace por £4.99, e na Feed a Read por £5.99. Não me permitem
vender por menos devido ao número de páginas.*
   *No aguardo da oportunidade de conhecê-lo pessoalmente,
Atenciosamente*

Sandy, o pagão tatuado, trouxe três bengalas e trocou-as por três livros.

Faturamento total £324,47
29 clientes

QUINTA-FEIRA, 15 DE MAIO

Pedidos online: 2
Livros encontrados: 2

O dia hoje foi bonito, quente e ensolarado.

O homem que escreveu o *Observer's Book of Observer's Books* – uma
bibliografia de livros Observer – visitou a loja e queixou-se de que o nosso
estoque de livros Observer não estava tão bom como costumava ser. Depois
de uma breve contagem, calculei que temos cerca de cento e cinquenta.

Nicky veio ficar na loja hoje para que eu pudesse levar Anna até a
Dumfries para pegar o trem de volta para Londres. Paramos para almoçar
com Carol-Ann e Ruaridh no Galloway Lodge em Gatehouse. Galloway
Lodge é o negócio de Ruaridh. É um restaurante grande, e Ruaridh é um
amigo que conheço desde criança. É implacavelmente rude e ofensivo
para comigo, sempre foi. Cheguei de volta às 16h30 para encontrar Nicky
sendo instruída por uma cliente sobre como ela conseguira treinar seu
gato para usar o banheiro como um humano, inclusive dando a descarga.
A expressão de Nicky era um maravilhoso misto de desprezo e fascínio.

Faturamento total £75,50
9 clientes

SEXTA-FEIRA, 16 DE MAIO

Pedidos online: 3
Livros encontrados: 2

Hoje foi outro dia lindo. Nicky veio novamente.

Depois do almoço fui até Glasgow para ver a coleção de história marítima que o cliente mencionou na semana passada. O dia estava quente e ensolarado, e a casa fica em uma rua georgiana larga e bonita na zona oeste de Glasgow. David (como ele se apresentou) me cumprimentou na porta, e entramos em uma sala impressionante, através de cujas janelas o sol de primavera banhava a sala. Os livros estavam em cerca de vinte caixas, arrumados com as lombadas para cima. Enquanto eu os folheava, David explicou que seu falecido tio havia sido um oficial naval durante a guerra e que havia acumulado a coleção ao longo de sua vida. Me contou também que ele e a esposa tinham ido morar em Glasgow vários anos antes, quando ele recebera uma proposta de emprego que – nas palavras dele – "teria sido indelicado recusar". Selecionei os melhores livros da coleção e fiz um cheque de 700 libras para ele.

Depois que saí de lá, achei que seria uma boa ideia aproveitar que estava em Glasgow e comprar um par de sapatos novos, então estacionei a van no estacionamento de vários andares na Mitchell Street e fui para a House of Fraser. Reparei que a van tinha exatamente a altura máxima permitida para estacionar ali. Quando fui embora (com um novo par de sapatos marrons), a cancela levantou para eu passar, mas – presumivelmente programada para veículos menores – começou a descer antes de eu terminar de passar, e uma corrente na barreira pegou a porta traseira da van, arrancando todo o mecanismo da maçaneta do encaixe. Felizmente a peça caiu ainda na Jamaica Street, antes de eu chegar à A77.

Em novembro de 2001, o mês em que comprei a loja, um senhor de idade estava olhando a seção de história marítima da loja. Ele foi até o balcão e perguntou:

– Quando você vai acender a fogueira?

Aturdido, perguntei o que ele queria dizer. Ele respondeu:

– Para os seus livros. Nunca vi tanta porcaria na minha vida. Só servem para queimar mesmo.

Essa foi minha primeira experiência com um cliente realmente grosseiro, e naquela época eu ainda estava cheio de inseguranças com relação à loja, ao estoque e ao negócio em geral. Felizmente, um outro cliente testemunhou a cena e, percebendo meu desconforto, interveio na conversa:

– Na realidade, esta é a melhor seção de história marítima que já vi em uma livraria. Se não gostou, talvez seja melhor ir embora.

E foi o que o idoso fez.

Faturamento total £127

11 clientes

SÁBADO, 17 DE MAIO

Pedidos online: 3

Livros encontrados: 3

Fiona, dona da loja vizinha, veio de manhã me dizer, em um estado de pânico moderado, que vão precisar de uma marquise extra para uma demonstração ao vivo que irá acontecer como parte do festival de culinária que ocorrerá no fim de semana. Por sorte, eu tenho um gazebo *pop-up* que comprei para um evento no jardim no verão passado.

Nicky e eu repassamos a lista de associados do RBC que se inscreveram em abril do ano passado e não renovaram a assinatura, mesmo depois do lembrete que enviamos no mês passado. O clube está perdendo força outra vez e conta com somente cento e trinta e sete membros. Depois de verificarmos quem estava inscrito e quem não estava, embalamos os livros deste mês e deixamos tudo preparado para a postagem.

Kelly Cheiroso apareceu no exato momento em que Nicky tinha acabado de sair para o almoço. Eu desconfio de que o olfato dela esteja bem sintonizado para detectar a aproximação de vapores de Brut 33 a tempo de ela poder escapar. Desapontado por não a encontrar, ele relutantemente conversou um pouco comigo. Pelo que entendi, ele vai se internar no hospital na próxima semana para uma cirurgia no quadril.

Um cliente da Irlanda do Norte (um senhor de idade usando camiseta azul) foi ao balcão com dois livros e perguntou:

– O que pode fazer para mim, se eu comprar estes dois livros?

O total era 4,50 libras, então eu disse a ele que não tinha como dar desconto em livros que já estavam mais baratos do que a postagem por si só na Amazon. Ele aceitou com visível relutância e murmurou:

– Ah, bom... espero que ainda esteja aqui na próxima vez que eu vier.

Pelo tom de voz dele, não ficou muito claro se ele estava sugerindo que minha recusa em conceder um desconto em uma venda de 4,50 libras significava que haveria uma debandada em massa de clientes para nunca mais voltarem e eu seria forçado a fechar a loja, ou se ele esperava sinceramente que a loja sobrevivesse a estes tempos difíceis.

Um dos pedidos hoje foi uma biografia intitulada *E. D. Morel: The Man and His Work*. O autor é F. Seymour Cocks.

Faturamento total £119

19 clientes

SEGUNDA-FEIRA, 19 DE MAIO

Pedidos online: 5

Livros encontrados: 5

Um cliente entrou na loja às 10h e perguntou se tínhamos algum livro sobre sobrenomes escoceses, então eu mostrei a ele *Surnames of Scotland*, de Black. Ele deu uma olhada por alto e me disse que era "abrangente demais".

Depois que ele saiu, a loja ficou vazia, então aproveitei para ir ao correio e perguntei a Wilma se ela se importava de mandar o carteiro lá mais tarde. O rabugento William de Ulster ignorou por completo o meu "Bom dia, William. Lindo dia, não?"

Quando voltei para a loja, havia um jovem casal esperando no balcão com duas caixas de livros, todos de ficção moderna e em ótimo estado. Eram recém-casados e estavam de mudança para um apartamento, e tinham combinado de cada um se desfazer de metade de suas respectivas coleções de livros. A situação tinha um ar encantadoramente antiquado. Dei a eles 45 libras pelos livros.

Um cliente colocou alguns livros sobre o balcão, incluindo um fac-símile esfarrapado da edição de Kilmarnock de Burns. O total chegou a 14,50 – sem barganha. Perguntei se ele queria uma sacola, ao que ele respondeu:

– Provavelmente.

Tenho certeza de que foi a primeira vez que alguém deu essa resposta na loja.

O carteiro chegou pouco antes das 17h e levou as cinco sacolas de livros do Random.

Faturamento total £110,99
15 clientes

TERÇA-FEIRA, 20 DE MAIO

Pedidos online: 5
Livros encontrados: 5

Outro dia quente e ensolarado, e Nicky veio, então à tarde fui dar uma volta de bicicleta com Callum nas trilhas de mountain-bike em Kirroughtree Forest, a cerca de doze quilômetros de distância. Nós dois conseguimos completar o circuito vermelho sem incidentes, ao contrário das primeiras vezes que tentamos, anos atrás. Nas primeiras dez tentativas, ou algo assim, um de nós, ou ambos, acabávamos batendo em uma árvore, ou calculávamos mal uma curva e íamos parar de cara no chão em alguma vala.

Faturamento total £217,50
16 clientes

QUARTA-FEIRA, 21 DE MAIO

Pedidos online: 6
Livros encontrados: 5

Todos os pedidos hoje foram da Amazon, um deles por uma primeira edição de Patricia Wentworth que deveria custar 50 libras, mas foi vendida por 4. A discrepância surgiu por causa do software de correspondência de preços que vem com o Monsoon, que foi configurado para corresponder ao preço mais baixo da Amazon. Quando cadastramos o nosso exemplar, era o mais barato, mas subsequentemente o preço baixou para corresponder ao de uma outra cópia. Ocasionalmente, para conseguir uma barganha, as pessoas criam listas falsas de livros caros que elas desejam, mas a preços ridiculamente baixos. Depois elas esperam o software de correspondência de preços entrar em ação e o exemplar de uma lista genuína cair para o preço da lista fantasma que elas criaram. Compram o livro e em seguida removem a lista fantasma.

Um cliente que comprou um exemplar do diário de Pepys leu a frase de Einstein pintada na frente do balcão ("Duas coisas são infinitas, o universo e a estupidez humana, mas, com relação ao universo, não tenho certeza absoluta") e perguntou:

– Essa frase é mesmo de Einstein?

Aparentemente há controvérsias, e muitas pessoas acham que ele não disse isso.

Depois do trabalho me sentei no jardim e fiquei vendo as andorinhas voejando e mergulhando no lago.

Faturamento total £309

15 clientes

QUINTA-FEIRA, 22 DE MAIO

Pedidos online: 4

Livros encontrados: 4

A primeira cliente do dia foi uma mulher australiana cuja dificuldade para pronunciar o som de T me deixou em dúvida se ela queria livros sobre "paletas" ou sobre "patetas". E fiquei sem saber, porque ela acabou comprando um livro de Enid Blytons[22].

É um fenômeno estranho que, quando os clientes visitam a loja pela primeira vez, eles tendem a perambular vagarosamente entre as estantes, como se esperassem alguém aparecer e dizer a eles que adentraram uma zona proibida, e, quando decidem parar, é invariavelmente em uma porta ou passagem para outro ambiente. Isso, obviamente, é bastante frustrante para quem estiver atrás deles, e, como essa pessoa normalmente sou eu, vivo em um perpétuo estado de frustração. Os antropólogos insistem que é uma reação humana instintiva, ao entrar em um novo espaço, parar e verificar se há algum perigo potencial, apesar de que para mim é um mistério imaginar que tipo de perigo pode estar à espreita em uma loja de livros, a não ser um livreiro frustrado cuja paciência se esgota por completo com alguém bloqueando a passagem.

---

[22] Escritora inglesa de livros de aventuras para crianças e adolescentes. (N.T.)

Dois clientes perguntaram o que aconteceu com as espirais de livros. As espirais de livros eram duas grandes colunas de livros empilhados em espiral e revestidas com resina de fibra de vidro. Ficavam uma de cada lado da porta de entrada da loja. No ano passado, um grupo de crianças tentou atear fogo em uma delas – sem sucesso, pois a resina acaba rachando, e a chuva entra. Pedi a Norrie para fazer um novo par de concreto, a tempo do festival em setembro.

Faturamento total £324,49
20 clientes

SEXTA-FEIRA, 23 DE MAIO

Pedidos online: 5
Livros encontrados: 4

O dia hoje foi frio e cinzento, sem nenhuma característica da primavera. As condições atmosféricas afetam o rádio da loja, que fica sintonizado na BBC 3. Se o ar estiver úmido, o sinal não pega. Na maior parte do dia hoje ficamos em silêncio, ocasionalmente interrompido por somente alguns segundos de Mahler ou Shostakovich.

Houve outra invasão de septuagenárias vestidas com roupas de lycra hoje de manhã. A maioria comprou um ou dois livros e fez elogios, tanto à loja como ao estoque.

Depois que elas saíram, um cliente foi até o balcão com um livro, abriu-o, apontou para a etiqueta de £40 e disse:

– Que preço é este? Não é £40, não pode ser.

Eu expliquei que era, sim. Ele largou o livro na beirada do balcão, de onde ele caiu para o chão, amassando um dos cantos. Ele olhou para o livro por uns segundos e depois saiu, sem dizer uma palavra.

A maior parte dos livros vendidos hoje era da coleção de livros de ferrovias que comprei em Glasgow algumas semanas atrás. Fico pensando se a notícia se espalhou na comunidade ferroviária de que os livros vieram parar aqui. A mesma coisa aconteceu com uma coleção de ornitologia que comprei de um colecionador em Stranraer no ano passado. Durante semanas os aficionados por pássaros lotaram a loja, e em poucos dias eu recuperei meu investimento.

Faturamento total £281,99
18 clientes

SÁBADO, 24 DE MAIO

Pedidos online: 4
Livros encontrados: 4

Sol e calor o dia todo. Nicky veio. Ela comprou uma caixa com mil canetas no eBay. São umas coisinhas vermelhas horrorosas, e ela insiste em trazê-las para a loja, apesar de eu ter um estoque de canetas muito melhores. No momento deve ter uma dúzia delas espalhadas pela loja. Eu recolho todas e coloco em uma cesta, mas ela pega de novo e redistribui por vários lugares.

Quando levei todas as sacolas de correio para Wilma, dei bom-dia para William e comentei sobre o tempo bom, com sol e calor.

– É, mas não demora para chover – foi a resposta.

Às 11h, na sala do apartamento, tivemos uma palestra do professor Ted Cowan sobre Robert Service, o poeta canadense. Como em quase todas as palestras de Ted, o público foi muito bom. Pouco depois que começou, dois rapazes muito elegantemente vestidos, de terno, com sotaque americano, entraram na loja e perguntaram se tínhamos um exemplar de *The Book of Mormon*. Prestando mais atenção, vi que eles tinham um distintivo na lapela com a inscrição "Igreja de Jesus Cristo dos Santos dos Últimos Dias". Nicky ficou visivelmente desconfiada, assim como o gato fica quando alguém entra na loja com um cachorro. Quando eles estavam mais afastados, ela falou baixinho:

– Não gosto dessa gente. Eles têm umas ideias muito estranhas.

Faturamento total £420,20
34 clientes

SEGUNDA-FEIRA, 26 DE MAIO

Pedidos online: 6
Livros encontrados: 5

Às 9h05, um cliente entrou, querendo vender uma caixa de livros sobre Ciência Cristã. Ele me disse que um grande número de cientistas cristãos já havia escolhido livros da coleção e levado de graça. Disse isso enquanto tentava me vender o que havia sobrado. Se os cientistas cristãos não queriam aqueles livros nem de graça, eu é que não iria pagar por eles, e muito menos estando cobertos de pelos de gato.

Mais tarde, um cliente, quando perguntei se ele queria uma sacola, respondeu:

– Desesperadamente.

Nos últimos dias, vendi cerca de 400 libras dos livros sobre ferrovias que vieram de Glasgow. Calculo que isso seja equivalente à metade de todos os livros que vendi na última semana.

Faturamento total £408,88
46 clientes

TERÇA-FEIRA, 27 DE MAIO

Pedidos online: 3
Livros encontrados: 3

Dois clientes estavam olhando uma reedição da Birlinn do livro de Barnard *The Whisky Distilleries of the United Kingdom*, de capa dura, em nossa seção de livros novos, quando passei para colocar alguns livros novos nas prateleiras e escutei as seguintes palavras sussurradas por um deles:
– Na Amazon está mais barato.
Ele não teve ao menos a delicadeza de esperar que eu me afastasse para não ouvir.

Faturamento total £426,50
21 clientes

QUARTA-FEIRA, 28 DE MAIO

Pedidos online: 7
Livros encontrados: 3

Depois do almoço, Alastair e Leslie Reid passaram para dizer "oi". Eles moram em Nova York e vêm todos os anos para passar a primavera em Galloway. Alastair nasceu na cidade vizinha de Whithorn, filho do então reverendo da Igreja da Escócia. É um escritor com um talento extraordinário, agora com seus oitenta e poucos anos. É um poeta e também escreve para o *The New Yorker*. Nos últimos anos, ele passou a apreciar o que descreve como seu "início definitivo" em Galloway, e em toda primavera ele e Leslie retornam para o lugar onde o abraço caloroso dos amigos de infância e as lembranças dessa estação, com seus aromas e sons familiares, o transportam para uma época em que seu desejo de conhecer o mundo ainda não o havia levado para outras paragens. Ele introduziu a poesia de Neruda e de Borges na Europa. Apesar de (ou possivelmente por causa de) suas raízes, ele não fez segredo de sua antipatia por alguns elementos da vida na Escócia. Na introdução de seu livro *Whereabouts*, ele escreve: "Os dois artigos 'Desenterrando a Escócia' e 'Assombrações' representam minha aceitação de minhas origens, mas, embora eu me fascine com algumas paisagens e climas da Escócia, não me sinto à vontade com seu clima humano."

Essas palavras foram escritas em 1987, e eu desconfio de que sua visita anual seja uma indicação de que agora ele se sente mais à vontade com o clima humano escocês. É sempre um dos mais agradáveis rituais da primavera recebê-los para jantar, beber uísque juntos e, em retribuição, aceitar o convite deles para uma visita. Foi um imenso privilégio conhecer Leslie e Alastair. A vida dele foi extraordinariamente peripatética, tendo começado, como ele gosta de dizer, na primeira vez que ele viu viajantes irlandeses passando pela mansão em Whithorn. Ele perguntou ao pai para onde eles iam, e o pai respondeu:

– Eles não sabem.

Isso despertou a imaginação de Alastair, e eu acredito que, em qualquer momento de sua vida, se alguém lhe perguntasse aonde ele ia, a resposta seria "Eu não sei".

Faturamento total £192
19 clientes

QUINTA-FEIRA, 29 DE MAIO

Pedidos online: 5
Livros encontrados: 5

Um cliente apareceu às 9h15 com uma capa de pescaria e um bigode muito bem cuidado, debruçou-se sobre o balcão e perguntou pomposamente se tínhamos uma seção de "O Grande Jogo", como se ele fosse o Clive da Índia.

Um casal idoso comprou um livro sobre música escocesa e, quando estavam pagando, comentaram que tinham achado um livro de poesia de Stevie Smith, de capa dura, que custava uma libra quando foi publicado, em 1970. Ficaram surpresos com o preço que eu estava cobrando, que era de 6 libras. Normalmente, quando isso acontece, eu tento explicar que nem tudo desvaloriza com o tempo, e que de qualquer forma tudo é relativo. Se o livro fosse impresso hoje, provavelmente seria vendido por pelo menos 12 libras. John Carter (de quem comprei a loja em 2001) costumava responder aos clientes que o acusavam de lucrar vendendo por uma libra um livro que valia 2 *xelins* e 6 *pence*, dizendo:

– Se você tem 2 *xelins* e 6 *pence*, pode levar por 2 *xelins* e 6 *pence*.

John foi muito bom para mim quando assumi o negócio e me acompanhou nas primeiras negociações de compra de livros, assim como me mostrou o caminho das pedras durante um mês antes de a loja ser minha. Um de seus conselhos mais valiosos foi:

– Meu lema é o mesmo do exército romano: SPQR[23] (lucro pequeno, retorno rápido).

Às 3h15 da tarde, quatro homens americanos de constituição robusta entraram procurando por "Bíblias antigas", então eu mostrei várias a eles, de diferentes períodos a partir de 1644. Eles não compraram nenhuma, e todos insistiam em me chamar de "*sir*".

Faturamento total £271,49

13 clientes

---

[23] 'Senatus Populus Que Romanus', ou 'Senado e o Povo de Roma'. Em inglês, o trocadilho faz sentido ao significar "small profit, quick return" (lucro pequeno, retorno rápido). (N.T.)

SEXTA-FEIRA, 30 DE MAIO

Pedidos online: 3
Livros encontrados: 3

Dia sem grandes acontecimentos. Passei a maior parte do tempo lendo.

Faturamento total £114.98
12 clientes

SÁBADO, 31 DE MAIO

Pedidos online: 3
Livros encontrados: 3

Outro dia tranquilo na loja. Remarquei os preços de alguns livros da seção de antiquários, incluindo uma terceira edição (1774) de *A Tour in Scotland 1769*, de Thomas Pennant. Os meados do século 18 parecem ter sido uma época popular para livros sobre passeios pela Escócia, normalmente ilustrados.

Possivelmente, o passeio mais conhecido – em grande parte devido à já estabelecida fama do autor e seu companheiro – é o de James Boswell e Samuel Johnson em 1785, quando eles excursionaram nas Hébridas. Em suas viagens, eles levaram consigo um exemplar do livro de Martin Martin *A Description of the Western Islands of Scotland* (1703), do qual Johnson era (tipicamente) crítico. Este exemplar da Pennant vinha de uma grande residência em Ayrshire que continha uma maravilhosa biblioteca de livros desse tipo. Daniel Defoe havia ido antes e escrito *A Tour Through the Whole Island of Great Britain* (1724–26), e entre outras viagens pela Escócia atualmente na seção de antiquários encontram-se *Observations on a Tour Through the Highlands and Western Islands of Scotland*, de

Garnett (1811), com mapas e belas ilustrações em placas ovais de cobre, e *A Journey from Edinburgh to Parts of North Britain*, de Campbell (1802), também com lindas ilustrações em placas de cobre. As descrições das paisagens, dos habitantes e seu estilo de vida, enriquecidas com as ilustrações contemporâneas, oferecem uma impressão exata de como a vida deve ter sido naquela época, fazendo deles não apenas lindos livros, como também preciosos documentos histórico-sociais. Encontrar tais itens em uma coleção é sempre uma alegria.

Callum e eu combinamos ir andar de bicicleta depois do trabalho, saindo daqui às 5h da tarde em ponto, portanto fui rápido e comecei a fechar a loja às 16h55. Disse à única cliente na loja – uma mulher que estava na sala escocesa – que precisava fechar porque tinha uma reunião importante. Ela foi sem pressa alguma para a sala da frente e começou a olhar livros de culinária. Quando eu estava explicando (novamente) sobre minha reunião importante e tentando conduzi-la até a porta, Callum entrou usando roupa de ciclista e segurando uma bomba de bicicleta, falando alto:

– E aí, pronto para a volta de bike?

A mulher saiu resmungando.

Faturamento total £179,48

24 clientes

JUNHO

Sempre há uma abundância de lunáticos não necessariamente diag-
nosticados andando pelas ruas, e eles tendem a gravitar em torno das
livrarias, porque uma livraria é um dos poucos lugares onde a pessoa
pode passar um longo tempo sem gastar dinheiro. No final, a gente
passa a reconhecer esse tipo quase de relance. Apesar de toda a bazófia,
existe neles algo carcomido e sem objetivo.

George Orwell, *Bookshop Memories*

As coisas mudaram um pouco desde a época de Orwell. Talvez o Serviço
Nacional de Saúde tenha agora diagnosticado e medicado os lunáticos que
naqueles dias perambulavam pelas livrarias, ou então talvez eles tenham
encontrado outra maneira econômica de passar o tempo. Nós temos um
ou dois clientes regulares aos quais essa descrição poderia se aplicar, mas
o mais comum hoje em dia é o cliente que passa alguns minutos na livraria
e depois vai embora sem comprar nada, dizendo:

– A gente poderia passar o dia inteiro nesta loja!

Ou o casal jovem que encontra o lugar mais inconveniente para descansar e entra com um trambolho barulhento de um carrinho de bebê e
se sentam os dois, exaustos, nas poltronas ao lado do aquecedor. Hoje em

dia, quando os clientes têm esse ar de "sem objetivo", é quase certo que estão esperando a farmácia de manipulação na esquina preparar uma receita, ou a oficina ligar avisando que a revisão do carro foi feita e que eles podem ir buscar.

DOMINGO, 1º DE JUNHO

Embora a Amazon pareça beneficiar os consumidores, as condições punitivas que ela impõe aos vendedores prejudicam muitas pessoas – os autores viram sua renda despencar nos últimos dez anos, os editores também, o que significa que eles não podem mais arriscar com autores desconhecidos, e agora não há intermediários. A Amazon parece estar focada em equiparar – se não reduzir – os preços dos concorrentes, a ponto de parecer impossível que ela ganhe dinheiro com algumas vendas. Isso pressiona não apenas as livrarias independentes, mas também as editoras, os autores e, em última análise, a criatividade. A triste verdade é que, a menos que autores e editores se unam e fiquem firmes contra a Amazon, o setor enfrentará a devastação. Amanda Foreman escreveu um excelente artigo sobre isso no *Sunday Times* de hoje.

SEGUNDA-FEIRA, 2 DE JUNHO

Pedidos online: 3
Livros encontrados: 3

Primeiro dia de Laurie de volta ao trabalho na loja. Previsivelmente, houve enormes problemas com o Monsoon. Laurie é uma estudante da Universidade Napier em Edimburgo, um lugar que ela abomina com indisfarçável desprezo. Ela trabalhou na loja nos últimos verões. Eu a aceitei neste verão, que provavelmente será o último antes de ela entrar no odioso mundo de tentar encontrar um emprego de verdade.

Pela primeira vez em treze anos desde que comprei a loja, não tive escolha a não ser desligar o rádio. Terry Waite é o convidado da semana em *Essential Classics* de Rob Cowan na Rádio 3.

Tracy, com quem costumo compartilhar observações sobre o público em geral, apareceu durante a pausa para o almoço no exato momento em que um cliente veio ao balcão. O cliente colocou um livro no balcão. Quando o peguei para verificar o preço, notei que havia um antigo "59p" escrito a lápis na primeira página ao lado da nossa etiqueta de £2,50. Durante a discussão que se seguiu sobre qual era o preço correto, pude ver Tracy tentando se controlar para não rir. Quando o cliente, relutantemente, aceitou o preço e disse "Vou apenas me livrar de alguns trocos", ela perdeu todo o controle e começou a rir histericamente.

O cliente levou cinco minutos para calcular o valor correto.

Faturamento total £330,49
16 clientes

TERÇA-FEIRA, 3 DE JUNHO

Pedidos online: 2
Livros encontrados: 2

Abri a loja com cinco minutos de atraso porque a chave travou. A primeira cliente do dia trouxe ao balcão as duas primeiras edições da Rider Haggard, 8,50 libras cada. No mesmo instante em que o pensamento "Esses estão consideravelmente abaixo do preço" passou pela minha cabeça, ela perguntou:

– Você faria os dois por £13?

Quando expliquei que já estavam abaixo do valor e não iria abaixar mais, ela respondeu:

– Bem, eu tinha de perguntar, não é?

Então eu disse a ela que não, que ela não precisava perguntar.

Depois do trabalho, fui jantar com Alastair e Leslie Reid no chalé que eles alugaram de Finn e Ella em Garlieston. Alastair contou sobre sua primeira viagem aos Estados Unidos, que ele fez via Londres. Um professor da Universidade de St. Andrews, na qual ele havia se formado havia pouco tempo, tinha lhe dado o número de telefone de um amigo seu em Londres, chamado Tom. Alastair chegou a Londres e telefonou para Tom para ver se ele poderia hospedá-lo durante a noite. "Tom" na verdade era T. S. Eliot. Stewart Henderson, outro amigo que estava lá para jantar, perguntou-lhe que cheiro ele tinha, ao que Alastair, sem parar para pensar, respondeu:

– Um púlpito mofado, que é exatamente o cheiro que ele gostaria de ter.

Depois perguntei a Stewart o que o levara a fazer aquela pergunta. Afinal, Stewart é um poeta que apresenta programas na Rádio 4, incluindo *Escolha da Semana*. Ele respondeu que certa vez entrevistou o último sobrevivente de uma banda britânica à qual Hitler havia pedido para apresentar um concerto privado para ele antes da Segunda Guerra Mundial. A entrevistada era uma mulher idosa que evidentemente não percebia que Stewart estava tentando extrair dela mais do que respostas "sim / não". Por fim, em desespero, ele decidiu que iria perguntar a ela "Qual o cheiro de Hitler?", momento em que ela se soltou completamente e deu a ele todo o material que ele poderia ter esperado.

Faturamento total £125,38

19 clientes

QUARTA-FEIRA, 4 DE JUNHO

Pedidos online: 3

Livros encontrados: 3

Hoje foi um dia surpreendentemente tranquilo na loja, o que me deu a oportunidade de separar algumas das caixas de estoque novo que sempre entulham a loja, determinar os preços dos livros e colocá-los nas prateleiras. Com o fluxo constante de estoque novo entrando na loja, é uma batalha manter o lugar arrumado e organizado, especialmente agora que temos de verificar os preços online para ver se vale a pena cadastrar um livro. Isso tornou todo o processo consideravelmente mais lento. O destaque indiscutível do dia foi quando minha mãe apareceu muito animada, segurando um livro que eu devo ter comprado há pelo menos seis anos, na época em que eu costumava armazenar as compras no galpão da casa dos meus pais. Achei que tivesse limpado tudo, mas ela encontrou uma caixa, começou a vasculhar e descobriu uma edição limitada numerada e autografada de *The Winding Stair*, de W.B. Yeats. A edição foi limitada a seiscentos e quarenta e dois exemplares, seiscentos dos quais foram assinados por Yeats. É raro ver minha mãe, que não é uma pessoa livresca, tão animada, mas não se tratava do valor do livro, e sim porque ela tinha nas mãos um livro que o poeta mais famoso de sua geração também havia segurado. Passei o resto do dia me perguntando como pude deixar passar aquela compra sem perceber e tentando me lembrar onde comprei. Não faço a menor ideia.

Faturamento total £157,48
20 clientes

QUINTA-FEIRA, 5 DE JUNHO

Pedidos online: 2
Livros encontrados: 2

Por volta das 10h, Nicky e eu estávamos fofocando sobre os riscos de emprestar coisas às pessoas quando fomos interrompidos por um cliente que perguntou se tínhamos um "quarto de descanso". Nos entreolhamos por algum tempo antes de Nicky quebrar o silêncio:

– Tem um assento confortável perto da lareira, se o senhor precisar descansar.

Em momentos como esse, o valor de Nicky é incomensurável.

Kelly Cheiroso apareceu, aparentando estar bêbado, como sempre. Ele agora usa uma bengala, mas me garantiu que logo estará em forma para lutar. Sua incansável dedicação a Nicky é muito inspiradora, especialmente considerando que ela não apenas não deu nenhum sinal positivo, mas em várias ocasiões disse a ele sem rodeios que não estava interessada.

Fui de carro até Glasgow e comprei quinze caixas de livros de um casal aposentado em Bearsden.

Faturamento total £115,50

10 clientes

SEXTA-FEIRA, 6 DE JUNHO

Pedidos online: 2

Livros encontrados: 2

Laurie veio hoje para dar cobertura a Nicky, que fez um dia extra on-tem, então fui pescar no Luce. Não peguei nada, mas dei uma pausa da loja, que foi compensadora. Eliot mandou um e-mail avisando que *The Bookshop Band* estará na cidade neste fim de semana e está procurando um local para um show, e se ele poderia vir e ficar comigo por alguns dias. Respondi que ficaria feliz em abrir no domingo para eles e que, sim, é claro que ele poderia se hospedar comigo.

Faturamento total £109,49

7 clientes

SÁBADO, 7 DE JUNHO

Pedidos online: 2
Livros encontrados: 2

Laurie ficou cuidando da loja hoje, que se mostrou um lindo dia de sol. Sua primeira cliente foi uma mulher galesa que estava aqui de férias e trouxe dez caixas de livros escoceses, com o objetivo de vendê-los. O marido as trouxe de carro. Alguns eram interessantes – talvez vinte por cento do total –, mas todos estavam em péssimas condições. Enquanto eu examinava as três primeiras caixas, a mulher fez uma anotação em sua lista dos livros que removi da caixa. Isso é sempre, sem exceção, uma indicação de que alguém supervalorizou seus livros. Ocasionalmente, ela pegava um e murmurava "Ah, esse é muito raro", ou "valioso", ou "primeira edição", como se isso fosse de alguma forma influenciar o que eu lhe ofereceria pela coleção. Quando ela finalmente parou de falar, ofereci a ela 60 libras por cerca de vinte livros, que estavam em melhores condições. Imediatamente ela respondeu:
– Ah, não! Ah, não, não, não, não, não...
Então saí da sala nesse momento e fui fazer uma xícara de chá. Quando voltei, cinco minutos depois, ela, o marido e os livros haviam sumido.
Eliot chegou às 16h e se instalou, o que, como sempre, significou espalhar o conteúdo de sua mala o máximo possível por todos os cantos do apartamento.

Faturamento total £128
20 clientes

DOMINGO, 8 DE JUNHO

Abri a loja às 14h, assim que a *The Bookshop Band* chegou. Eles prepararam tudo e começaram o show às 15h30. Foram maravilhosos. Os integrantes da banda são Ben, Beth e Poppy. Eles estavam fazendo uma turnê pela Escócia e pelo norte da Inglaterra, e Eliot os convenceu a vir a Wigtown e se apresentar na loja. Eles trouxeram seu amigo John para ajudá-los na preparação. O diferencial da banda é que eles tocam principalmente em livrarias, e todas as suas canções são baseadas em livros que leram. A loja ficou lotada para o show, Callum trouxe os filhos também. À noite, depois que comemos, enquanto bebíamos vinho e cerveja, eles cantaram canções folclóricas (especialidade de John). Bebemos e cantamos até às 3h da manhã.

SEGUNDA-FEIRA, 9 DE JUNHO

Pedidos online: 3
Livros encontrados: 2

Acordei e abri a loja com uma ressaca infernal.

No Facebook hoje havia uma mensagem do *hater* Paul: "Nós já discutimos antes e, antes que venha me oferecer sua explicação sobre o que exatamente o seu site pretende retratar, lembre-se de que, devido à ampla cobertura da internet, você possivelmente está fazendo mais mal do que bem ao seu negócio. Eu, por exemplo, parei de visitar sua loja há alguns anos por causa das suas postagens patéticas no Facebook e suas atitudes e autoconfiança excessivamente inflacionadas. Eu realmente acho que você deveria parar de fazer isso, pois é evidentemente uma forma infantil de ser rude pelas costas de seus clientes. Cresça e encontre um hobby mais benéfico, pelo amor de Deus!"

À noite, fui tomar uma cerveja com Eliot e Natalie McIlroy, que é uma das artistas residentes do festival deste ano. O projeto de Natalie é encontrar trinta e um Galloway Pippins – macieiras nativas desta região – e criar um pomar interno em um prédio vazio na praça. Ela vai fazer um sorteio no final do festival. Já tenho uma no meu jardim. A fruta que ela produz é enorme. Neste ano, há três artistas residentes – Natalie, uma mulher chamada Anupa Gardner, que pinta em tecidos, e Astrid Jaekel, que fez uma instalação extraordinária de silhuetas nas janelas dos edifícios do condado no ano passado. Neste ano, Astrid está fazendo recortes de figuras de compensado para colocar na frente de cada loja. Astrid é alemã, mas cresceu na região rural da Irlanda antes de voltar para a Alemanha. Ela fala com uma mistura incomum de sotaques.

Entre os livros de Glasgow da semana passada, havia um conjunto de diários do Clube de Montanhismo Escocês, que, pensando bem, eu gostaria de ter deixado para trás. São quase impossíveis de vender, e as prateleiras na seção de escalada escocesa já estão lotadas deles.

Faturamento total £294
17 clientes

TERÇA-FEIRA, 10 DE JUNHO

Pedidos online: 3
Livros encontrados: 2

Hoje Laurie estava na loja, e eu passei a maior parte do dia no jardim, então minha única interação com um cliente foi durante seu intervalo para almoço às 12h30. Ele perguntou:

– Você tem algum panfleto sobre a história da região?

– Não – respondi –, mas temos vários livros sobre a história local na sala escocesa. Fique à vontade para dar uma olhada neles.

O cliente se afastou e, já no caminho para a porta, disse:

– Ah, não, não quero livros. Estou interessado em panfletos gratuitos apenas.

O jardim atrás da loja é longo e estreito (50m por 7m) e teria sido uma horta para a casa no final do período georgiano. Consequentemente, foi fertilizado com cal e, por isso, não é uma terra favorável para o crescimento de rododendros, magnólias, azaleias e outras plantas ericáceas, como o mirtilo e o medronho, que gosto de cultivar. Existe uma camélia específica muito bonita, que floresce em abril, mas em poucos dias as flores ficam marrons e caem logo depois.

Quando comprei a casa, o jardim era composto principalmente por pedras e coníferas anãs, mas ao longo dos anos fui arrumando todo o jardim, e agora, na primavera, é uma explosão de cores e perfumes, com gardênias, clematis perfumadas, glicínias, viburno, louros, todo tipo de cobertura de solo, árvores nativas e arbustos. Com a ajuda de compostos certos e alguns vasos, nasceram lindas azaleias e rododendros. É o meu lugar preferido, e, nesta época do ano, em que os dias são mais longos e quentes, ficar sentado sozinho à noite é um prazer indescritível. Ao escurecer, aparecem os morcegos, e é uma alegria sentar ali com um copo de uísque observando-os esvoaçar, suas silhuetas contra a luz da lua. Certa vez, um deles passou tão perto de mim que pude sentir o vento de suas asas contra meu rosto enquanto ele se afastava.

Faturamento total £184,89
19 clientes

QUARTA-FEIRA, 11 DE JUNHO

Pedidos online: 2
Livros encontrados: 2

Laurie veio tomar conta da loja hoje.

Enquanto ela estava almoçando, uma cliente começou a vasculhar uma caixa de livros que ainda não havia sido catalogada e encontrou uma edição da Penguin de *The Day of the Triffids*, com preço marcado a lápis de 12p (provavelmente de algum bazar de caridade da década de 1970). Quando eu disse a ela que nosso preço seria de 1,50 libra, ela disse que "estava indignada" e que, se fosse assim, ela "simplesmente pegaria na biblioteca". Tenho a sensação de que "indignada" deve ser sua configuração de fábrica.

Depois do almoço, dirigi até Dumfries e peguei Anna na estação de trem às 16h30. Às 17h45, estávamos em casa.

Todos os ovos das andorinhas eclodiram: três em um ninho e quatro no outro. Com sorte, o Captain não os destruirá.

Faturamento total £127,50
15 clientes

QUINTA-FEIRA, 12 DE JUNHO

Pedidos online: 6
Livros encontrados: 5

Laurie veio hoje novamente. Foi um lindo dia de sol, e Anna estava visivelmente feliz por estar de volta a Galloway e longe de Londres.

Meu pai telefonou logo depois que abri a loja para ver se eu queria ir pescar, então passei grande parte da manhã com ele em um barco, pescando trutas em Elrig Loch. Pegamos seis ou sete trutas marrons selvagens. Elrig é um rio a cerca de seis milhas de Wigtown. Gavin Maxwell passou sua infância numa casa nessa região e escreveu sobre isso em *The House of Elrig*. A casa agora pertence a uma família de sobrenome Korner, que veio do continente na década de 1930, quando a ameaça nazista estava começando a se tornar um problema. Eles acolheram o artista austríaco "degenerado" Oskar Kokoschka durante a Segunda Guerra Mundial, depois que ele fugiu da Europa em 1938. Há muitas histórias locais sobre Kokoschka ter dado esboços emoldurados para fazendeiros e outras pessoas que o trataram com bondade, e sobre os presenteados – incapazes de compreender a genialidade do artista – aceitando-os educadamente, depois jogando os esboços na cesta de lixo e usando as molduras como porta-retratos.

Meu pai e eu costumamos pescar juntos, e ser levados pela correnteza às margens do Elrig em um dia quente, com águas calmas, é o melhor cenário possível. Quando acontece a cheia do rio Luce, que fica bem próximo, nós vamos pescar salmão, programa que faço desde pequeno com meu pai. Durante a temporada, ambos ficamos atentos ao clima: se estiver quente o suficiente para ir a Elrig e houver pelo menos um pouco de nuvens (para barrar o sol) e uma brisa boa o suficiente, nos encontramos na casa de barcos e pescamos trutas. Se tiver chovido o suficiente para fazer o Luce subir mais de 30 centímetros, nos encontramos às margens do rio para pescar salmão. O rio Luce sempre é prioridade se as condições forem adequadas para ambos.

Meu pai me levou para pescar pela primeira vez quando eu tinha dois anos, e foi nessa idade que peguei minha primeira truta. Sem dúvida, olhando para trás, foi meu pai quem a pegou, mas eu enrolei a linha e, naquele momento, assim como a truta, fui fisgado. Quando eu era criança, quatro ou cinco anos, insistia para ir com ele ao rio. Como um dedicado pescador de salmão, ele não queria a distração de um menino importunando-o. Então ele me deu uma vara de pesca velha e quebrada que pertencera ao meu avô e depois amarrou um pedaço de barbante em volta de uma árvore, caminhou a uma curta distância da beira da água e amarrou a outra ponta em volta do meu cinto, me deixando amarrado à árvore. Isso permitiu a ele pescar à vontade, sabendo que eu estava seguro, e me deixou livre para que eu agitasse a vara inutilmente, mas totalmente convencido de que pegaria alguma coisa, sem nenhum risco de cair na água.

Voltei à loja depois do almoço e descobri que a melhor venda do dia havia sido a cômoda-baú de mogno georgiana. Comprei há cerca de dez anos por 80 libras em um leilão em Dumfries e usei-a como suporte de plantas para uma samambaia de Boston que viveu na sala de estar durante a maior parte do tempo. Por fim, decidi me livrar dela. Não me lembro por quê. Talvez eu tenha comprado algo que não se parecia tanto com um banheiro para minha samambaia. Nós a vendemos por 200 libras para uma charmosa senhora que ficou encantada com ela. Nicky, que zombou tanto de mim por causa disso e estava convencida de que nunca seria vendida, ficará furiosa quando descobrir que estava enganada.

Faturamento total £342,49
15 clientes

SEXTA-FEIRA, 13 DE JUNHO

Pedidos online: 2
Livros encontrados: 2

Nicky e Laurie vieram hoje.

Assim que chegou, Nicky olhou para o espaço onde antes estava a cômoda:

– Para onde foi aquela coisa horrível? Não me diga que algum tonto comprou. Ah, não, certamente ninguém poderia ser tão idiota.

Um homem usando uma boina veio até o balcão e disse:

– Achei melhor avisar, você tem um livro na seção ferroviária chamado *The Railway Man*. Não é sobre ferrovias, você precisa colocá-lo na seção certa.

Não. Eu preciso é bater em você com ele. Tem um certo tipo de cliente que sente satisfação em apontar que um livro está na seção errada, como se estivesse mostrando que sabe mais sobre livros do que você. Na maioria das vezes, quando um livro está na seção errada, é porque algum cliente o colocou lá, e não um de nós da loja.

Entre os livros que vieram de Glasgow, havia um intitulado *The Intimate Thoughts of John Baxter, Bookseller*, publicado em 1942. Como acontece com muitos livreiros, é difícil resistir a mergulhar em alguns dos títulos à medida que se tem acesso a eles, e este parecia particularmente relevante, então eu o coloquei de lado e comecei a ler depois de fechar a loja.

Faturamento total £164,50
15 clientes

SÁBADO, 14 DE JUNHO

Pedidos online: 3
Livros encontrados: 3

Nicky veio. Fui de carro até Dunkeld para o aniversário de cinquenta anos de um amigo.

Faturamento total £188,28
26 clientes

SEGUNDA-FEIRA, 16 DE JUNHO

Pedidos online: 1
Livros encontrados: 1

Laurie tomou conta da loja hoje.

Anna e eu fomos de carro de Dunkeld até a casa de Stuart Kelly, nas Fronteiras Escocesas, para buscar livros, depois passamos a tarde com ele na Summerhall, em Edimburgo. Stuart é escritor, jornalista, crítico literário e ex-jurado do Prêmio Booker. Graças a isso ele recebe dezenas de livros todos os dias, dos editores desesperados para que ele faça uma resenha. Ele os empilha até que estejam em número suficiente para justificar minha ida até lá e pegá-los. Ele é assíduo no festival, um intelectual extraordinário e um bom amigo. Summerhall era parte da Royal Dick School of Veterinary Studies, informalmente conhecida como "Dick Vet", a escola de veterinária da Universidade de Edimburgo. Foi comprada por um filantropo irlandês amigo dele e agora é frequentada por artistas e tipos criativos. Andando por lá, lembrei-me do meu avô, que concluiu seu PhD naquele mesmo prédio na década de 1930.

Enquanto estávamos fora, eu pedi a Laurie que anotasse as perguntas que os clientes fizessem a ela ao longo do dia. A lista foi a seguinte:

"Por que Wigtown se chama Wigtown?"
"Por que Wigtown é a cidade dos livros?"
"Quantas livrarias existem em Wigtown?"

As duas últimas são feitas em média duas vezes por dia, todos os dias do ano. Depois de quinze anos, isso significa que já ouvi essas mesmas perguntas 9.360 vezes. É difícil demonstrar entusiasmo quando respondo agora. Talvez seja o caso de começar a inventar outras respostas que não tenham absolutamente nada a ver com a realidade.

Chegamos de volta a Wigtown às 19h.

Faturamento total £114,50
12 clientes

TERÇA-FEIRA, 17 DE JUNHO

Pedidos online: 2
Livros encontrados: 2

Laurie veio novamente hoje, um dia que começou não muito promissor e acabou se tornando lindo, ameno e com céu azul. Os dois pedidos online de hoje foram da AbeBooks, não da Amazon, o que é extremamente in-comum. Pedi a ela que preparasse os livros para o Random Book Club de junho para o correio. Voltamos à faixa de cento e quarenta membros. Ela selou os envelopes e os processou no site do correio. O custo da postagem este mês foi de 244,12 libras. Eu avisei Wilma, e ela vai mandar o carteiro amanhã para pegar as cinco sacolas.

Como o dia estava agradável, eu passei grande parte dele trabalhando no jardim. Lá pelo meio da tarde, estava muito calor, então Anna e eu fomos até a praia em Garlieston para um banho de mar.

Quando eu estava fechando a loja, o telefone tocou. Era uma senhora que tinha livros para vender, a maioria da Folio Society:

– Você vai ter que vir aqui em casa para ver, eu não posso sair.

– Terça-feira da semana que vem, pode ser?

– Sim, contanto que não seja na parte da manhã. A enfermeira vem às terças de manhã para trocar o curativo da minha perna. É terrível, dói demais, eu choro de dor... e forma um pus que dá até aflição.

Eu combinei para ir no dia 24 à tarde.

Faturamento total £237,49
17 clientes

QUARTA-FEIRA, 18 DE JUNHO

Pedidos online: 3
Livros encontrados: 3

Dois pedidos online hoje foram da Amazon, nenhum da AbeBooks – o contrário de ontem.

Hoje foi outro dia de sol quente, mas eu tive de ficar na loja, porque nem Nicky nem Laurie puderam vir. Jim McMaster chegou às 9h. Ele checou os livros de Glasgow, dos quais apenas alguns poucos ele havia examinado e colocado nas prateleiras nas duas últimas semanas. Jim é um livreiro de Perthshire. Ele começou no comércio de livros como comprador para Richard Booth em Hay-on-Wye. O comprador compra livros para vender para a loja, normalmente mediante solicitação – por exemplo, se Booth dissesse a Jim, "Preciso de quinhentos livros sobre a vida selvagem na África", Jim pegava o carro, ou van, e saía pelo país vasculhando as livrarias, procurando promoções e descontos até conseguir quinhentos livros. O conhecimento de Jim sobre livros é enciclopédico. Quando eu comecei, em 2001, ele foi de uma ajuda valiosa, me dando dicas aqui e ali cada vez que ia à loja. É um dos poucos livreiros que ainda visitam lojas de outros livreiros em busca de estoque novo, e, nas ocasiões em que comprei grandes quantidades de livros – em 2008 recolhi doze mil livros de uma residência em Gullane, perto de Edimburgo –, Jim veio dar uma olhada, fez uma seleção e transferiu quantidades significativas para seus contatos no mercado. Ele é uma figura bem conhecida, respeitada e estimada no comércio de livros usados. Por coincidência, nesta manhã eu estava lendo *The Intimate Thoughts of John Baxter, Bookseller*, e uma passagem me lembrou de David McNaughton, de quem adquiri o livro com uma dedicatória de Florence Nightingale. Jim e David pertencem à velha escola, e as palavras de Baxter ressoaram quando as li:

> Uma coisa posso dizer, esses velhos camaradas são a espinha dorsal do comércio de livros. À medida que eles vão caindo, um a um, como folhas de uma árvore, fica uma lacuna que nenhum vendedor jovem e arrebatado pode preencher, e deixam uma lembrança que é bem mais fragrante do que o óleo capilar perfumado daqueles sabichões que vêm pedir emprego com ares de que sabem tudo e que estão preparados para me ensinar meu próprio trabalho.

Não que Jim seja velho nem que esteja na iminência de cair.

Às 11h o telefone tocou – era o senhor Deacon:

– Desculpe pela ligação ruim. Estou na Patagônia. Poderia encomendar para mim um exemplar de *In Patagonia*, de Bruce Chatwin? Estarei de volta na semana que vem.

Uma mulher americana passou uma hora tirando livros das prateleiras na seção infantil e comparando os preços com os da Amazon no laptop. Bem na minha frente, sem a menor cerimônia. Antes que eu tivesse a oportunidade de repreendê-la, o carteiro chegou para pegar as sacolas do Random Book Club, e, depois que ele e eu colocamos tudo na van, a mulher tinha desaparecido.

A loja ficou tranquila até 16h59, quando um casal de meia-idade entrou, o homem resmungando baixinho, irritado. Os dois foram direto até as caixas dos livros de Stuart Kelly, ainda sem preço, e começaram a remexer em tudo, tirando os livros das caixas e empilhando-os por toda parte no chão. Eles foram embora às 17h10, sem guardar de volta nenhum livro e sem comprar nada, reclamando que a loja deveria ficar aberta até as 19h. Os clientes são atraídos para caixas de estoque novo como mariposas para a luz.

Qualquer livreiro irá lhe dizer que, mesmo com 100 mil livros cuidadosamente escolhidos e organizados em uma loja bem iluminada e aconchegante, se você colocar uma caixa fechada de livros em um canto escuro e frio, os clientes irão abri-la e examinar os livros em questão de minutos. O apelo de uma caixa intocada, com livros ainda sem preço, é extraordinário. Obviamente, a ideia de encontrar uma boa barganha é parte desse apelo, mas eu desconfio de que seja bem mais que isso e que tenha a ver com a alegria de desembrulhar presentes. A emoção do desconhecido, é isso que é, e eu entendo, porque a sensação de comprar livros é exatamente essa. Toda vez que vou ver livros para comprar, seja uma coleção pessoal, seja em uma instituição ou estabelecimento comercial, sempre sinto o coração levemente acelerado com a antecipação de que pode haver algo realmente especial ali; e geralmente há, seja um Culpepper antigo, seja um incunábulo do século 15, uma primeira edição de Ian Fleming encapada com algum tecido original, ou com pele de bezerro, ou com algum outro material inédito. Eu ainda não encontrei um livro encapado com pele humana, mas um livreiro que conheço encontrou um, em uma residência em Castle Douglas.

Faturamento total £163,99
17 clientes

QUINTA-FEIRA, 19 DE JUNHO

Pedidos online: 6
Livros encontrados: 5

Nicky veio hoje. O plano dela de transformar a van em uma loja móvel foi temporariamente cancelado porque a porta traseira não está abrindo. Ela decidiu que em vez disso vai comprar uma biblioteca móvel antiga da prefeitura e adaptar.

No período da manhã, fiquei examinando os livros de Hamish Grierson, que ele deixou na loja durante os dias que eu estava em Dunkeld. Hamish é um comerciante de antiguidades aposentado e colecionador de livros, portanto, um cliente regular. A maior parte dos livros era sobre pré-história, e em bom estado. Quando eu estava verificando os preços de alguns dos livros mais interessantes da coleção dele na AbeBooks, para ver por quanto estão sendo vendidos e colocar um preço justo, eu disse a Nicky que ia oferecer 100 libras por eles, ao que ela respondeu, como de costume, que eu deveria reduzir o valor pela metade.

Como o dia estava claro e ensolarado, Anna insistiu que fôssemos escalar Cairnsmore, o promontório de granito de uma colina na extremidade de Wigtown Bay. Saímos às 15h e chegamos ao topo às 16h30; às 18h30 estávamos de volta. É sempre divertido fazer esse tipo de programa com Anna; é sempre ela quem toma a iniciativa, depois é só começarmos a aventura que ela começa a reclamar amargamente, cada vez mais infeliz. No final, depois que acaba, ela exclama:

– Uau, foi demais!

Certa vez decidimos pedalar sessenta e cinco quilômetros nas trilhas florestais nas Galloway Hills. Depois de trinta quilômetros de queixumes cada vez mais intensos, ela parou, desmontou da bicicleta, deitou-se em uma pedra e disse:

– Deixe-me aqui... Salve a sua vida...

Faturamento total £155,44
23 clientes

SEXTA-FEIRA, 20 DE JUNHO

Pedidos online: 5
Livros encontrados: 5

Laurie veio hoje, então levei Anna até Dumfries de manhã para pegar o trem para Londres. Não sei ao certo quando ela virá para Wigtown outra vez. Vai depender, penso eu, de como ela irá se desembaraçar com seus vários projetos, que no momento incluem o roteiro de *Rockets*, bem como um documentário da Nasa, um romance adulto jovem e o roteiro de uma comédia romântica na qual ela está trabalhando com sua amiga Romiley.

Depois do almoço, telefonei para Hamish Grierson para oferecer 100 libras por seus livros. Ele não ficou muito feliz – não ficou *nada* feliz, para falar a verdade – e alegou que há alguns livros de grande valor ali. Nada bom, pois Nicky já etiquetou todos eles com os preços e os arrumou nas prateleiras. Ele me disse que ligará novamente na segunda-feira com mais informações.

Na hora de fechar, um homem telefonou perguntando se eu posso dar uma olhada em sua coleção de livros na Schoolhouse em Port Logan, uma pitoresca vila de pescadores ao sul de Stranraer. Combinei de ir lá amanhã à tarde.

Faturamento total £164,50
15 clientes

SÁBADO, 21 DE JUNHO

Pedidos online: 3
Livros encontrados: 3

Nicky veio.
Eram quase 13h30 quando me lembrei de que havia combinado de ir ver os livros em Port Logan, então lá fui eu. Mas errei o endereço e fui parar em

outra propriedade de nome quase idêntico, Old Schoolhouse. Bati à porta e fui recebido por um casal idoso que me explicou que eu tinha passado pela "casa de Bob e Barbara" e me indicou a direção correta. Quando eu estava me afastando, o senhor disse:

– Recomendações aos seus pais. Seu pai e eu costumávamos fazer a apresentação na Feira de Lochinch.

Não faço ideia de quem ele seja, mas segui as indicações que ele deu, dirigi a curta distância até a casa certa e fui recebido por Barbara e seus dois cães.

A casa é uma escola vitoriana lindamente reformada, com vistas deslumbrantes do Mar da Irlanda. Havia um cais em ruínas ali no passado, mas foi substituído por um molhe e uma torre com sino projetada por Thomas Telford em 1818. O que restou é o que Seamus Heaney provavelmente descreveria como "o calçado surrado de uma baía". Bob e Barbara, um casal de aposentados, me conduziram pelas dependências da casa até a biblioteca. Tanto Bob como eu tivemos de abaixar a cabeça para passar pela porta de batente baixo. Eles me deixaram lá examinando os livros, que em sua maior parte eram livros de bolso em relativamente bom estado.

Conversamos por algum tempo sobre morar em um lugar tão distante, e fiquei surpreso em descobrir como nos demos bem; na maioria das vezes a conversa é bem restrita nessas situações. Enchi cinco caixas, dei a eles 65 libras e fui embora. Os livros incluem alguns exemplares excelentes e vendáveis: coleções de Hemingway, Steinbeck, Chandler, Buchan, todos em edições uniformes, e uma quantidade considerável de Clássicos Modernos da Penguin. O gosto deles por literatura é notavelmente semelhante ao meu, e eu me pergunto não só se foi por isso que os achei tão agradáveis, mas também se eu teria apreciado tanto a companhia deles se não soubesse que nossos estilos de leitura são tão compatíveis.

Alastair e Leslie Reid vieram jantar. A resposta de Alastair à pergunta do que ele gostaria de beber é, invariavelmente, "uísque". Desta vez eu estava preparado e tinha uma garrafa de Laphroaig à mão. É uma pena que Anna tenha voltado para Londres, porque descobri que Alastair costumava dividir carona para o Sarah Lawrence College com o herói dela, Joseph Campbell. Ela teria ficado animadíssima. Alastair conviveu com muitas das maiores mentes do século 20, inclusive provocando, certa vez, a ira de Robert Graves na Espanha fugindo com a musa dele, Margot Callas.

Faturamento total £196,90
25 clientes

SEGUNDA-FEIRA, 23 DE JUNHO

Pedidos online: 8
Livros encontrados: 5

Laurie veio hoje. A gata dela deu cria ontem à noite e ela passou praticamente a noite inteira acompanhando, então hoje ela não rendeu muito.

Hamish Grierson ligou novamente a respeito de seus livros. Ele tinha uma lista de títulos valiosos que o estava incomodando. Laurie verificou e descobriu que já haviam sido cadastrados online. Ela os tinha confundido com os que vieram de Glasgow no começo do mês, com os quais estava trabalhando. Então, pelo menos os localizamos e posso colocar um preço justo para ele.

Faturamento total £385,98
26 clientes

TERÇA-FEIRA, 24 DE JUNHO

Pedidos online: 5
Livros encontrados: 5

Laurie veio hoje de novo, então peguei os livros do Random Club no depósito do jardim e levei para a loja para ela empacotar. O número de assinantes está por volta de cento e cinquenta.

Depois do almoço fui conhecer a coleção de livros da mulher que telefonou na semana passada, com problema na perna. A casa fica na pequena Creetown, a cerca de quinze quilômetros daqui, e eu comprei uns vinte títulos da Folio Society, incluindo alguns bons exemplares de John Buchan e também outras preciosidades. A senhorinha é bastante idosa e está impossibilitada de sair de casa. Na entrada de carro da casa – um bangalô moderno com vista para o mar –, tem um Ford Capri velho enferrujado, apoiado sobre blocos e com as rodas removidas. Um homem de meia-idade, que parecia conhecer ainda menos que eu sobre mecânica, estava manuseando nervosamente algumas peças de motor. A transação foi direta, e nós conversamos um pouco sobre o motivo dela para vender os livros. A neta recebeu uma proposta de emprego em Oxford, então ela está tentando ajudar financeiramente vendendo os livros. Paguei a ela 70 libras por uma caixa e meia.

The Intimate Thoughts of John Baxter, Bookseller está se revelando quase tão interessante quanto *The Bankrupt Bookseller*, de William Y. Darling. Nas notas editoriais, Augustus Muir (referindo-se a Jimmie Scriving) o descreve como "um jovem rufião, sem pensamentos mais elevados que seu estômago".

Hamish Grierson ligou, e combinamos o preço de 225 libras por seus livros.

Faturamento total £123
14 clientes

QUARTA-FEIRA, 25 DE JUNHO

Pedidos online: 3
Livros encontrados: 3

Laurie veio. Um dos pedidos foi de um livro intitulado *A Guide to the Orthodox Jewish Way of Life for Healthcare Professionals*.

Kate, a carteira, chegou com a correspondência exatamente no instante em que o senhor Deacon apareceu. Entre a correspondência estava um pacote contendo o exemplar dele de *In Patagonia*. Ele pagou e foi embora, sem dar a menor pista do que havia ido fazer na Patagônia e sem me dar oportunidade de perguntar. Não que eu fosse perguntar. Não é da minha conta, embora a pesca lá esteja entre as melhores do mundo e eu admita que estou curioso, acho que ele pode ter ido lá em busca de trutas.

Passei boa parte do dia filmando no Galloway Activity Centre, em Loch Ken. Eles construíram dois chalés ecológicos e precisam de vídeos promocionais. Ao longo dos anos, todo o dinheiro que eu ganhei filmando vídeos para pessoas na região foi investido em equipamentos, e hoje temos várias filmadoras muito boas, microfones e até um drone. Anna fez curso de cinema em Praga, mas eu – além de um MA em Produção Criativa de Som – sou completamente autodidata e, portanto, provavelmente incompetente. Embora a renda gerada pelo Picto (o negócio de filmes) seja relativamente pequena em comparação à da loja, estou confiante que, se o comércio de livros deixasse de ser viável e eu tivesse mais tempo, poderíamos nos dedicar a esse ramo. No momento, porém, é mais um hobby pelo qual sou pago, e eu não procuro trabalho, ele é oferecido, num volume administrável. Se fosse mais, eu não daria conta.

No final do dia, o programa *Front Row* da Rádio 4 transmitiu uma reportagem sobre a cruzada do autor James Patterson contra a Amazon. Ele é um defensor ferrenho das livrarias e crítico da Amazon. Em sua entrevista, ele anunciou que pretende doar 250 mil libras para livrarias do Reino Unido em forma de subsídios de até 5 mil libras cada para iniciativas que incentivem as crianças a ler. Parece a ocasião perfeita para expandir o Random Book Club, incluir uma seção infantil e reformular o site, o que no momento está me causando bastante dor de cabeça.

Faturamento total £343,67
33 clientes

QUINTA-FEIRA, 26 DE JUNHO

Pedidos online: 3
Livros encontrados: 2

Pedido online por um livro intitulado *Experiences of a Railway Guard: Thrilling Stories of the Rail.*

Sandy, o pagão tatuado, veio à loja logo depois do almoço e deixou uma dúzia de bengalas. Vendemos uma quantidade razoável desde a última vez que ele esteve aqui. As bengalas vendem particularmente bem nesta época do ano. Ele gastou 33 libras de seu crédito em livros sobre mitologia celta.

No começo da tarde, uma moça trouxe três caixas de livros para vender. A maioria eram coleções sobre antiquários, encadernadas em pele de bezerro, dos habituais Gibbon, Scott, Macaulay, esse tipo de coisa. Não particularmente valiosos nem procurados, mas causam efeito na prateleira, e ocasionalmente alguém os compra por esse motivo. São bons presentes de casamento. Ela herdou os livros dos avós e não estava interessada em ficar com eles, então dei a ela 200 libras por eles. Quando eu estava colocando os preços, notei que o volume I da coleção de Scott *Poetical Works* (de cerca de dois mil) tinha oito nomes diferentes escritos (por diferentes pessoas) em uma das folhas em branco do início do livro, cada um uma vida sobre a qual não sei mais do que o nome. Fico me perguntando de quem será o próximo nome a ser acrescentado ali.

Faturamento total £184
15 clientes

SEXTA-FEIRA, 27 DE JUNHO

Pedidos online: 4
Livros encontrados: 4

Nicky veio hoje. Ela entrou e me pediu para ajudá-la a tirar alguma coisa de dentro da van que ela queria pôr na loja para vender. Estava um dia lindo, e, assim que ela abriu a porta lateral da van, eu vi, para meu horror, uma scooter. Ela esteve em Castle Douglas ontem com sua amiga Iris, que, por razões desconhecidas, é especialista em scooters. Elas viram uma na vitrine de uma loja beneficente, e Iris disse a Nicky que o preço estava excelente, então Nicky entrou correndo e comprou. Eu disse a ela que de maneira alguma vou começar a vender scooters na loja, e por fim ela concordou em deixar a scooter do lado de fora da loja, com uma placa de "Vende-se". Ela fez um test drive, foi até a cooperativa e voltou. Fizemos uma aposta de manhã que ela nunca venderia a scooter. Por volta de 5h da tarde ela já a tinha vendido por 150 libras para Andy, um morador de Wigtown, natural da África do Sul, que recentemente foi diagnosticado com um câncer terminal.

Assim, perdi a aposta e tive de levá-la ao The Ploughman (o *pub* em Wigtown que recebeu o nome do título de um livro de John McNeillie, *The Wigtown Ploughman: Part of His Life*, publicado pela primeira vez pela Putnam em 1939 e ainda hoje impresso) e pagar uma cerveja para ela.

Hoje foi o último dia de aulas nas escolas da Escócia, então espero que o movimento aumente, já que muitas pessoas vêm passar as férias em Galloway. Os altos e baixos do negócio seguem o calendário das férias escolares.

Faturamento total £261,99
20 clientes

SÁBADO, 28 DE JUNHO

Pedidos online: 3
Livros encontrados: 3

Nicky veio hoje de novo, já mais ou menos de volta à rotina habitual de sexta/sábado. Eu saí às 5h30 da manhã para pegar o *ferry* para Belfast, e depois o trem para Dublin para visitar Cloda. É uma amiga minha da época de Bristol. Agora ela administra o negócio da família, uma farmácia em Dublin, e frequentemente compartilhamos histórias com clientes. De modo geral, as dela são mais dramáticas que as minhas, pois envolvem dependentes de heroína, tentativas de furto, etc. A amizade dela é muito valiosa e me faz sentir que não sou a única pessoa em meu grupo de amigos que às vezes enlouquece por causa da clientela. E, embora a Amazon ainda não tenha se ramificado para abranger medicamentos por prescrição como fez com quase tudo o mais, o negócio de Cloda enfrenta problemas semelhantes, como competidor independente contra cadeias como Lloyds e Boots.

Cheguei a Dublin no começo da tarde e fui para a casa de Cloda em Stoneybatter. Almoçamos, e eu conheci sua bebê de seis meses, Elsa, antes de irmos até as docas para pegar Anna, que veio de Londres via Holyhead. Cloda nos convidou para um concerto ao ar livre em uma praça no sul de Dublin, encabeçado por Pixies e Arcade Fire. Fazia anos que eu não ia a um evento como esse. O namorado dela, Leo, e a amiga Roisin também foram. Estava uma tarde de verão quente e muito agradável. Um *scouser*[24] me ofereceu meio comprimido de *ecstasy* depois que paguei uma cerveja para ele, mas com toda a educação eu recusei.

Faturamento total £143
15 clientes

SEGUNDA-FEIRA, 30 DE JUNHO

Pedidos online: 5
Livros encontrados: 5

Preciso me lembrar de me inscrever para a bolsa de James Patterson.

Faturamento total £203,45
15 clientes

---

[24] Nascido em Liverpool. (N.T.)

JULHO

Existem duas pragas bem conhecidas pelas quais toda loja de livros usados é assombrada. Uma é aquele tipo de pessoa decadente com cheiro de casca de pão velho que vem todos os dias, às vezes várias vezes por dia, tentando vender livros sem valor. A outra é aquela pessoa que encomenda grandes quantidades de livros sem a menor intenção de pagar por eles.

George Orwell, *Bookshop Memories*

Certamente, não faltam pessoas que obscurecem a loja com a intenção de tentar vender livros sem valor algum. Quase todos os dias, principalmente na primavera, aparecem várias. Eu diria que, em média, entram cem livros na loja dessa forma. Destes – também em média – eu me interesso em comprar menos de trinta por cento. O restante eu gostaria que levassem de volta, mas geralmente são pessoas que precisam se desfazer de pertences de um parente falecido – dos pais, da avó, de uma tia, etc. – e querem tirar esses livros da frente, então preferem deixá-los na loja. Nestes casos de pessoas recentemente enlutadas, em geral é impossível recusar. Nós costumávamos guardá-los em caixotes de madeira e vendê-los no eBay, mas até esse mercado parece ter secado. O que fazer com esse estoque morto está se tornando um problema cada vez maior para nós e para muitos livreiros.

O outro tipo de pessoa a quem Orwell se refere – aquela que encomenda livros sem intenção de pagar por eles –, certamente existiam pessoas assim até poucos anos atrás. Hoje em dia raramente nos pedem para encomendar livros graças à facilidade das pessoas de elas mesmas encomendarem de casa. Ou de qualquer lugar. Encomendar livros para os clientes nunca foi uma atividade particularmente lucrativa, mas era um pequeno suplemento para a receita da loja, o qual hoje não existe mais.

TERÇA-FEIRA, 1º DE JULHO

Pedidos online: 4
Livros encontrados: 2

Laurie não pôde vir hoje porque a gata dela foi atropelada, e ela teve de levá-la ao veterinário. Infelizmente, a gatinha morreu, deixando Laurie com quatro filhotinhos para cuidar.

Entre os pedidos de hoje, havia um para *The Colliery Fireman's Pocket Book*, edição de 1935. Por alguma razão, Nicky havia cadastrado este como estando na seção de química, mas não estava lá.

O contrato de aluguel do apartamento de Anna vence no final deste mês, então ela me perguntou se posso ir até Londres com a van para trazer as coisas dela de volta para Wigtown.

Matthew, um comerciante de livros que participa de feiras e é especialista em material sofisticado, veio à loja e pegou alguns dos livros que vieram de Glasgow, a maioria dos quais ainda estava nas caixas. Ele é um dos revendedores que ainda vêm regularmente à loja para comprar. Há quinze anos os comerciantes eram clientes regulares, vinham comprar estoque, geralmente de um gênero específico. Agora são tão raros que chega a ser incomum ver um deles. Matthew comercializa livros raros e vende principalmente nas feiras de livros: não nas feiras provincianas, mas nas grandes feiras de antiquários – Olympia, York – e em outras onde o preço médio de um livro é milhares de libras, em vez de dezenas. Ele só compra livros em excelente estado e, normalmente, em suas primeiras edições. Viaja por toda a Europa procurando livros para comprar e vender em feiras, e é como um *terrier* na hora de negociar.

Faturamento total £291,44
21 clientes

QUARTA-FEIRA, 2 DE JULHO

Pedidos online: 6
Livros encontrados: 6

Laurie não veio novamente por causa dos gatinhos filhotes. Uma das vendas online hoje foi para alguém de Londres chamado Keith Richards, e outra para alguém com o improvável nome de Jeremy Wildboar-Hands.

Chegou um e-mail de uma viúva de Norwich querendo me vender a coleção de livros do falecido marido. Respondi perguntando que livros são.

Faturamento total £280
21 clientes

QUINTA-FEIRA, 3 DE JULHO

Pedidos online: 3
Livros encontrados: 1

Eu tinha planejado ir a Londres hoje para esvaziar o apartamento de Anna, mas adiei porque Laurie ainda não consegue vir por causa dos gatinhos. Mas não tem problema, Anna pode ficar no apartamento até o final do mês, não será despejada nem nada disso.

O dia hoje estava agradável, mais para quente, embora alguns clientes tenham entrado na loja vestidos como se estivéssemos no auge do inverno.

As andorinhas começaram a voar. Captain está de olho nelas.

A viúva de Norwich respondeu à minha pergunta sobre a coleção de livros de seu finado marido. Parece que a maior parte é de contos eróticos. Ela vai mandar entregar aqui por uma empresa de entregas.

Faturamento total £247,88

17 clientes

SEXTA-FEIRA, 4 DE JULHO

Pedidos online: 4

Livros encontrados: 3

Nicky veio trabalhar hoje. Ela não conseguiu disfarçar o contentamento ao saber que estarei fora nos próximos dois dias, primeiro para esvaziar o apartamento de Anna e depois para ir a Somerset, para o casamento de minha prima Suzie.

Despedi-me de Nicky da maneira mais afetuosa possível e parti para Londres sob o sol escaldante das 11h da manhã, chegando a Hampstead às 19h, depois de deixar alguns livros no leilão de Dumfries *en route*. Normalmente envio tudo que seja raro para o Lyon & Turnbull em Edimburgo, e o leilão de Dumfries está mais exigente agora, portanto já não posso deixar qualquer coisa lá, mas de vez em quando encontro alguma coisa que sei que venderá lá e na loja não: coleções de livros bem encadernados, por exemplo, que tendem a ser comprados no leilão por comerciantes de mobília antiga porque, para vender uma estante, é muito mais fácil vender se houver livros de aparência atraente nela.

Faturamento total £307,89
36 clientes

SÁBADO, 5 DE JULHO

Pedidos online: 3
Livros encontrados: 3

Nicky tomou conta da loja novamente, e, como não tive notícias da parte dela, presumo, ingenuamente, que esteja tudo bem.

Anna e eu fomos de Londres para Taunton no dia mais quente do ano. A van não tem ar-condicionado, e ficamos parados num engarrafamento na M25 por três horas.

O casamento de Suzie foi um evento esplêndido, com a presença de muitos convidados. A dança e a bebida se estenderam noite adentro: minha mãe tinha alugado uma casa de veraneio bem grande a cerca de dois quilômetros do local da recepção, e cerca de uma dezena de nós ficamos lá, incluindo primos irlandeses, minha irmã Lulu e o marido dela, Scott. É sempre divertido quando nos reunimos, e as pessoas que não pertencem ao pool genético da família e com quem nos relacionamos fazem observações sobre como os Bythells são indecisos. Todos os maridos/esposas/agregados formaram um grupo e começaram a contar histórias sobre nossa incompetência emocional; houve histerias frequentes que foram invariavelmente seguidas por um coro de "o meu faz a mesma coisa!"

Faturamento total £351,46
35 clientes

SEGUNDA-FEIRA, 7 DE JULHO

Pedidos online: 5
Livros encontrados: 4

Laurie acabou conseguindo voltar ao trabalho depois de uma semana de aconselhamento com o Pet Rescue para cuidar dos gatinhos órfãos.

Anna e eu voltamos de Taunton e chegamos a Wigtown antes das 19h, bem a tempo de uma reunião com a County Buildings sobre uma proposta de parque eólico a ser construído em um terreno em Kirkdale. Fomos lá e objetamos, alegando que seria claramente visível de Wigtown (do outro lado da baía), e que não estava claro se ficaríamos dentro da zona de suborno em dinheiro da comunidade que geralmente acompanha esses empreendimentos. O faturamento anual previsto para o parque eólico gira em torno de 30 milhões de libras, e o valor a ser dado aos residentes (ainda a ser decidido por um comitê) é de apenas 100 mil libras, ou 0,3 por cento do faturamento. Como a maior parte do impacto visual do desenvolvimento será do nosso lado da baía, é improvável que nos beneficiemos muito, se é que seremos beneficiados em alguma coisa, já que estamos mais distantes. Aqueles que estão mais perto do parque é que lucrarão mais, e bem poucos nem sequer o verão. Isso irritou muitas pessoas nos Machars.

Faturamento total £213,48
17 clientes

TERÇA-FEIRA, 8 DE JULHO

Pedidos online: 3
Livros encontrados: 1

O primeiro pedido de hoje foi de um livro sobre a história das passagens de nível.

Laurie veio de novo, em mais um dia ensolarado.

Passei a maior parte do dia editando o vídeo para o Galloway Activity Centre em Loch Ken. Quando desci para Laurie poder ir almoçar, ela me disse que tinha sido repreendida por uma cliente por fazer muito barulho ao comer uma maçã. Aparentemente, isso foi logo seguido por sussurros deliberadamente audíveis na linha de "Os jovens de hoje..." e "Será que ela não sabe que isto é uma livraria?"

Um cliente trouxe três livros sobre música, pelos quais paguei 10 libras.

Recebi uma mensagem de texto extremamente sinistra de Nicky sobre o trabalho nesta semana. Terminava assim: "Espere até ver o que consegui para você *nesta* semana! Você vai amar!"

Chegou a hora de substituir a van. Ela já percorreu quase duzentos e oitenta mil quilômetros, e cheguei a um ponto em que começo a duvidar de que ela consiga aguentar viagens longas, então fui à Wigtown Motor Company e conversei com Vincent sobre procurar um substituto.

Faturamento total £254,98
25 clientes

QUARTA-FEIRA, 9 DE JULHO

Pedidos online: 3
Livros encontrados: 3

Laurie veio novamente, mas teve de trazer os gatinhos porque não tinha ninguém em casa para alimentá-los.

Chegou a hora da temida visita ao dentista polonês em Stranraer; acordei hoje com uma dor de dente incômoda. Minha relutância em ir ao dentista não tem nada a ver com a capacidade dele como profissional, mas, sim, com a lembrança da última vez que estive lá, quando ele extraiu um dente do siso. Esse trauma, porém, tornou-se insignificante quando, pouco depois, encontrei com uma velha amiga e dois de seus filhos pequenos no Morrisons. Todos pareciam apavorados. Quando voltei para casa e me olhei no espelho, entendi o porquê. Metade da minha cara estava torta, paralisada pela anestesia, e meu queixo estava coberto de sangue, que pingava na camisa.

A mulher galesa deprimida ligou novamente, com a habitual voz de decepção mesmo antes de eu dizer que não tinha nada no estoque para ela.

Faturamento total £334,99

28 clientes

QUINTA-FEIRA, 10 DE JULHO

Pedidos online: 3

Livros encontrados: 2

Laurie veio de novo, e foi outro dia lindo.

Entre os e-mails desta manhã havia dois de clientes zangados reclamando que receberam o livro errado pelo correio. O cliente que pediu um livro sobre touradas recebeu um sobre fabricação de velas artesanais, e vice-versa. Apesar de termos concordado em reembolsá-los e corrigir o engano, o das touradas deu um feedback negativo na Amazon com o seguinte comentário:

O livro acima, que eu encomendei, não foi enviado. Em vez disso recebi por engano um livro intitulado *Creative Candlemaking*. Os dois livros não poderiam ser mais diferentes em conteúdo. Contatei os fornecedores – The Book Shop de Wigtown – para comunicar o ocorrido. Eles reconheceram e concordaram em me enviar o livro certo quando eu devolver o que recebi.

Vincent ligou para dizer que encontrou uma van em Inverary com oitenta quilômetros rodados pelo preço de 10 mil libras, então vou falar com o gerente do banco sobre mais um empréstimo.

Faturamento total £89,29
14 clientes

SEXTA-FEIRA, 11 DE JULHO

Pedidos online: 2
Livros encontrados: 2

Nicky voltou ao trabalho hoje – outro lindo dia ensolarado, maculado apenas pela presença dela. Ela anunciou de manhã que não participará mais dos vídeos que temos feito para o Facebook, nos quais ela expõe sua sabedoria em vários assuntos, para enorme diversão das pessoas que seguem a página da loja, porque eu mudei um depois que concordamos em cortar o final. Mas ela concordou em fazer a filmagem e me fazer de vítima.

Encontrei uma cliente no jardim, contemplando a lagoa, apesar da placa de "Particular" no portão que ela teve de abrir para entrar.

Um cliente colocou três livros no balcão, apontou para dois deles e disse:

– Vou levar estes dois. Este outro você coloca de volta na prateleira.

Em seguida ele perguntou se podia pagar pelos dois livros com pontos do Tesco Clubcard[25].

Faturamento total £149,90
14 clientes

---

[25] Cartão de fidelidade da rede de supermercados Tesco. (N.T.)

SÁBADO, 12 DE JULHO

Pedidos online: 2
Livros encontrados: 2

Nicky veio de novo. O tempo mudou, está úmido e sombrio.

Os pedidos online estão diminuindo cada vez mais: possivelmente, outro problema com o Monsoon.

Hoje foi o início da Semana Cívica de Wigtown, e Tam Dingwall, ex--proprietário do The Galloway, o *pub* do outro lado da praça em frente à minha loja, comemorou a ocasião cantando *Achy Breaky Heart* para um pequeno grupo de jovens na praça, encolhidos sob a garoa. A Semana Cívica é um dos pontos altos do calendário de Wigtown. Envolve toda espécie de atividades curiosas e é destinada à população local, mais do que aos turistas. Tem *quizzes*, atividades para as crianças (tais como uma caminhada pela natureza lamacenta no pântano salgado), corrida de jangadas e todo tipo de festividades de cidade pequena, incluindo a coroação ligeiramente anacrônica da Princesa de Wigtown. Há prêmios para todos os tipos de coisas maravilhosas, como o Melhor Rolo de Papel Higiênico Decorado. Parece muito com uma viagem de volta à década de 1950.

Um cliente perguntou a um de seus companheiros onde ficava a seção de filosofia. O outro respondeu:

– Não sei, é melhor você perguntar ao baixote.

Baixote?? Humm, acho que não...

Um senhor de idade trouxe uma caixa de livros que continha uma Bíblia familiar vitoriana. A procura por esse tipo de livro é muito pequena hoje em dia, se é que já foi grande alguma vez. Esta vinha com uma carta escrita à mão, datada de 22 de fevereiro de 1879 e endereçada de Carnwath:

*Querida Mãe, escrevemos
com a maior alegria
cumprindo o que prometemos.*

Aqui estamos, em segurança
no antigo e honrado solo de bem-aventurança
e não podemos reclamar.
Fico feliz em contar
que nossos amigos estão bem
e espero que a senhora também,
enquanto Marion longe estiver.
E preste atenção, cuide-se bem.
Janet pretende ir
àquela grande cidade
com Aleck na segunda à tarde.
Ela está pronta para ir
e é bom a senhora saber
que de volta a Carluke ela estará
antes de a senhora perceber.
Com todo o meu afeto,

Maggie.

Não é incomum encontrar cartas antigas dentro de livros, mas uma carta escrita em rima é algo raro. Certa vez comprei um exemplar de *The Seven Pillars of Wisdom* que continha mais de cem cartas de condolências a uma viúva, muitas das quais eram de pessoas que nunca a haviam conhecido pessoalmente, mas cujas vidas tinham sido tocadas pelo falecido marido. Minha curiosidade é sempre atiçada por esse tipo de coisa, e é difícil não especular sobre quem foram essas pessoas, tanto os remetentes como os destinatários.

Faturamento total £367,91
33 clientes

SEGUNDA-FEIRA, 14 DE JULHO

Pedidos online: 6
Livros encontrados: 5

Laurie conseguiu vir hoje. É evidente que alguém da família está cuidando dos gatinhos. Pouco depois que ela chegou, um cliente foi até o balcão e disse:

– Um bom dia, senhor! O senhor se importaria de me direcionar para o local onde possam estar livros sobre história militar?

As prateleiras estavam particularmente desarrumadas desde a véspera, uma consequência inevitável de uma multidão de crianças na loja. Alguns pais acham aceitável deixar seus rebentos correr desordenadamente pela loja, perturbando outros clientes e deixando um rastro de devastação. A maioria, porém, é gente bem-educada e as crianças se comportam. Parece haver um instinto comum a meninos de quatro anos de idade quando se deparam com uma estante de livros. Eles parecem incapazes de resistir ao impulso de empurrar os livros, o máximo que podem, para o fundo das prateleiras. A visão de uma fileira de livros arrumadinhos é irresistível para os meninos pequenos, e eles não conseguem controlar o desejo de bagunçar tudo, da mesma forma que não conseguem suprimir o desejo de puxar o rabo de um gato ou de pular numa poça d'água.

Nicky comentou recentemente que ela acha que minha insistência em manter tudo em ordem é um tipo de TOC e que acredita que os clientes gostam dos livros espalhados pelo chão e realmente não se importam que estejam organizados por assunto ou categoria.

Faturamento total £223,98
21 clientes

TERÇA-FEIRA, 15 DE JULHO

Pedidos online: 2
Livros encontrados: 2

Laurie veio de novo e ficou tomando conta da loja. Ela subiu até o escritório, onde eu estava trabalhando, para me contar que um cliente havia trazido um quadro da cidade de Wigtown. Era um retrato de meados do século 19 e mostrava características arquitetônicas da cidade que não existem mais. Queria 50 libras, as quais paguei com gosto.

Callum e eu estamos planejando ir velejar amanhã se o tempo estiver bom. No ano passado ele comprou um Hurley 22, um pequeno veleiro que supostamente possui quatro camas, mas que na realidade seriam desconfortáveis para quatro crianças pequenas, que dizer para dois homens com mais de 1,80m.

Faturamento total £374,96
37 clientes

QUARTA-FEIRA, 16 DE JULHO

Pedidos online: 3
Livros encontrados: 2

Laurie chegou pontualmente, mas o passeio de veleiro que Callum havia planejado dependia do tempo, e o dia hoje amanheceu com chuva, então ele me ligou para dizer que era melhor adiarmos até o tempo melhorar. Assim, não me preocupei em arrumar minha mochila nem em me organizar. No momento em que o tempo abriu e o sol apareceu, Callum chegou sem avisar, pronto para ir, então pedi a Laurie para embalar e processar os livros do clube e para avisar Wilma de que estava tudo pronto para ser recolhido quando ela vier trazer a correspondência.

Há lacunas aparecendo entre os livros nas prateleiras, agora que os clientes começaram a sair da hibernação e a gastar dinheiro – as seções Folio e ferroviária estão bem enxutas.

Arrumei tudo apressadamente, disse tchau para Laurie e lá fomos nós para Stranraer. Levantamos âncora e zarpamos às 13h em direção a Ailsa Craig, uma ilha desabitada no Mar da Irlanda, aonde chegamos às 19h. A tarde estava sem nuvens no céu e ensolarada, com o sol laranja-dourado recortando a ilha quando chegamos. Atracamos no cais e desembarcamos para explorar as construções em ruínas e a velha estrada de ferro. Ailsa Craig é tudo o que resta de um antigo tampão vulcânico. É uma massa de granito ao largo da costa de Ayrshire. Em sua longa história, foi refúgio para recusantes católicos no século 16 e é localmente conhecido como "Paddy's Milestone", em parte por estar a meio caminho entre Glasgow e Belfast, em parte por causa da tradição folclórica de uma luta entre dois gigantes: um irlandês, um escocês. Segundo a lenda, eles atiraram pedras um no outro, e Ailsa Craig foi a última pedra atirada.

Callum e eu nos sentamos na cabine do barco, bebendo cerveja, até cerca de meia-noite, observando milhares de águas-vivas passarem, ocasionalmente revolvendo a superfície e formando círculos, como se alguém tivesse atirado um pedregulho no mar calmo. Eu dormi em um dos leitos minúsculos na parte de trás do barco, e a experiência não foi confortável, lembrou um pouco como estar deitado em um caixão.

Faturamento total £242,49
19 clientes

QUINTA-FEIRA, 17 DE JULHO

Pedidos online: 3
Livros encontrados: 3

Acordamos às 9h da manhã e fomos explorar um pouco mais a ilha. Caminhamos primeiro até a sirene de nevoeiro ao norte, depois eu subi até o topo e parei para contemplar o castelo no caminho. Callum ficou no barco para passar anticraca no casco. Voltei para o barco por volta das 13h e nadei um pouco antes de ir para Lamlash. Quando eu estava no topo de Ailsa Craig, vi um barco se aproximando lentamente do veleiro de Callum, como se com a intenção de passar e dizer "olá". Conforme chegava mais perto, notei que ele desviou abruptamente e foi em direção a Girvan. Quando voltei para o barco, Callum estava preparando uma xícara de chá. Contei para ele sobre o barco que havia feito uma curva estranha, e ele explicou:

– Ah, isso… bem, eu estava passando anticraca no casco, já que não havia ninguém por perto, e não escutei o outro barco se aproximando. Subi a bordo para pegar uma escova, inadvertidamente com minha bunda pelada bem de frente para eles. Foi só quando voltei para a água que reparei no barco, mas eles já estavam se afastando.

Zarpamos para Arran às 14h, em um vento intermitente, então alternamos entre velejar e ligar o motor, dependendo do que era mais favorável.

Chegamos em Lamlash por volta das 19h, acompanhados por um grupo de botos. Callum inflou o bote, e remamos até a praia para tomar uns drinques e jantar no The Drift Inn antes de voltar para passar a noite no barco.

Faturamento total £102
11 clientes

SEXTA-FEIRA, 18 DE JULHO

Pedidos online: 0
Livros encontrados: 0

Exploramos Holy Island logo ao largo de Lamlash.
Às 15h recebi uma mensagem de Laurie avisando que a luz acabara.

Faturamento total £389,45
29 clientes

SÁBADO, 19 DE JULHO

Pedidos online: 0
Livros encontrados: 0

Cheguei de volta à loja às 16h para deparar com uma Nicky assustada, que não fazia a menor ideia de a que horas voltaríamos. Estava visivelmente contrariada de me ver são e salvo em casa. Depois que fechei a loja, um senhor me ligou para dizer que estava se mudando para uma casa de repouso e queria vender sua coleção de livros. Ele mora em um pequeno vilarejo perto de Kelso. Combinei com ele para ir lá no final do mês.

Faturamento total £288,98
38 clientes

SEGUNDA-FEIRA, 21 DE JULHO

Pedidos online: 0
Livros encontrados: 0

Laurie veio hoje, um lindo dia de sol.

O Monsoon ainda não estava funcionando, provavelmente em consequência da falta de energia na sexta-feira, então mandei um e-mail para eles, para a equipe de suporte técnico.

A primeira cliente do dia foi uma mulher irlandesa, que entrou na loja às 9h09 e perguntou:

– Escuta, gente, aqui na Escócia o comércio inteiro abre às 10h?

Depois do trabalho fui a uma reunião organizada pelo conselho, presidida por um tal de "The Shop Doctor", cuja função é ajudar varejistas a melhorar seus negócios. Acabou sendo uma completa perda de tempo, e passei três horas inúteis sendo torturado por uma apresentação de Power-Point, uma abominação rica em insights reveladores do tipo "Se você deixar a porta aberta, entrarão mais clientes do que se a porta estiver fechada" e "O nome do seu negócio deve refletir o que você vende". Bem, neste último quesito acho que acertei. Não há muita ambiguidade em "The Book Shop". Cheguei ao meu limite e fui embora quando ele começou a mostrar uma série de fotografias de lojas seriamente arruinadas e nos perguntou, como se fôssemos crianças na pré-escola:

– Alguém consegue ver o que está errado com esta?

A essa altura ninguém aguentava mais, e por um breve momento temi um linchamento, um medo que rapidamente se transformou em esperança no instante em que ele se dirigiu a mim.

– Você. Você está muito quieto. O que acha que está errado com a fachada desta loja? – ele indagou, enquanto o projetor mostrava a foto de uma loja sem letreiro, com uma vitrine quebrada e um carro queimado junto ao meio-fio em frente.

Faturamento total £187,60
30 clientes

TERÇA-FEIRA, 22 DE JULHO

Pedidos online: 4
Livros encontrados: 0

Laurie veio de novo, em outro dia ensolarado. Ela passou o dia fazendo uma lista de livros para vender na Fulfilled by Amazon. Quando tivermos quatro caixas cheias, ela vai providenciar para que sejam enviadas ao depósito da Amazon em Dunfermline.

Um cliente foi até o balcão durante o horário de almoço de Laurie e apontou para uma caixa selada com uma etiqueta de endereço e que continha uma coleção de *Statistical Accounts* a ser despachada para um comprador nos Estados Unidos.

Cliente: – Estou um pouco confuso, aquela caixa ali...
Eu: – Desculpe, os livros naquela caixa não estão à venda. Já foram vendidos.
Cliente: – Eu imaginei que não.

Até agora não entendi direito.

Nicky me mandou um e-mail descrevendo um cliente que entrou na loja no sábado, vestido de guerreiro das Terras Altas: "Um glorioso colete verde e meias tricotadas à mão, com penas de tetraz esvoaçando no gorro Glengarry". Ele "marchou orgulhosamente para dentro da loja, acompanhado por um cachorro ganindo que só se calou quando ele saiu. Meio que arruinou sua imagem. E ele nem tomou conhecimento da minha presença. Provavelmente é inglês".

Agendei para cortar o cabelo amanhã no Richard, o barbeiro que fica três lojas abaixo da minha, na rua.

O suporte técnico do Monsoon finalmente respondeu. Conseguiram analisar o computador para resolver o problema.

Faturamento total £268
27 clientes

QUARTA-FEIRA, 23 DE JULHO

Pedidos online: 13
Livros encontrados: 9

Laurie veio, em outro brilhante dia de sol.

Desci para cortar o cabelo às 10h45. Richard estava, como sempre, amigável e conversador. Quando eu estava saindo, encontrei o senhor Deacon vindo fazer seja qual for o tratamento que está fazendo para seu cabelo. Ele me cumprimentou um pouco confuso, talvez por ter me encontrado fora do ambiente da loja e não ter certeza de quem eu era.

Laurie conseguiu localizar e empacotar todos os livros – com exceção de quatro – que foram encomendados de sexta-feira para cá. Recebemos vários e-mails e telefonemas de pessoas furiosas por causa de livros que foram pedidos no começo do mês e que ainda não chegaram. Pode haver algum problema com a Historic Newspapers, então vou verificar o que está acontecendo.

Historic Newspapers é uma empresa local que despacha por navio jornais antigos do mundo todo, e consequentemente eles têm um contrato muito favorável com o serviço de entregas DHL. Por isso enviamos por eles todos os nossos pedidos para o exterior. Eles passam na loja duas vezes por semana e pegam todas as encomendas para clientes de fora do Reino Unido.

Depois do almoço, fui de novo até Carsluith para ver mais livros da senhora com problema na perna. Ela está claramente se desfazendo de muita coisa, e havia um bom material de Folio Society – equivalente a uma caixa. Dei a ela 55 libras para ela ajudar a neta que vai para Oxford.

No final da tarde, fui tomar banho de mar em Monreith com a maltesa Tracy.

Faturamento total £236,49

16 clientes

QUINTA-FEIRA, 24 DE JULHO

Pedidos online: 5

Livros encontrados: 3

Laurie abriu a loja no que foi o dia mais quente do ano até agora: o termômetro no jardim marcava 29 graus.

Quando estávamos arrumando os livros nas prateleiras, um casal entrou na loja. A mulher foi vasculhar as prateleiras de antiguidades, tossindo e gemendo, enquanto o marido olhava os livros da seção escocesa. Quando ele foi se juntar à esposa, ela se queixou em voz alta de estar com dor de cabeça, catarro e dor nos joelhos. Quando ela finalmente parou de reclamar, ele ofereceu a ela uma espécie de cristal homeopático para curar a dor de cabeça. Apesar da inconveniência, eles gastaram 250 libras em um livro do século 18 sobre botânica escocesa.

Laurie organizou a coleção de quatro caixas para vender na FBA. Os livros serão entregues ao depósito da Amazon em Dunfermline e vendidos e despachados diretamente pela Amazon.

Possivelmente motivado por nosso breve encontro na porta da barbearia ontem, o senhor Deacon veio à loja e encomendou um exemplar de *Eleanor of Aquitaine*, de Alison Weir. Ele tinha um ar desconfiado enquanto Laurie o atendia, mais ou menos como eu imagino que seja o do personagem do senhor Pumpherston em *The Intimate Thoughts of John Baxter, Bookseller*, em que Alec, o jovem aprendiz, o atende em vez de Baxter. Mas, ao contrário de Alec, Laurie é perfeitamente competente para atender qualquer cliente.

Laurie e eu passamos o resto do dia embrulhando e etiquetando livros para o Random Book Club. Dois membros não renovaram a assinatura. Depois que terminamos, pedi a ela para varrer a vitrine da loja. Estava parecendo uma fornalha ao sol de verão.

Faturamento total £449,99
16 clientes

SEXTA-FEIRA, 25 DE JULHO

Pedidos online: 5
Livros encontrados: 5

Nicky veio hoje. Passou o dia às voltas com a postagem dos livros do clube, uma tarefa que ela não gosta e que eu faço o possível para delegar a ela todo mês.

Logo antes de fechar, uma cliente trouxe dois grandes mapas emoldurados de Ayrshire, coloridos à mão e datados de 1828. Dei a ela 60 libras por cada um.

Faturamento total £369,50
17 clientes

SÁBADO, 26 DE JULHO

Pedidos online: 3
Livros encontrados: 3

Nicky chegou cedo e começou a arrumar a loja – bem diferente do habitual, já que normalmente ela faz a maior bagunça possível. Ela me pediu para inventar uma desculpa com o objetivo de ela escapar se Kelly Cheiroso aparecesse para dar continuidade à sedução com perfume de Brut 33. Como era de se esperar, ao ver o micro-ônibus azul estacionado do outro lado da rua, ele entrou na loja às 11h. Eu fingi que tinha uma encomenda para pegar no correio em Newton Stewart e pedi a Nicky se poderia ir buscar para mim, com o que ela prontamente concordou. Kelly Cheiroso então perguntou se ela podia lhe dar uma carona, já que ele queria visitar o irmão, o que não me deixou opção senão mudar de ideia e dizer a Nicky que afinal eu iria a Newton Stewart, levando Kelly Cheiroso comigo se ela pudesse ficar tomando conta da loja. O trajeto foi horrendo; o ar dentro da van ficou praticamente irrespirável, tão densamente impregnado de Brut 33 que estava, mesmo com todos os vidros baixados.

Às 15h, o senhor Deacon apareceu para perguntar sobre sua encomenda. Eu disse a ele que deve chegar na próxima semana. Ele tinha na mão uma latinha de comida de gato.

Nicky e eu passamos a tarde limpando a van para Vincent levá-la a Inverary amanhã. Deixei-a com Vincent às 16h.

Nicky decidiu que ela e sua amiga irão ao Festival do Livro de Edimburgo e que lá ela irá promover o Random Book Club. Ela me instruiu a fazer cartões de visita e folhetos até quinta-feira.

Faturamento total £367,46

13 clientes

SEGUNDA-FEIRA, 28 DE JULHO

Pedidos online: 6

Livros encontrados: 3

Laurie tirou folga hoje, então fiquei sozinho na loja. Vincent ligou avisando que a nova van já chegou, quando eu quiser ir buscar.

Quando levei as sacolas para o correio, Wilma perguntou como iam as coisas com Anna. William escutou e murmurou algo desagradável.

Seguindo as instruções de Nicky, passei uma ou duas horas projetando o material promocional do Random Book Club para ela levar para o Festival do Livro de Edimburgo. Depois do almoço, escrevi um e-mail para a J&B Print em Newton Stewart com a observação de que preciso de tudo pronto na quinta-feira. Depois do trabalho, fui buscar a van nova na loja de Vincent. É prateada, com sistema de navegação por satélite, vidros elétricos e barra de reboque, e muito mais bacana que a antiga vermelha. Tem uma bandeira da Escócia na porta traseira, o que deverá enfurecer minha mãe, que é a favor da unificação.

Faturamento total £434,44

39 clientes

TERÇA-FEIRA, 29 DE JULHO

Pedidos online: 4
Livros encontrados: 4

Laurie veio hoje. Aparentemente, o cachorro dela está com um olho perfurado. O drama de sua coleção de animais de estimação continua, mas pelo menos parece que os gatinhos estão bem.

Um pedido da Amazon para o livro *The Reforming of Dangerous and Useless Horses*. Eu deveria ter mandado esse para minha prima Aoife, cujos cavalos se encaixam nas duas categorias: perigosos e inúteis.

O livro do senhor Deacon chegou, então deixei uma mensagem de voz para ele na caixa postal.

Faturamento total £341,48
33 clientes

QUARTA-FEIRA, 30 DE JULHO

Pedidos online: 3
Livros encontrados: 3

Laurie veio hoje, um dia em sua maior parte nublado.

Fui até North Berwick para ver uma coleção de livros sobre Catolicismo em uma linda casa em estilo georgiano. Paguei ao homem – um homem alto, tão calado que comecei a suspeitar se ele pertencia a algum tipo de ordem do silêncio – 200 libras por cinco caixas, em seguida fui para Eyemouth e procurei um hotel para passar a noite.

Faturamento total £541,90
44 clientes

QUINTA-FEIRA, 31 DE JULHO

Pedidos online: 3
Livros encontrados: 2

Laurie tomou conta da loja. Ela não conseguiu encontrar um dos pedidos de hoje, um livro intitulado *Sewage Disposal from Isolated Buildings*.

Depois do café da manhã, parti de Eyemouth e fui até uma casa perto de Kelso, onde eu havia combinado de ver uma outra coleção à venda. Dessa vez era uma biblioteca de um senhor idoso cuja esposa faleceu recentemente e que está se mudando de seu bangalô para uma acomodação protegida. Ele parece estar feliz com a mudança, provavelmente a última de sua vida. O bangalô fica em uma encosta íngreme e tem um lance de dez ou doze degraus na porta da frente. Como a mobilidade dele é limitada, eu imagino que o conforto seja sua prioridade agora, mais do que a independência. Os livros pertenciam a ele e à esposa, ficção e não ficção, em bom estado, cerca de seiscentos no total, incluindo coleções Folio de Wodehouse, E. F. Benson e Orwell. Saí de lá com cerca de cem livros, paguei a ele 190 libras e voltei para casa, chegando à loja por volta de 15h para ser abordado por um cliente usando um terno de poliéster barato que me perguntou:

– Lembra-se de mim? Eu comprei um livro sobre boliche aqui, faz uns cinco anos.

Alison, da gráfica J&B Print, veio trazer os folhetos para o Random Book Club, com uma fatura de 313,94 libras. Acho bom Nicky conseguir um bom número de novos assinantes para cobrir essa despesa.

Recebi um e-mail da secretária da Associação Agrícola de Wigtown, me lembrando que concordei em filmar e fazer um DVD do show de gado na quarta-feira. A previsão do tempo para esse dia é tenebrosa.

Faturamento total £277,73
31 clientes

AGOSTO

Como a maioria das lojas de livros usados, nós tínhamos várias linhas de produtos. Vendíamos máquinas de escrever usadas, por exemplo, e também selos – selos usados, quero dizer. Os colecionadores de selos são uma raça estranha, silenciosa, como peixes, de todas as idades, mas só do sexo masculino; as mulheres, aparentemente, não conseguem ver o charme peculiar de colar pedacinhos de papel colorido em álbuns. Também vendíamos horóscopos compilados por alguém que afirmava ter previsto o terremoto no Japão. Vinham em envelopes selados, e eu mesmo nunca abri nenhum deles, mas as pessoas que os compravam muitas vezes voltavam para contar como os horóscopos eram "verdadeiros". (Claro que qualquer horóscopo parece "verdadeiro" se disser que você é extremamente atraente para o sexo oposto e que seu pior defeito é a generosidade.)

George Orwell, *Bookshop Memories*

Talvez a variedade de artigos nas lojas de livros usados seja mais importante hoje do que no passado. Sempre que tenho oportunidade e condições, vou ao leilão em Dumfries e compro alguma coisa para vender na loja. No momento tenho uma escrivaninha georgiana de carvalho (70 libras), dois pares de bolas verdes de boliche vitorianas (25 libras, o par), dezessete jardineiras e vasos de plantas (preços variados), uma robusta tela protetora de lareira (300 libras), várias gravuras e pinturas e uma mesa de mogno (75 libras), bem como um sortimento de ornamentos e bijuterias que Anna arrumou em um canto da loja chamado "A Menor Loja de Antiguidades do Mundo". A ideia não foi minha. Esses objetos, cuidadosamente escolhidos, podem acrescentar uma atmosfera ao lugar fazendo referência à história da casa, que foi residência antes de se tornar estabelecimento comercial – primeiro uma loja de tecidos em 1899, depois mercearia na década de 1950, e a partir de 1992 uma livraria. Acrescente a isto as bengalas de Sandy, o pagão tatuado, e esperamos que haja o suficiente para manter entretidos os acompanhantes não leitores dos bibliófilos enquanto estes vasculham as prateleiras.

SEXTA-FEIRA, 1º DE AGOSTO

Pedidos online: 4
Livros encontrados: 4

Nicky veio hoje.
Tracy apareceu de surpresa nesta manhã para uma visita. Hoje é o aniversário dela.

Eu: – Parabéns pelo aniversário, Tracy, espero que você tenha um ótimo dia.
Nicky: – Bem, Tracy, você está um ano mais perto da morte.

Norrie apareceu com protótipos dos livros de concreto que ele fez para substituir as espirais que tínhamos na frente da loja. Eu costumava fazê-los com livros reais revestidos com resina de fibra de vidro, mas dava muito trabalho e precisavam ser substituídos a cada três anos. Os livros de concreto serão caros, mas devem durar para sempre.

O senhor Deacon apareceu para pegar seu exemplar de *Eleanor of Aquitaine*:

– Eu tinha que vir a Wigtown de qualquer maneira para uma consulta médica, então pensei em aproveitar para pegar o livro.

Meus pais vieram para o chá por volta das 16h30. Meu pai se aposentou da agricultura há cerca de quinze anos, na época em que comprei a loja (com o entusiasmado incentivo deles). Eles venderam a casa da fazenda – que haviam convertido em chalés de férias quando eu era criança – e se mudaram para uma casa moderna a cerca de oito quilômetros de distância em 2000, trinta anos depois de terem se mudado para a fazenda. Eles mantiveram o terreno e agora o alugam para um inquilino. Minha mãe, sempre empreendedora, se dedica a vários projetos, ao passo que meu pai se ocupa com a restauração de carros antigos desde sua aposentadoria. O primeiro foi um Bentley, e atualmente ele está trabalhando em um Alvis. Quando eu estava fechando a loja cinco minutos depois que eles saíram, vi minha mãe tirando o adesivo de bandeira da porta traseira da van nova.

Depois do trabalho, fui ao *The Plowman* tomar uma cerveja com Callum e Tracy para comemorar o fato de Tracy estar um ano mais perto da morte.

Faturamento total £263,98

31 clientes

SÁBADO, 2 DE AGOSTO

Pedidos online: 4

Livros encontrados: 4

Nicky veio hoje e milagrosamente chegou na hora certa. A manhã estava desanimadoramente úmida, mas o sol apareceu à tarde. Recebi uma mensagem de texto de Katie. Aparentemente, eu lhe ofereci trabalho no verão, e ela chega amanhã. Oh, céus... Terei de cortar as horas de Laurie, pois não posso pagar dois salários.

Nicky estava com tudo pronto para ir ao Festival do Livro de Edimburgo na quarta-feira para distribuir propaganda sobre o Random Book Club, então verifiquei online para ver quais eventos e autores ela deveria priorizar e descobri que o festival só começa no próximo sábado e ela se enganou com as datas.

Anna Dreda da Wenlock Books (em Much Wenlock, em Shropshire) e sua sócia, Hilary, chegaram. Eu me ofereci para hospedá-las quando estivessem no caminho de volta das férias em North Uist. Ficamos acordados até tarde conversando sobre lojas e o nosso trabalho. É raro ter a oportunidade de trocar informações com outro livreiro, e é sempre reconfortante saber que outras pessoas estão enfrentando os mesmos problemas, em grande parte causados pelo crescimento implacável da Amazon. Anna se adaptou à situação cortando funcionários e contando com voluntários, algo que eu não havia considerado, e também organizando eventos em sua loja. Elas ficarão aqui apenas dois dias.

Na hora de fechar, um homem de Ballater, em Aberdeenshire, telefonou. Ele tem uma coleção de livros sobre exploração polar que deseja vender, então combinamos que o encontrarei na quarta-feira. Se a coleção for boa, é o tipo de coisa que pode vender bem durante o próximo festival do livro.

Faturamento total £495,49
36 clientes

SEGUNDA-FEIRA, 4 DE AGOSTO

Pedidos online: 7
Livros encontrados: 7

Feriado bancário. Katie e Laurie vieram trabalhar hoje. A especialização de Katie no curso de medicina parece ter servido apenas para torná-la mais amarga – eu estava descalço na loja quando ela chegou, e ela me disse que eu fazia o lugar parecer mais um abrigo para sem-tetos do que uma livraria.

Um cliente trouxe quatro caixas de livros sobre literatura medieval. Escolhi alguns e paguei 60 libras por eles. Katie passou o dia organizando a seção de policiais em ordem alfabética, terminando o trabalho iniciado por Andrew.

Enquanto arrumava as prateleiras da seção de psicologia, encontrei um livro chamado *Atomic Structure and Chemical Bonding*, que claramente fora colocado ali por Nicky. Vou falar com ela sobre isso na sexta-feira. Também descobri que ela criou uma nova seção chamada *Home Front Romances*, que removi imediatamente e coloquei na caixa para reciclagem.

Hilary gosta muito de Gavin Maxwell, então levei as duas – ela e Anna – em um tour que incluiu a Casa de Elrig, a casa de infância de Maxwell, o memorial em Monreith e uma rápida visita à Monreith House. Depois desci para o pasto para fazer algumas fotos aéreas usando o drone, que tem uma pequena câmera de vídeo GoPro, pois o pôr do sol estava deslumbrante.

Vários anos atrás, uma amiga me deu uma cópia de um de seus livros favoritos: *A Confederacy of Dunces*, de John Kennedy Toole. Estava na minha pilha de livros para ler, então comecei a ler depois de fechar a loja.

Faturamento total £346
26 clientes

TERÇA-FEIRA, 5 DE AGOSTO

Pedidos online: 0
Livros encontrados: 0

Laurie e Katie estavam ambas na loja hoje. Eu realmente preciso separá--las, pois não posso pagar as duas. Na próxima semana elas trabalharão três dias cada, fazendo um revezamento.

Não há pedidos hoje, então suspeito que haja um problema com o Monsoon. Mandei um e-mail para avisá-los.

Anna e Hilary partiram para Much Wenlock, mas antes de partir elas me disseram que queriam retomar um grupo de livros e fazer um curso de redação criativa na loja em fevereiro. Eu as adverti sobre a temperatura, mas isto não pareceu desanimá-las. Não tenho certeza de como isso funcionaria financeiramente, então sugeri que elas poderiam usar a casa de graça no primeiro ano – elas acham que a sala de estar seria um local ideal –, e, se funcionar, podemos encontrar uma maneira de repetir, mas com o pagamento de uma taxa módica pelo uso da casa.

Katie passou o dia organizando a seção de poesia, que se tornou caoticamente desorganizada.

A internet parou de funcionar às 15h.

Faturamento total £550,34
52 clientes

QUARTA-FEIRA, 6 DE AGOSTO

Pedidos online: 0
Livros encontrados: 0

Quando desci pela manhã para abrir a loja, ainda não havia conexão com a internet, então telefonei para a Titan Telecom, meu novo fornecedor, que me disse que precisaria de um novo nome de usuário e senha. Quando expliquei que se tratava de uma questão urgente, já que não recebíamos pedidos, disseram que um técnico ligaria de volta em breve, então deixei Laurie e Katie com instruções para resolver o problema.

Ontem à noite choveu muito, e o dia amanheceu nublado, mas depois abriu o sol e ficou magnífico, apesar da previsão. Ainda bem, pois era o dia do Wigtown Show de gado. Passei a maior parte do dia filmando ovelhas, vacas, cavalos e galinhas e conversando com fazendeiros. O Wigtown Show é uma das festas agrícolas mais antigas da Escócia. É realizado anualmente há duzentos anos. Tem música, bebida, tendas repletas de pessoas que vendem alimentos e produtos artesanais do campo e todo tipo de entretenimento, além de currais lotados de animais.

O técnico da Titan Telecom ligou às 15h45, e ficamos online somente às 16h, de modo que os dois salários que paguei às meninas para listarem livros online foram, devido a problemas técnicos, desperdiçados.

Laurie e Katie foram à festa na tenda após a exposição e ficaram de pernoitar na loja. Fui me deitar por volta de 1h da manhã e elas ainda não tinham voltado.

Faturamento total £386,90

43 clientes

QUINTA-FEIRA, 7 DE AGOSTO

Pedidos online: 6
Livros encontrados: 4

Laurie acordou por volta de 8h50, e Katie, por volta de 9h15. Ambas estavam numa ressaca daquelas e ficaram relativamente imprestáveis o dia todo.

Faturamento total £337,05

28 clientes

SEXTA-FEIRA, 8 DE AGOSTO

Pedidos online: 3
Livros encontrados: 2

Saí para Ballater às 7h da manhã, então Laurie abriu a loja hoje. Nicky estava em casa preparando as coisas para ir a Edimburgo na próxima semana para ajudar a promover o Random Book Club no festival do livro. Ela está planejando ficar lá quarta e quinta-feira e distribuir folhetos e livros grátis, a maioria dos quais – ela me disse agora – ela retirou das prateleiras da loja sem me perguntar.

Cheguei a Ballater pouco antes do meio-dia e encontrei a casa, um bangalô pequeno e nada atraente junto de vários outros bangalôs idênticos, todos com rosas nos jardins espalhafatosos. O homem que me cumprimentou na porta era baixo e barbudo, usando roupão e chinelos. Sua esposa estava vestida de forma idêntica. A casa era pequena e bagunçada, e uma camada de poeira e sujeira parecia cobrir todas as superfícies. Os livros estavam em vários cômodos da casa, muitos deles no andar de cima, em um sótão reformado para onde se subia por uma escada muito estreita. A esposa fez uma xícara de chá para mim, e eu fui analisando a coleção enquanto eles assistiam à televisão. Foram simpáticos, mas não pareciam querer conversar. Os livros foram um pouco decepcionantes – *Farthest North*, de Nansen, em uma edição de dois volumes com capa de couro em péssimo estado, a edição Penguin de *A pior jornada do mundo*, de Cherry-Garrard, e *Admiral Evans's South with Scott* – e a maior parte da coleção estava em más condições. Não havia nenhuma das grandes obras que sempre se espera encontrar em uma coleção polar – a primeira edição de *Shackleton's South*, ou uma edição especial de *The Heart of the Antarctic*. Depois de mais ou menos uma hora, eu tinha completado cerca de seis caixas de livros, todos sobre a Antártica, e combinamos um preço de 300 libras. Tanto o homem quanto a mulher foram muito pouco comunicativos, embora não hostis, e eu tinha imaginado desde o início que ele provavelmente tinha pouco a dizer sobre si mesmo, mas, enquanto carregava as caixas na van, perguntei o que havia despertado seu interesse pela Antártica, e nesse momento ele ficou surpreendentemente animado. Disse que participou do British Antarctic Survey anos atrás e que esteve lá por vários verões fazendo pesquisas. Eu realmente deveria ser menos desdenhoso com clientes e pessoas que vendem livros.

Saí de Aberdeenshire logo após as 13h e segui para o sul. Cheguei em casa às 18h.

Faturamento total £196,98

19 clientes

SÁBADO, 9 DE AGOSTO

Pedidos online: 4

Livros encontrados: 4

Nicky veio hoje, um lindo dia de sol. Pretendo ir pescar por alguns dias na próxima semana, então falamos sobre as várias tarefas que precisam ser realizadas durante minha ausência. Tenho pouca ou nenhuma confiança de que ela absorveu qualquer informação, e estou preparado para ela fazer exatamente o que bem entender enquanto eu estiver fora.

Quando Nicky estava saindo, alguém em uma scooter quase a atropelou na calçada. Inicialmente, pensei que poderia ser Andy, que comprou a scooter de Nicky algumas semanas atrás. Enquanto eu refletia sobre a ironia de ela ter sido atropelada pela própria scooter, ela voltou à loja para pegar seu chapéu, que havia deixado em algum lugar. Perguntei se ela tinha visto Andy recentemente, porque fazia um bom tempo que eu não o via. Ela respondeu com a indiferença casual que é privilégio daqueles que acreditam que a morte é o começo e não o fim:

– Ele morreu na semana passada.

Faturamento total £336,87
25 clientes

DOMINGO, 10 DE AGOSTO

Pedidos online: 3
Livros encontrados: 3

Fui de carro até Lairg para passar três dias em uma pescaria com meus amigos Frederick e Fenella e as outras pessoas que eles convidaram. A A9 é uma estrada tortuosa e difícil, especialmente quando você está sozinho, pois não há sinal de rádio em grande parte dela. Choveu muito durante todo o percurso, e a previsão é de chuva para a semana toda. Idealmente, para a pesca de salmão, a baixa de um rio é melhor, mas tudo indica que não será assim.

Esta viagem é um dos melhores momentos do meu ano, e vivo constantemente com medo de não ser convidado outra vez, provavelmente por minhas precárias habilidades pesqueiras (e sociais). A família de Frederick compartilha os direitos de pesca do rio Shin e do Oykel com várias outras pessoas, e eles possuem uma extensa casa de campo nos arredores de Lairg. Todos os anos, tenho tido a sorte de ser convidado a pescar por alguns dias em algumas das melhores águas de salmão da Escócia. Agora eu conheço a maioria das outras pessoas que também são convidadas – o grupo muda a cada ano –, e, desta vez, assim como os filhos do primeiro casamento de Frederick – Wilf e Daisy –, os convidados incluem Biffy, com quem estudei no colégio por alguns anos, e Will, um homem fascinante que eu não conhecia antes.

O Shin é um rio espetacular; Mohamed Al-Fayed construiu um centro de visitantes perto das Cataratas de Shin, onde há uma plataforma a partir da qual qualquer pessoa pode observar os salmões esperando para saltar pela queda-d'água para a parte superior do rio para a desova. O Shin é parte de um sistema hídrico e corta um desfiladeiro profundo e íngreme por entre uma bela paisagem de árvores de folhas largas, caindo ostentosamente no Kyle de Sutherland. Há uma sensação de algo realmente antigo sobre o Shin – talvez uma conexão com a Idade do Gelo – enormes pedras do tamanho de casas estão espalhadas ao longo do caminho – ou alguma forma de transformação geológica da qual não se pode deixar de se sentir parte, porque o rio ainda está esculpindo e abrindo seu caminho ao longo da falha sísmica na Moine Nappe até o mar. A parte superior do rio Oykel tem uma aparência semelhante, mas lá a paisagem é mais aberta: o Shin é cercado por altas falésias, contido no desfiladeiro e, como descobri um ano, à mercê do esquema hídrico. Eu estava ajoelhado sobre uma pedra no meio do rio quando um hidrotécnico deve ter decidido abrir a comporta. Estava concentrado em tentar cobrir minhas moscas, que serviam como iscas, com a água, de modo que não percebi que a pedra sobre a qual estava ajoelhado já estava submersa. Quando me dei conta, o rio tinha subido a tal nível que a única maneira de sair dali era mergulhar as pernas e atravessar até a margem e, encharcado, seguir até as árvores e pegar o caminho de casa.

SEGUNDA-FEIRA, 11 DE AGOSTO

Pedidos online: 4
Livros encontrados: 3

O som do vento uivante e da chuva torrencial me acordou às 7h da manhã. Frederick e eu dirigimos da cabana até o Shin para encontrar os guias. O Shin estava inviável com um metro e meio, assim como o Oykel também estava, com mais de três metros. Muita água para pescar, então fomos para as cataratas de ambos os rios para ver como estavam, com um volume tão grande de água passando por eles.

Faturamento total £467,46

45 clientes

TERÇA-FEIRA, 12 DE AGOSTO

Pedidos online: 4

Livros encontrados: 2

Eu e Will, um dos outros convidados – um velho amigo de Frederick – acordamos às 7h30. Dirigimos até o ponto do Oykel onde a água estava mais alta. Eu peguei um salmão de oito quilos por volta das 9h da manhã, assim que Peter, um dos guias, chegou. Foi o único peixe pescado no Oykel naquele dia. À tarde, pesquei no Shin e perdi um salmão enorme acima da cachoeira, o que tirou toda a linha do carretel em questão de segundos. Tenho certeza de que devia pesar mais de doze quilos. Duvido que alguém tenha acreditado em mim quando contei.

Faturamento total £534,57

54 clientes

QUARTA-FEIRA, 13 DE AGOSTO

Pedidos online: 5

Livros encontrados: 4

Passei a manhã pescando. Depois do almoço, me despedi e parti a caminho de Glasgow, onde passei a noite em um hotel e onde tenho um encontro para ver uns livros amanhã de manhã.

Faturamento total £297,70
25 clientes

QUINTA-FEIRA, 14 DE AGOSTO

Pedidos online: 3
Livros encontrados: 3

Acordei às 8h da manhã e dirigi até uma casa em Glasgow para conhecer um jovem casal que está se mudando e decidiu vender sua coleção de livros. Ela inclui uma variedade de livros de montanhismo, e eu escolhi três caixas e ofereci 75 libras. Enquanto eu estava preenchendo o cheque na mesa do escritório deles, acidentalmente toquei no mouse ao lado do monitor, o que ativou a tela do monitor que estava inativa. Apareceu a imagem de um site de *swingers* na qual havia uma fotografia de uma jovem muito atraente de cabelos escuros. Felizmente, nenhum dos dois estava ali naquele momento, e, quando a esposa reapareceu para pegar o cheque, o protetor de tela havia retornado.

Depois de colocar as caixas na van, dirigi para casa e cheguei à loja por volta das 12h30, para encontrar Laurie e Katie conversando e ouvindo música quando deveriam estar trabalhando. O balcão estava uma bagunça, as mesas e a área de trabalho estavam cheias de livros e folhas de papel, então tentei dar-lhes um sermão sobre arrumação, ao qual elas responderam dizendo que pareço uma velha rabugenta e me imitando, então verifiquei os níveis do rio pela internet e decidi passar a tarde no Minnoch e tentar pescar outro salmão, uma empreitada que se mostrou totalmente malsucedida.

Às 16h30, voltei para a loja e encontrei minha mãe mostrando minha casa ao meu primo Giles. Ela gosta de fazer visitas guiadas à minha casa. Uma vez, há alguns anos, durante o festival do livro, fui ao meu quarto buscar um suéter e a encontrei lá com Joan Bakewell, que, aliás, parecia bem desconfortável, a quem ela estava dando uma explicação sobre meu gosto para design de interiores.

Um senhor idoso entrou pouco antes das 17h e perguntou se poderíamos retirar os livros da casa de sua falecida irmã perto de Haugh of Urr (cerca de oitocentos volumes). Ele precisa retirá-los com urgência, pois só estará aqui até sábado, então concordei em avaliá-los amanhã depois do almoço.

Faturamento total £299,69
32 clientes

SEXTA-FEIRA, 15 DE AGOSTO

Pedidos online: 3
Livros encontrados: 0

Katie ficou sozinha na loja hoje.

O sistema caiu novamente, então não pudemos acessar os códigos localizadores para encontrar os livros que foram encomendados; o título de um deles era *Ele nasceu Gay*, de Emlyn Williams.

Depois do almoço, parti para Haugh de Urr, um pequeno vilarejo a cerca de cinquenta quilômetros de distância, para ver a coleção de livros que havia combinado com o senhor ontem. Eles estavam em um pequeno chalé, muito charmoso, pintado de branco. O lugar estava uma bagunça, mas cheio de belos móveis e pinturas antigas e uma variada coleção de livros. Não havia nada de excepcional, e grande parte dos melhores livros estava mofada e danificada pela água de uma enchente em março, mas encontrei uma cópia de *Dom Quixote* de 1755 em dois volumes e algumas primeiras obras de A.A. Milne. Os livros, pinturas e móveis vieram de uma casa majestosa e foram divididos entre a família quando a casa foi vendida. Pareciam deslocados no pequeno chalé e claramente haviam sido comprados para um local muito mais suntuoso. O senhor estava lá com o neto e estava bem quieto. Percebi que meus tênis eram iguais ao do garoto, e, quando comentei isso, ele pareceu horrorizado. Saí com doze caixas de livros e preenchi um cheque de 525 libras para o homem.

Voltei para a loja e encontrei uma lista de coisas a fazer deixada por Katie antes de ela ir para casa, incluindo "Consertar o sistema". Isso está se tornando um problema muito frequente, e provavelmente é hora de procurar alguma outra alternativa para o sistema. Ultimamente ele fica inoperante cerca de vinte e cinco por cento do tempo, e, embora o suporte técnico seja bom, eles estão sediados em Oregon e, portanto, oito horas mais cedo que nós. Convenientemente, eles começam a trabalhar quando eu estou fechando.

Faturamento total £217,98
26 clientes

SÁBADO, 16 DE AGOSTO

Pedidos online: 5
Livros encontrados: 0

Passei o dia sozinho na loja, e o Monsoon ainda estava fora do ar pela manhã, o que significa que não podemos nem mesmo encontrar os códigos localizadores para os livros encomendados durante a noite. Nicky estava no Festival do Livro de Edimburgo, distribuindo folhetos e sabedoria em igual medida. Recebi uma mensagem dela às 16h avisando que desistiu e foi para o *pub*.

Na hora do almoço, eu já havia tido um desentendimento com uma cliente sobre a existência ou não de fantasmas, e com uma outra que trouxe um livro de Burns, cuidadosamente embrulhado em plástico bolha (um exemplar de um conjunto de quatro, sem os outros três), de 1840, convencida de que valia uma fortuna. Ela se mostrou indignada quando eu disse que não queria aquele livro nem que ela me oferecesse de graça. Livros avulsos, fora do conjunto, são difíceis de vender – a chance de encontrar um comprador que possui o restante da coleção e precisa justamente daquele volume é muito pequena, portanto, a menos que se trate de algo excepcional, ou de um livro ilustrado com xilogravuras ou gravuras em cobre, nós – e a maioria dos livreiros – somos inclinados a evitá-los.

Helen, a secretária da Associação Agrícola de Wigtown, me enviou um e-mail sobre o vídeo, que eu ainda preciso começar a editar.

Recebi uma entrega de duas caixas de livros nesta manhã. Era a coleção erótica da viúva de Norwich. Eu tinha me esquecido dela. Consultei os valores online e decidi oferecer 75 libras pelo lote todo. É difícil comprar o gênero erótico, porque muito pouco pode ser vendido na Amazon ou no eBay, já que esses livros violam as sensibilidades dos puritanos encarregados de ambas as plataformas.

Eliot chegou às 19h para uma reunião de diretoria e parecia estar em muito boa forma, apesar de seus sapatos estarem no meio do chão da cozinha poucos minutos após sua chegada.

Faturamento total £407,97
29 clientes

SEGUNDA-FEIRA, 18 DE AGOSTO

Pedidos online: 6
Livros encontrados: 5

Katie trabalhou na loja hoje. Queixou-se de estar adoentada, então dei a ela uma cápsula de Lemsip. Na hora do almoço, eu também comecei a não me sentir bem.

O Monsoon ficou fora do ar até as 14h, quando alguém do suporte técnico em Oregon acordou e finalmente deu um jeito, de modo que foi possível processar os pedidos e encontrar os livros.

No período da tarde, um cliente perguntou onde ficavam os "livros de poesia ilustrados". Expliquei que não temos uma seção específica e que ele teria de examinar toda a seção de poesia. Ele apareceu duas horas depois, com expressão maravilhada e trazendo uma pilha de livros no valor de 200 libras, explicando que estava começando a colecionar livros e que achava poesia ilustrada um assunto interessante para colecionar. Eu realmente acreditava que esse tipo de pessoa não existia mais. Senti vontade de abraçar o sujeito.

Quando chegou a hora de fechar a loja, eu estava acabado, com dor de garganta, dor de cabeça e o nariz escorrendo. Callum veio, e fomos tomar uma cerveja.

Ainda não descarreguei a van dos livros de Haugh of Urr que peguei na sexta-feira, então realmente preciso priorizar isso e começar a cadastrar os livros mais valiosos online para recuperar pelo menos parte da despesa.

Faturamento total £469,33
36 clientes

TERÇA-FEIRA, 19 DE AGOSTO

Pedidos online: 3
Livros encontrados: 3

Katie está doente, então fiquei sozinho na loja hoje. Desconfio de que eu esteja com a mesma coisa que ela; senti-me péssimo o dia todo, mas os livros do Random Book Club têm de ser despachados amanhã, então empacotei tudo e processei no site do correio. Voltamos à marca de cento e cinquenta e três membros. A postagem custou 247,53 libras. Quando fui postar os pedidos de manhã, perguntei a Wilma se ela podia mandar o carteiro vir retirar as seis sacolas amanhã. William respondeu ao meu "Olá, William, lindo dia de novo, não?" com:

– Lindo por quê?

Faturamento total £270,98
30 clientes

QUARTA-FEIRA, 20 DE AGOSTO

Pedidos online: 2
Livros encontrados: 2

Katie e Laurie ligaram avisando que estão doentes, Laurie ontem à noite às 23h, e Katie hoje às 8h da manhã. Tremenda falta de consideração as duas ficarem doentes ao mesmo tempo.

Quando eu estava arrumando as prateleiras na Sala do Jardim, encontrei um exemplar de *A Odisseia* na seção de pescaria. Ainda tenho de perguntar a Nicky sobre isso, mas é quase certo que a resposta será "Sim, mas eles passaram a maior parte do tempo em um barco. O que acha que eles comeram? Hum…? Peixe, claro!"

O carteiro veio buscar os livros do Random Book Club logo depois que fechei a loja, mas felizmente eu ainda estava lá dentro e ouvi as batidas à porta.

Depois de fechar, mandei uma mensagem de texto para Katie, que prometeu tomar conta da loja, mesmo estando doente, para que eu pudesse ir a Grimsby e pegar os livros de Ian, um livreiro com quem tenho relações comerciais há muito tempo.

Faturamento total £276,70
30 clientes

QUINTA-FEIRA, 21 DE AGOSTO

Pedidos online: 4
Livros encontrados: 4

Katie conseguiu vir trabalhar hoje. Saí às 5h para Grimsby e cheguei lá às 10h45. As instalações de Ian ficam em uma antiga igreja bem no centro de Grimsby. Ele assumiu o lugar três anos atrás com a intenção de cadastrar cerca de dez mil livros online. Agora ele desistiu, porque está se tornando impossível competir com os grandes comerciantes, que disponibilizam um volume tão expressivo que a Amazon e o correio oferecem a eles concessões massivas que os negociantes menores não conseguem obter.

Ian e eu examinamos as caixas de estoque que enviei para ele há dois anos para cadastrar online para mim. Separei dez caixas de material que achei que poderia vender na loja e vendi o restante para ele por 500 libras. Ele então me ofereceu 1.500 libras para os livros que já havia cadastrado mas ainda não vendido, o que aceitei de bom grado.

Minhas costas estão doloridas depois de treze horas dirigindo e arrumando caixas. Nesta noite vou dormir como o personagem Chichikov depois de um dia bem-sucedido reunindo nomes dos mortos na propriedade de Plyushkin em *Almas Mortas*, de Gógol – "um sono profundo, o tipo de sono maravilhoso que somente as pessoas sortudas conhecem, aquelas que não sabem o que é ter hemorroidas, ou pulgas na cama, ou capacidade mental acima da média".

Peguei um exemplar de *As I Lay Dying*, de Faulkner, na seção dos Clássicos Modernos da Penguin da loja, e comecei a lê-lo novamente antes de dormir.

Faturamento total £603,63
41 clientes

SEXTA-FEIRA, 22 DE AGOSTO

Pedidos online: 3
Livros encontrados: 2

Laurie veio hoje.
Recebi um e-mail nada amigável nesta manhã:

Hoje é 22 de agosto e EU AINDA NÃO RECEBI POMFRET TOWERS.
EU MORO NA CÚMBRIA, LOGO DO OUTRO LADO DE SOLWAY FIRTH PARA QUEM VEM DE WIGTOWN.
UM LIVRO ENCOMENDADO VIA ABEBOOKS DA ÁFRICA DO SUL CHEGOU EM DOIS DIAS, E TODOS OS OUTROS PEDIDOS FORAM PRONTAMENTE ENVIADOS E RECEBIDOS.
DOZE DIAS PARA RECEBER UM LIVRO ENTRE WIGTOWNSHIRE E CÚMBRIA, FRANCAMENTE, É INACEITÁVEL. TALVEZ SEJA O CASO DE VOCÊS CONSIDERAREM UM MÉTODO ALTERNATIVO.

Depois do almoço, fui para a casa dos meus pais para pegar minha espingarda e atirar em um Kindle (tela quebrada, comprado no eBay por 10 libras), fantasiando que era o exemplar extraviado de *Pomfret Towers*. Foi extremamente satisfatório explodir aquilo em mil pedaços.

Antes de fechar, um homem trouxe as três primeiras edições de Ian Fleming, incluindo *Dr. No* (faltando a capa), pelas quais paguei a ele 150 libras, mas imediatamente em seguida me arrependi. Pensando bem, 100 libras teria sido um valor mais do que suficiente.

Faturamento total £296,47
20 clientes

SÁBADO, 23 DE AGOSTO

Pedidos online: 2
Livros encontrados: 2

Todas as meninas tiraram folga hoje. Minhas costas estão doendo demais, e agora minha perna esquerda está dormente. Liguei para Carol-Ann, que recentemente teve um problema na coluna. Ela me disse que esses são os sintomas de ciática.

Recebi dois e-mails de clientes da Amazon reclamando que foram obrigados a ir retirar os livros na agência do correio e pagar um valor extra porque não colocamos selos. Foram enviados em 14 ou 15 de agosto, então fui olhar o diário. No dia 14, tanto Katie como Laurie estavam na loja. No dia 15, só Katie. Alguém vai levar uma sarabanda quando se recuperar da gripe e voltar ao trabalho.

Eu estava procurando os pedidos desta manhã quando uma cliente perguntou:

– Qual é o livro mais antigo que você tem aqui? – E em seguida pediu para ver.

É um livro intitulado *Martialis*, datado de 1501, dessa forma perdendo o santo graal de ser incunábulo (o nome grandioso para qualquer livro impresso publicando antes de 1501) por uma margem ínfima. Ela então me disse que possuía um mais antigo ainda. Eu não tinha me dado conta de que era uma competição. O nosso exemplar de *Martialis* – apesar de não ser um incunábulo – tem a distinção de ter sido publicado pela Aldine Press, uma das gráficas venezianas antigas de maior prestígio e famosa no mundo da tipografia por introduzir o itálico e por ser a primeira gráfica a publicar livros menores – hoje padrão – no tamanho "octavo". Também é icônica por seu logo: uma âncora com um golfinho enroscando-se nela.

Faturamento total £270,85
28 clientes

SEGUNDA-FEIRA, 25 DE AGOSTO

Pedidos online: 2
Livros encontrados: 2

Katie conseguiu vir trabalhar hoje. Abordei o assunto da encomenda sem selo, e ela admitiu que pode ter sido sua culpa.

Sandy, o pagão tatuado, trouxe cinco bengalas para reabastecer o estoque.

Minhas costas ainda doem. Eu pretendia ir ao médico, mas esqueci que é feriado bancário, então liguei para minha amiga farmacêutica Cloda. Ela recomendou Co-codamol, então fui à farmácia de manipulação só para descobrir que também estava fechada. Acabei comprando paracetamol e ibuprofeno na cooperativa.

O senhor Deacon ligou perguntando se podia encomendar um exemplar de *Eleanor de Aquitaine*, de Alison Weir. Eu perguntei se ele tinha certeza, já que faz pouco tempo que pedimos esse livro para ele. Ele fez uma pausa e então respondeu:

– Ah, sim, estou vendo o livro aqui na minha mesa. Onde está minha lista? Sim, eu me enganei, é *Henry*, de David Starkey. Pode pedir para mim?

Garanti a ele que estará aqui até o final da semana.

Deixei Katie encarregada da loja e fui até Glasgow para entregar quarenta caixas de estoque rejeitado na Cash for Clothes em Partick.

Minha memória está péssima, então fiz outra anotação para solicitar a bolsa James Patterson. Está agora na minha crescente lista de coisas que vou me chutar por não fazer.

Faturamento total £367,05

72 clientes

TERÇA-FEIRA, 26 DE AGOSTO

Pedidos online: 2

Livros encontrados: 1

Laurie veio trabalhar hoje. Pouco depois que ela chegou, uma mulher enorme, com um bigode ruivo de Fu Manchu, comprou um livro sobre as filmagens de *O Senhor dos Anéis*.

Um livreiro que eu não conhecia até então foi até o balcão e perguntou se tínhamos alguma primeira edição rara, então eu disse a ele que tinha três Flemings, os quais eu havia acabado de comprar por 200 libras. Ele não quis, mas comprou a primeira edição de *Guerra dos mundos* por 225 libras e pagou com cheque. Foi a primeira pessoa que pagou em cheque na loja neste ano. No início, quando comprei a loja, recebíamos dois a três cheques por semana, mas agora a maioria dos pagamentos é feita com cartão de crédito.

Eu tinha hora marcada no oculista em Newton Stewart após o almoço. Depois de vários exames, Peter, o oculista, me disse que minha visão praticamente não mudou de quatro anos para cá, quando estive lá pela última vez. Quando expliquei que estou com dificuldade para ler no banheiro à noite, ele perguntou:

– Você consegue ler melhor durante o dia?

Eu respondi que sim, então ele sugeriu trocar a lâmpada do banheiro. Passamos a maior parte do tempo falando sobre ciclismo e sobre velejar, como de costume. Na saída, eu encomendei dois pares de óculos novos.

Carol-Ann veio por volta das 18h30 e perguntou se podia pernoitar aqui. Liguei para Callum e o convidei para jantar. Anna e Carol-Ann foram até o restaurante chinês em Newton Stewart e pegaram pratos para viagem. Isso é mais ou menos equivalente a "cozinhar" no mundo de Anna.

Faturamento total £287,96
56 clientes

QUARTA-FEIRA, 27 DE AGOSTO

Pedidos online: 3
Livros encontrados: 2

Nicky veio.

A sexta-feira gastronômica aparentemente mudou para quarta nesta semana, e de manhã fui saudado por uma sorridente Nicky:

– Olhe, trouxe um tubo de pastilhas de caramelo para você, só que derreteram e viraram uma só, bem grande.

Ela também trouxe uma bicicleta para vender. Eu disse a ela que não havia ninguém tão tolo a ponto de comprar. Pouco depois que ela colocou uma placa de "Vende-se" na bicicleta e a encostou no banco em frente à loja, Kelly Cheiroso apareceu e perguntou quanto era. Nicky observou que ele estava sendo otimista ao considerar comprar uma bicicleta, levando em conta que usa duas muletas para andar.

Uma mulher mais velha, provavelmente chegando aos oitenta anos, trouxe uma sacola de livros para vender. Eram todos do gênero erótico, com fotografias da década de 1960. Folheei um ou dois e vi que eram razoavelmente valiosos, então paguei 50 libras por eles. Antes de sair, ela pegou um dos livros e disse:

– Veja se consegue adivinhar qual das modelos sou eu.

Carol-Ann passou a noite aqui outra vez.

Faturamento total £461,39
34 clientes

QUINTA-FEIRA, 28 DE AGOSTO

Pedidos online: 5
Livros encontrados: 5

Katie veio trabalhar hoje.

Para minha enorme irritação, a bicicleta de Nicky foi vendida. Ela atualizou o status no Facebook:

Desculpe, pessoal, a bicicleta foi vendida! Mas tenho uma mesa de madeira feita sob medida, com tampa levadiça! Não é legal?! Sua por 20 libras.

Uma senhora idosa colocou um livro sobre o balcão e disse:

– Vou levar este, obrigada. É para o meu filho, sabe... Ele é professor do ensino fundamental e está ensinando as crianças sobre dinossauros. Eu não sei nada sobre eles, nem meu filho, então vou levar este livro para ele. Vou encontrá-lo na semana que vem, no aniversário de setenta anos da tia dele, Florence. Sabia que ela não aparenta ter mais de sessenta? – E assim continuou por mais uns dez minutos.

A AbeBooks enviou um e-mail avisando que nossa conta foi suspensa porque ficamos abaixo do mínimo de oitenta e cinco por cento de pedidos durante um mês. Respondi perguntando como recuperar a conta.

Um senhor idoso de bengala foi até Nicky enquanto ela vasculhava uma caixa de livros destinada para a Cash for Clothes:

– Estou procurando um livro, mas não sei o título. Mas sei como é a aparência dele. É um livro bem antigo.

Sandy, o pagão tatuado, trouxe mais algumas bengalas. Vendi uma no mesmo instante.

Faturamento total £388,03
39 clientes

SEXTA-FEIRA, 29 DE AGOSTO

Pedidos online: 1
Livros encontrados: 1

Nicky veio de novo. Para a sexta-feira gastronômica ela trouxe badjias e picles, como sempre, pilhados da xepa do Morrisons.

A AbeBooks respondeu ao meu e-mail com uma explicação ridiculamente complexa de como recuperar a conta, incluindo minha explicação de por que nosso número de pedidos caiu e que providências vamos tomar para garantir que volte a subir. Me senti como se tivesse de pedir desculpas por ter fumado no banheiro do colégio. Atribuí a culpa a Laurie e disse à moça da AbeBooks (Emma) que a havia demitido por ser preguiçosa e que essa era a minha estratégia para aumentar o número de pedidos. Ela pareceu ficar satisfeita com a explicação.

À tarde fui até Dumfries para conhecer a biblioteca de um pastor aposentado da Igreja da Escócia. Ele perdeu a esposa recentemente, mas parece surpreendentemente animado apesar disso. Ou talvez por causa disso. Enchi uma caixa com materiais mistos e dei a ele 75 libras. O único livro razoável era um exemplar de *Galloway Gossip*, que já valeu 40 libras, mas agora não chega a 20.

Cheguei de volta à loja às 15h30, bem a tempo de ouvir uma cliente dizer ao marido, que parecia querer que um buraco se abrisse no chão e o engolisse:

– Acabei de dar uma volta no jardim. Tem um portão com uma placa de "Particular", mas eu entrei assim mesmo. É lindo!

Nicky encontrou um livro intitulado *Trabalhando com mulheres deprimidas*, que ela decidiu levar para casa. Fomos ao *pub* depois de fechar a loja, e ela dormiu na cama do festival.

Faturamento total £328,89

27 clientes

SÁBADO, 30 DE AGOSTO

Pedidos online: 3

Livros encontrados: 3

Hoje recebemos o primeiro pedido na AbeBooks desde junho. Finalmente eles nos reintegraram ao sistema.

Enquanto Nicky levava as sacolas de livros para o correio, uma cliente encontrou uma edição de *Daniel Deronda* de 1876 por 6,50 libras e levou até o balcão.

– Quanto pode custar isto?

Fiquei extremamente tentado a dizer que "podia custar 7,50". Ela não me esperou responder e mudou abruptamente de assunto:

– Eu achei Veneza uma decepção. Cheia de turistas... – A eterna queixa do turista pretensioso.

Deixei Nicky tomando conta da loja e fui levar Anna ao aeroporto de Glasgow; ela vai visitar a família nos Estados Unidos.

Faturamento total £211,86

29 clientes

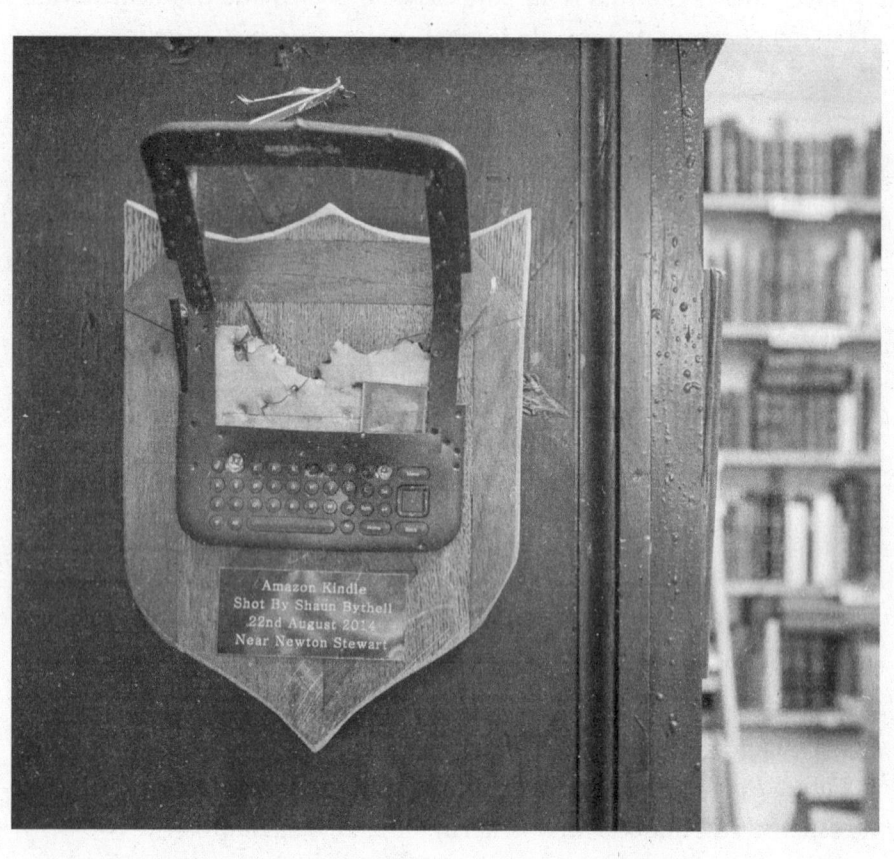

Amazon Kindle
Shot By Shaun Bythell
22nd August 2014
Near Newton Stewart

SETEMBRO

Fizemos bons negócios com livros infantis, principalmente os mais antigos. Os livros infantis modernos são coisas horríveis. Pessoalmente, prefiro dar a uma criança um livro de Petronius Arbiter a dar *Peter Pan*, mas até Barrie parece ter mais hombridade e saúde em comparação com alguns que vieram depois seguindo sua linha.

George Orwell, *Bookshop Memories*

A seção infantil da loja está sempre uma bagunça. Não há arrumação que dure mais do que dois dias, por mais que façamos um trabalho de Sísifo, na tentativa de conseguir manter a ala em ordem. E, embora eu me incline a culpar as crianças, na verdade é de se esperar. E ver uma criança lendo me dá um vislumbre de esperança para o futuro, a atenção dela focada no livro e excluindo tudo o mais. De modo geral, parece – pelo menos na minha loja – que as meninas são leitoras mais comprometidas do que os meninos. O meu interesse por leitura era limitado quando eu era criança, isso é certo. Mas nem meninos nem meninas escolhem Barrie. Dos autores escoceses desse período, parece que só Stevenson e Buchan resistem ao teste do tempo, ainda vendendo bem na loja.

Os contos de fadas de Andrew Lang também vendem bem, mas mais para colecionadores do que propriamente para crianças. Certa vez comprei uma coleção de outro livreiro e levei para uma feira do livro (outra parte do negócio que, com poucas notáveis exceções, parece estar nos estertores). A parte mais lucrativa das feiras de livros acontece entre os vendedores, quando estão montando o estande, antes de o público chegar. Dessa vez não foi exceção, e, menos de uma semana depois que comprei a coleção de contos de fadas de Lang por 400, vendi para outro livreiro na Feira do Livro de Lancaster por 550. Desde então não fui mais a nenhuma feira. O custo da viagem, hospedagem, o estande e os preços ínfimos que as pessoas esperam pagar pelos livros hoje em dia tornaram esses eventos quase inteiramente inviáveis do ponto de vista financeiro.

SEGUNDA-FEIRA, 1º DE SETEMBRO

Pedidos online: 3
Livros encontrados: 2

Laurie veio hoje. Depois que ela chegou, fui até Newton Stewart para fazer um depósito no banco e pegar meus óculos novos na óptica. Isabel apareceu às 15h30, viu meus óculos e disse:
– Ah, eles fazem você parecer inteligente!
Ela poderia dar aulas de especialização em elogios sutis.

Faturamento total £153,54
15 clientes

TERÇA-FEIRA, 2 DE SETEMBRO

Pedidos online: 4
Livros encontrados: 2

Laurie chegou bem cedo. Às 14h, um cliente com um bigode bem aparado veio ao balcão e disse:

– Faz anos que venho procurando um exemplar de *A pior jornada do mundo*, de Apsley Cherry-Garrard, depois de emprestar o meu a um amigo que nunca me devolveu. Vi que você tem um, mas custa 23 libras. É muito caro para um livro antigo.

Então, depois de anos procurando um exemplar de *A pior jornada do mundo*, ele finalmente encontrou, e de uma edição rara, mas 23 libras era muito dinheiro.

Enquanto eu estava classificando os livros das caixas que trouxe de Haugh of Urr, encontrei o livro *Frases em francês*, de Collins. A pessoa realmente teria de estar em um dia estranho e sombrio para achar úteis estas frases:

– Alguém caiu na água.
– Você pode fazer uma tala?
– Ela foi atropelada.
– Ajude-me a carregá-lo.
– Eu gostaria de fazer um raio X.
– Deixe-me em paz.
– Eu não gosto disso.
– A camareira nunca vem quando ligo.
– Eu estive aqui em 1940.
– Onze reféns foram baleados aqui.

Faturamento total £218,93
20 clientes

QUARTA-FEIRA, 3 DE SETEMBRO

Pedidos online: 3
Livros encontrados: 3

Laurie abriu a loja às 9h, mas se esqueceu de virar a placa de "Fechado" para "Aberto". Quando percebi, às 10h30, nem um único cliente havia entrado na loja.

Um ônibus da Shearings parou em frente à loja às 15h. Isso significa um ônibus lotado de aposentados invadindo a loja, reclamando de absoluta-mente tudo, pegando qualquer coisa que seja grátis e saindo dez minutos depois sem comprar nada, exigindo urgentemente saber onde fica o ba-nheiro público mais próximo. O massacre de hoje só foi um pouco mais suportável por causa do motorista, que foi o único da turma a comprar alguma coisa. Trocamos um olhar de mútua compaixão. Pouco depois de todos terem saído, uma mulher vagou pela loja gritando com toda a potência de sua voz:

– Liz! Karen!

Enquanto isso, o ônibus da Shearings estava esperando por elas para poder partir. A tranquilidade pós-invasão da loja foi brevemente destruída por aqueles gritos agudos.

A proposta de construir um parque eólico em Kirkdale foi rejeitada pelos organizadores. Embora seja uma boa notícia, a empresa que está interes-sada é bem conhecida por sua capacidade de fazer com que as decisões de planejamento local sejam anuladas por Holyrood.

Laurie saiu às 15h. Hoje foi seu último dia. Ela está sendo contratada pela Organização do Festival para trabalhar como supervisora do local do evento. Durante o festival, minha sala de estar é transformada em "Retiro dos Escritores", uma área exclusiva para autores visitantes que desejem fazer palestras. Fazemos acordos com fornecedores, e os escritores são bem alimentados e regados a vinho durante sua visita a Wigtown. Laurie será a encarregada de garantir que tudo corra bem, o que nunca acon-tece. Certo ano, um dos nossos convidados tomou banho na manhã do primeiro dia do festival e, não por culpa dele, o ralo da banheira começou a vazar no momento em que ele puxou a tampa, e uma torrente de água veio do banheiro, encharcando o fogão elétrico, que explodiu com um estrondo. Tive de telefonar para Carol-Ann e pedir que pegasse um novo em Dumfries e trouxesse com ela. A sobrecarga de energia quando o fogão explodiu também destruiu o roteador sem fio, então ficamos sem inter-net, e, no final do dia, a máquina de lavar parou de funcionar. De todas as instalações essenciais de que necessitamos durante o festival, essas três são as mais necessárias.

Faturamento total £173,49
15 clientes

QUINTA-FEIRA, 4 DE SETEMBRO

Pedidos online: 3
Livros encontrados: 2

Hoje foi o último dia de Katie, então dei um abraço nela quando ela estava saindo. Ela odeia contato físico, por isso foi particularmente grati-ficante ver o desconforto dela.

Faturamento total £304,38
25 clientes

SEXTA-FEIRA, 5 DE SETEMBRO

Pedidos online: 5
Livros encontrados: 4

Nicky veio hoje. Poucos minutos depois que ela chegou, sua bolsa estava no chão, no meio da sala da frente da loja, o casaco estava jogado em um canto, e ela havia aberto várias caixas e coberto quase todas as superfícies disponíveis da loja com livros não classificados e sem preços. Pelo menos ela encontrou o pedido de ontem que eu não consegui encontrar e admitiu que o havia colocado na prateleira errada.

Enquanto eu consertava uma prateleira quebrada na seção de crimes, escutei uma cliente já idosa confundindo E.L. James com M.R. James enquanto discutia ficção de terror com sua amiga. Ela ficará agradavelmente surpresa ou profundamente chocada quando chegar em casa com o exemplar de *Cinquenta tons de cinza* que comprou.

Uma cliente baixinha e rechonchuda, com estranha calça xadrez, bloqueou a porta da sala de livros escoceses enquanto eu tentava repor o estoque. Ela me encarou por um momento antes de dizer:

– Não está me reconhecendo, não é?

Depois de um silêncio constrangedor, admiti que não tinha ideia de quem ela era e acabei descobrindo que era a autora de inúmeras postagens bastante desconcertantes na página da loja no Facebook e claramente uma mulher com uma impressionante, e inteiramente injustificada, crença em sua própria genialidade. Ela me disse que havíamos conversado uma vez ao telefone; ela é a autora de *No, I Am Not Going on the Seesaw*, sua autobiografia nada surpreendente e que ainda não foi publicada. Para meu horror, ela viu um dos cartazes que Nicky havia feito convidando os clientes a gravarem vídeos lendo trechos de seus livros favoritos para postarmos no Facebook. Ela saiu da loja, foi até o carro e voltou com um livro, insistindo para que eu a gravasse lendo. Era uma autobiografia de um de seus ancestrais, escrita pouco antes da Primeira Guerra Mundial. A triste monotonia de sua leitura era ocasionalmente pontuada por acessos de lamentação e gesticulação exagerada de entusiasmo em pontos inadequados do texto.

Antes de ir embora, ela me disse que planeja vir ao festival para "ver como é o clima", para poder saber o que esperar quando viesse ao festival como oradora convidada após o sucesso iminente de seu livro. Ela me perguntou se podia reservar a cama do festival na loja. Eu deveria ter previsto isso, mas estupidamente fui pego de surpresa. Dei uma desculpa esfarrapada que me absolveu de responsabilidade e culpei Eliot, dizendo que ele havia decidido que não faríamos isso novamente neste ano. Isso porque já fiz duas reservas para a cama do festival.

Depois do trabalho, Tracy preparou uma xícara de chá e começou a descrever a pessoa mais odiosa que já viu no centro de visitantes da RSPB. Era a mesma mulher.

Nicky passou a noite na cama do festival.

Faturamento total £246,60
14 clientes

SÁBADO, 6 DE SETEMBRO

Pedidos online: 3
Livros encontrados: 3

Nicky acordou cedo e já tinha arrumado a cozinha quando desci. Tínhamos um pedido de um livro chamado *Incontinência*.

Postei uma foto da caneca da Guerra da Independência da Escócia no Facebook, o que gerou alguns pedidos. Bev produziu as canecas com a imagem de um panfleto da década de 1920 que eu digitalizei e enviei para ela. Estou seriamente tentado a dar uma para minha mãe de presente de Natal.

Um cliente me trouxe onze caixas de livros às 10h30 – um misto de arte italiana, física e estatística. Enquanto eu os estava analisando, uma mulher australiana que estava desconfortavelmente perto me observava sorrindo. Depois de um tempo, ela me perguntou se os livros estavam sendo doados. Expliquei que ninguém doa os livros, eu pago por todos eles. Ela então ficou olhando enquanto eu preenchia um cheque de 120 libras pelos livros que queria da coleção e o entregava ao homem que os trouxera. Quando ela estava saindo, ouvi-a dizer ao marido:

– Todos os livros dele são de doação, sabia?

No final do dia, vendi seis dos livros de arte para um cliente que estava procurando por dois deles há vários anos.

Sandy, o pagão tatuado, apareceu com um amigo e perambulou um pouco pela loja. Ele e Nicky tiveram uma discussão feroz sobre detecção de metais, um assunto do qual ambos são entusiastas. Há algo em comum sobre os interessados em detecção de metais e os colecionadores de livros. Ambos gostam de vasculhar em busca de tesouros enterrados, e posso ver um entusiasmo nos olhos de Sandy quando ele está na loja que, eu imagino, seja a mesma aparência que ele deve ter quando está procurando por tesouros vikings.

Depois do almoço, tive uma reunião com Anne Barclay, da Companhia do Festival do Livro de Wigtown, que me pediu para produzir um vídeo para um pedido de verba para Wigtown, The Festival (WTF), a vertente jovem-adulto do festival do livro. Eu me programei para fazer vídeos de três dos organizadores no próximo sábado. Anne é a diretora operacional do festival (Eliot é o diretor artístico), e ela cuida de toda a logística, reservas, etc. É excepcionalmente trabalhadora. A luz do escritório dela geralmente ainda está acesa quando vou me deitar (posso vê-la da janela do meu quarto quando fecho as cortinas), e, nos dias que antecedem o festival, ela não apaga as luzes antes da 1h da manhã.

Faturamento total £496,96
36 clientes

SEGUNDA-FEIRA, 8 DE SETEMBRO

Pedidos online: 6
Livros encontrados: 5

Nicky veio hoje. O primeiro assunto da manhã foi uma discussão sobre sua recusa em atender meu pedido para que ela organizasse as caixas uma de cada vez e não deixasse pilhas de livros espalhadas aleatoriamente pela loja. Perto do fechamento da loja, havia nove caixas abertas e pilhas de livros deixadas em sete lugares diferentes. Quando comentei isso com ela, ela culpou os clientes.

Às 11h, dirigi até o Monumento de Murray para filmar com drone um trailer de Stuart McLean para The Dark Outside, um evento que ele havia montado no ano passado, para o qual pediu para as pessoas gravarem e enviarem para ele músicas inéditas, de composição própria do remetente. Usando um transmissor FM, instalado no Monumento de Murray (a alguns quilômetros de distância), ele transmitiu vinte e quatro horas de músicas totalmente novas para qualquer pessoa em um raio de seis quilômetros. Em seguida, destruiu o disco rígido no qual elas haviam sido armazenadas, o que significa que cada uma daquelas músicas só existiu para aquela transmissão.

Anne Brown, ex-presidente da Companhia do Festival de Wigtown, solicitou alguns áudios para a Rádio Wigtown, uma estação que irá transmitir durante o festival do livro, então nesta tarde dei uma volta na praça e gravei entrevistas curtas com pessoas que trabalham por ali. A Rádio Wigtown começou a operar no ano passado e funciona apenas durante o festival. Ela funciona na Cela dos Mártires nos County Buildings, uma pequena sala abobadada, e a programação é quase toda ao vivo, com um apresentador, um produtor e uma lista de convidados que o produtor precisa administrar entre mantê-los do lado de fora e encontrá-los no momento das transmissões enquanto o apresentador mantém o show.

Terminei de ler *As I Lay Dying* nesta noite. Um cliente me viu lendo nesta tarde e comentou que, se eu estivesse gostando, também poderia gostar de *And the Ass Saw the Angel*, de Nick Cave. Encontrei um exemplar na seção de livros de ficção e já comecei a ler.

Faturamento total £242,30
18 clientes

TERÇA-FEIRA, 9 DE SETEMBRO

Pedidos online: 3
Livros encontrados: 1

Nada de Nicky aparecer hoje, então fiquei sozinho na loja em um dia quente e ensolarado. Não consegui localizar dois dos três pedidos. Os códigos de localização de Nicky têm estado excessivamente inconsistentes ultimamente.

Entre os e-mails desta manhã, estava este:

Assunto:
Não tenho dinheiro, amo livros, por favor, me dê um emprego

Corpo da mensagem:
Para The Book Shop,

Estou escrevendo para perguntar sobre vagas de emprego, pois sou escritora e, como a maioria dos escritores, estou sem trabalho. A princípio pensei em tentar um trabalho de garçonete, mas gostaria mesmo de conseguir um trabalho onde eu possa estar perto de muitos livros.

Moro em um trailer e estou estacionada na região porque meu marido, atualmente, está trabalhando com o ceramista Andy P. (ele mesmo me disse para mencioná-lo, então não me julgue por citar nomes...). Tenho experiência em trabalhar com outras pessoas e boas habilidades de atendimento ao cliente, mas o que acredito que me qualifica para um trabalho em sua livraria é um profundo amor e reverência por livros de todas as formas e tamanhos. Sempre amei livros e sempre amarei. Se fosse permitido, provavelmente eu teria me casado com um.

Sou esforçada e amigável e posso fornecer referências, se necessário.

Sei que este é um pedido irremediavelmente não profissional para um emprego na livraria, mas asseguro-lhe que posso ser profissional quando necessário/ou forçada.

Atenciosamente,

Bethan

Respondi dizendo a ela que era o momento perfeito, já que a preparação para o festival é frenética e precisamos do máximo de ajuda possível, mas que só haverá trabalho até alguns dias após o término do festival.

Carol Crawford, representante da Booksource, ligou por volta das 12h30. Ela sempre me visita antes do festival para garantir que eu esteja bem abastecido de seus livros novos.

Encomendei cerca de cinquenta títulos, incluindo três exemplares de *Scotland's Lost Gardens*, um dos quais pretendo guardar comigo. Mais uma vez, me pergunto se vale a pena comprar de um distribuidor quando a Amazon está fornecendo os mesmos títulos e mais baratos do que diretamente da editora. Desconfio de que a situação não poderá continuar assim por muito tempo mais. Cada vez mais os clientes estão usando a loja apenas para pesquisar e folhear os livros e, em seguida, comprar online. Principalmente no caso de livros novos, que quase certamente estarão à venda por menos do que seu preço de capa na Amazon, mas não tanto com livros usados, onde há uma boa chance de que sejam mais caros online.

No início da tarde, um cliente entrou na loja e perguntou se tínhamos o livro *Sequestrado*. Eu disse a ele que sim, temos vários exemplares na sala escocesa. Sem se dar ao trabalho de responder, e muito menos de verificar, ele saiu da loja.

Fiz um suporte de madeira com uma bandeja velha, encaixei o Kindle e pendurei na loja.

Não há sinal do Captain, o gato da loja, desde domingo. Quando falei com Anna no Skype e mencionei isso, ela pareceu muito preocupada e triste, imaginando todo tipo de destino improvável que o infeliz pode ter encontrado.

Faturamento total £235,47
27 clientes

QUARTA-FEIRA, 10 DE SETEMBRO

Pedidos online: 3
Livros encontrados: 3

Nicky veio trabalhar hoje. Ela conseguiu encontrar os dois livros que não consegui achar ontem. Ela os havia catalogado e colocado em prateleiras completamente diferentes dos códigos localizadores no sistema.

A galesa deprimida voltou a telefonar, o mesmo de sempre. Eu imagino que ela tenha uma vasta lista de livrarias e passe o dia todo, todos os dias, telefonando para uma após a outra e fazendo a mesma pergunta. Pelos meus cálculos, essa lista deve ser longa o suficiente para ocupá-la por uns dois meses antes que ela tenha de começar novamente do início, o que coincide mais ou menos com a frequência de suas ligações.

Às 11h Norrie e Muir apareceram com os livros de concreto e a barra de aço para fazer as novas espirais, causando muita agitação e consternação nos transeuntes.

Por volta das 15h30, ofereci a Nicky uma xícara de chá. Ela respondeu:
– Sim, mas só se for em xícara de porcelana. Não quero nas suas canecas velhas.

Depois de encerrar o expediente, preenchi o formulário para a bolsa James Patterson. Mais tarde vou checar e enviar.

Ainda sem sinal do gato.

Faturamento total £273,94
24 clientes

QUINTA-FEIRA, 11 DE SETEMBRO

Pedidos online: 4
Livros encontrados: 3

Nicky veio hoje de novo. Ela me trouxe de presente quatro latas de tomate amassadas que estavam com um bom desconto na cooperativa.

Às 10h dirigi até Newton Stewart, para pegar materiais de construção. Tenho de criar um espaço de apresentações nos fundos da loja para o festival. Quando eu estava na loja de materiais de construção, encontrei Ronnie, o eletricista, e o lembrei de que ele ainda não me enviou a fatura de alguns trabalhos que fez para mim três anos atrás.

A cooperativa de Wigtown fechou às 16h para reforma. Agora temos de ir a Newton Stewart para comprar mantimentos. Abrirá novamente no dia 18. Esta notícia está sendo recebida com tanto entusiasmo por algumas pessoas da cidade quanto o referendo da independência da Escócia, marcado para a mesma data.

Faturamento total £411,44
19 clientes

SEXTA-FEIRA, 12 DE SETEMBRO

Pedidos online: 4
Livros encontrados: 4

Nicky veio de novo. A primeira coisa que ela disse foi:

– Quer geleia de amora? Bem, não é exatamente geleia. É bem nojento, doce demais, e eu coloquei pimenta em pó também. Deve ser bom com carne.

Encontramos todos os pedidos e pedi a Nicky que negociasse com o correio e levasse os pacotes para Wilma na agência. Às 17h percebi que os pacotes ainda estavam na loja, então a questionei sobre isso. Ela respondeu que podiam esperar até amanhã. Quando expliquei que isso significa que os clientes que encomendaram livros na quinta-feira não os receberão antes de segunda ou terça-feira, e que prometemos entregar em 48 horas, ela respondeu:

– Eles não vão se importar.

Depois do almoço, fui até o aeroporto de Glasgow para buscar Anna, que passou a maior parte do trajeto para casa me contando suas várias teorias implausíveis sobre o que pode ter acontecido com Captain, o gato errante.

Quando estava fechando a loja, vi – na prateleira onde Nicky havia anteriormente nomeado de "Home Front Romances" (que eu removi) – um novo rótulo de prateleira chamado "Traumas/abusos da vida real". Eu o removi imediatamente. Ela obviamente colocou aquilo ali para me irritar.

Nicky me disse, ao sair, que poderia vir na segunda-feira, mas só se estiver com vontade.

Faturamento total £141,22
17 clientes

SÁBADO, 13 DE SETEMBRO

Pedidos online: 6
Livros encontrados: 4

Às 10h, uma loira muito bonita entrou na loja e se apresentou como Bethan, a moça que havia me enviado um e-mail no dia 9. Ela parecia interessante e inteligente. Ofereci a ela alguns dias até o final do festival, de acordo com os dias em que Nicky pode ou não trabalhar.

Uma cliente pegou uma cópia de um livro de Lyn Andrews e disse à amiga:

– Estou lendo este livro no Kindle no momento.

Espero sinceramente que ela tenha visto meu troféu mutilado no Kindle e pensado sobre os possíveis impactos que os leitores eletrônicos fazem em livrarias, mas, na verdade, duvido de que sua mente esteja particularmente ocupada por pensamentos de qualquer natureza.

Na hora do almoço, um cliente de boné e com a perna esquerda da calça dobrada até o joelho e a direita no tornozelo comprou um livro sobre sexo tântrico.

Por insistência de Anna, imprimi pôsteres de "Gato desaparecido" e os distribuí pela cidade.

Jantar com amigos em Isle of Whithorn, que consistiu basicamente em uma barulhenta discussão sobre o referendo da independência. Anna, que inicialmente era contra a independência por causa de sua compreensível aversão ao nacionalismo (seus avós maternos foram ambos sobreviventes do Holocausto; seu avô foi prisioneiro em Auschwitz), parece estar chegando à conclusão de que o nacionalismo e a independência não são necessariamente a mesma coisa. Metade de nós no jantar era a favor da independência, a outra metade, contra.

Um dos desdobramentos improváveis da noite foi uma discussão sobre poesia. Christopher, nosso anfitrião, é um fazendeiro que fez faculdade de matemática e a última pessoa que eu suspeitaria que tivesse paixão por poesia. Eu o conheço toda a minha vida, mas até esta noite não fazia ideia de que ele tivesse o menor interesse por outra coisa senão estatísticas, números e rendimentos.

Nesta noite ele recitou *The Song of Wandering Aengus*, de Yeats, de cor. Foi extraordinário e surpreendentemente comovente.

Faturamento total £239
17 clientes

SEGUNDA-FEIRA, 15 DE SETEMBRO

Pedidos online: 5
Livros encontrados: 5

Nicky não pôde vir hoje, então mandei um e-mail para Bethan e disse que ela seria bem-vinda para trabalhar se estivesse livre.

Nossa avaliação da Amazon caiu de Bom para Regular, provavelmente devido a alguns pedidos não atendidos. Das encomendas de hoje, uma foi enviada para a Bélgica e outra para a Alemanha. Isso geralmente acontece quando a libra esterlina está fraca, o que está no momento por causa da incerteza causada pelo referendo de quinta-feira, dizem os ativistas anti-independência.

Bethan apareceu por volta das 13h. Mostrei a loja para ela e a deixei organizando as prateleiras, o que tem o duplo benefício de deixar a loja mais arrumada e ensiná-la onde ficam as várias seções da loja.

Pouco depois da chegada de Bethan, Anupa, uma das artistas locais do festival, apareceu para tomar uma xícara de chá. Eu estava ocupado, tentando desesperadamente recuperar o atraso de coisas a fazer, mas mesmo assim conversamos por uma hora ou mais. Falamos sobre a votação de quinta-feira e a possibilidade de que, na próxima reunião, dentro de uma semana, seja em uma Escócia independente. Se nada mais acontecer, pelo menos a cooperativa será aberta novamente.

Um homem de idade e muito barbudo pediu livros sobre "Cumbriana e Nortumbriana", aumentando ainda mais minha antipatia por pessoas que tentam parecer mais inteligentes usando palavras desnecessárias. Poucos minutos depois ele voltou, incapaz de encontrar a seção de topografia, e perguntou:

– Onde fica a Nortúmbria?

Resisti ao impulso de dizer a ele que fica no sul da Escócia. Sua esposa veio ao balcão com sete livros sobre a Nortúmbria, incluindo uma primeira edição, *Highways and Byways*. O total foi de 27 libras. Ele olhou para o chão e murmurou:

– Qual é o seu melhor preço?

Faturamento total £211,17

28 clientes

TERÇA-FEIRA, 16 DE SETEMBRO

Pedidos online: 1
Livros encontrados: 1

Bethan veio novamente nesta manhã, então passei a maior parte do dia preparando o "espaço criativo" no velho depósito para o show de marionetes de Allison durante o festival. No ano passado, eu transformei parte do depósito em uma espécie de sala de visitas, e anunciamos como sendo o Clube do Festival. Maria, que forneceu o jantar de uísque no Festival de Primavera, se encarregou de providenciar comida, chá, vinho e refrigerantes, e foi um enorme sucesso. Neste ano, porém, ela está comprometida com o Retiro dos Escritores durante o festival, e não conseguimos encontrar outro bufê para substituir, então a sala está sendo usada como local de eventos, principalmente para Allison.

Às 16h, uma mulher entrou na loja com o braço sangrando. Disse que tinha certeza de que havia visto Captain perto da quadra de tênis e tentou pegá-lo para trazê-lo de volta para a loja, mas, quando ela chegou à cooperativa, o gato começou a chiar e arranhar, e em seguida pulou e fugiu.

À tarde dei uma rápida entrevista à Border TV sobre o festival iminente. A vida em Galloway, com sua população escassamente espalhada, às vezes envolve ser mal servido por coisas que outras pessoas consideram garantidas, como transporte público, por exemplo. Mas nada encapsula essa falha épica como nossa emissora local de televisão. Eles fazem o que podem, mas Galloway não faz parte de Borders, e nossa emissora "local" é transmitida a partir da costa distante de outro país. Gateshead, a sede da ITV Border, fica na Inglaterra e quase trezentos e vinte quilômetros a oeste de Galloway. É o mesmo que transmitir as notícias locais de Londres a partir de Swansea e tentar cobrir tudo entre os dois lugares.

Faturamento total £152,49
13 clientes

QUARTA-FEIRA, 17 DE SETEMBRO

Pedidos online: 0
Livros encontrados: 0

Bethan veio hoje outra vez.

Quando estávamos examinando a última caixa de livros de Haugh of Urr, Bethan achou um exemplar de *The Collected Poems of Kathleen Raine*. De modo geral, não espero saber muita coisa sobre a maioria dos autores cujas obras estão em nossas prateleiras, mas Kathleen Raine é alguém sobre quem aprendi um pouco quando estava comprando livros de um senhor idoso que morava perto de Penpont, a cerca de 65 quilômetros de Wigtown. Há seis anos, ele me ligou para dizer que ia vender seus livros, então fui até a casa dele, uma charmosa propriedade com uma belíssima escultura de Andy Gold no jardim. Antes de eu começar a examinar a substancial biblioteca da residência, nos sentamos para tomar um prato de sopa que ele havia feito, e foi quando ele me explicou que havia sido recentemente diagnosticado com uma leucemia terminal. Ele estava obviamente tentando assimilar o diagnóstico, repetindo algumas vezes que, dois anos antes, em seu aniversário de setenta e cinco anos, ele havia escalado o Kilimanjaro. A esposa havia falecido fazia alguns anos, e estava claro que ele esperava viver bem mais tempo do que os médicos lhe haviam dado a esperar. Havia um nítido e compreensível senso de injustiça em seu modo de falar. De sua biblioteca de cerca de seis mil livros, eu comprei uns oitocentos e paguei 1.200 libras. O item mais interessante era uma carta de Kathleen Raine escrita para ele, a qual ele usava como marcador no livro *Ring of Bright Water*, de Gavin Maxwell. Quando ele me mostrou, tive de confessar que nunca tinha ouvido falar de Kathleen Raine, então ele me explicou que ela e Maxwell haviam sido bons amigos até, durante uma visita a Camusfearna (a residência de Maxwell em Sandaig, na costa oeste da Escócia), ele expulsá-la de casa durante um temporal em 1956. Raine rogou uma praga para Maxwell debaixo de uma árvore no jardim. Ela atribuiu todas as subsequentes desventuras dele – que foram rápidas e muitas – a essa praga e acreditava que os amigos de Maxwell também a culpavam pelos infortúnios que se abateram sobre ele. A carta dentro do livro *Ring of Bright Water* era uma resposta a um convite para a inauguração do memorial de Gavin Maxwell em Monreith, perto de onde Maxwell foi criado. Raine recusou o convite porque acreditava que os amigos dele seriam hostis com ela.

O pobre senhor faleceu poucos meses depois de me vender os livros.

Houve um relato de avistamento de Captain no estacionamento do Martyrs' Stake, no sopé da colina de Wigtown. Anna foi imediatamente até lá e voltou com ele. Claramente, o gato encontrado ontem na quadra de tênis não era Captain, o que explica ele ter arranhado a bem-intencionada senhora que tentou resgatá-lo.

Não há mais sinal de andorinhas nos fios.

Faturamento total £158,50
16 clientes

QUINTA-FEIRA, 18 DE SETEMBRO

Pedidos online: 2
Livros encontrados: 1

Bethan e Nicky vieram hoje, então as coloquei para selecionar e embalar os livros para o Random Book Club. Não que eu confie em qualquer uma das duas para escolher os livros que imagino que os assinantes gostariam, mas, com o festival se aproximando, eu estou sobrecarregado, então não tive alternativa senão delegar a tarefa. Nicky perguntou a Wilma se ela pode mandar o carteiro vir buscar as sacolas amanhã.

Um dos pedidos de hoje que não conseguimos encontrar foi um livro que eu tinha mandado para Ian em Grimsby quando ele se encarregou do nosso estoque online, mas que esqueci de remover do Monsoon na época, então ele ainda estava cadastrado como disponível. Isso normalmente resulta em feedback negativo, já que somos obrigados a cancelar o pedido.

Passei parte da tarde entrevistando outras pessoas do mercado de livros para a estação de rádio que irá transmitir a partir da Cela dos Mártires nos County Buildings durante o festival. Uma das entrevistadas foi Nicky, que me descreveu como "um grande enigma ruivo".

A cooperativa reabriu hoje, para grande emoção e empolgação de todos, mas no final do dia todo mundo estava se queixando de que não conseguia encontrar mais nada.

Dia do referendo: Eu votei por mim e por Callum, que me deu uma procuração. Ele foi para *Camino* – a rota dos peregrinos para Santiago de Compostela. Depois que a loja fechou, Eliot e os estagiários do festival, Beth e Cheyney (eles conseguem as tarefas glamourosas, como empilhar cadeiras e atender o telefone do escritório), vieram e ficamos acompanhando os resultados pela TV. Fomos dormir às 2h da manhã, desalentados com a maioria tendo votado "não" para a independência da Escócia.

Faturamento total £237,96
20 clientes

SEXTA-FEIRA, 19 DE SETEMBRO

Pedidos online: 3
Livros encontrados: 3

Bethan e Nicky vieram hoje novamente.

Passei o dia gravando mais entrevistas sobre o festival para a rádio, deixando Nicky encarregada da loja. Ela agendou com o carteiro para vir buscar as seis sacolas do Random Club às 15h. Na semana que vem, a esta hora, o festival estará começando.

Faturamento total £157
10 clientes

SÁBADO, 20 DE SETEMBRO

Pedidos online: 2
Livros encontrados: 2

Nicky chegou dez minutos atrasada, regozijando-se com o resultado do referendo.

Twigger mandou um e-mail:

Ei, Shaun, seu colossal filho da mãe ruivo, insulte alguns escritores por mim, está bem? Lembranças para todos os meus amigos de WIGTOWN,

Rob.

Este é o primeiro ano em muito tempo que Twigger não virá ao festival – ele está fazendo explorações no Himalaia para seu próximo livro, que será, penso eu, uma espécie de biografia topográfica, semelhante ao livro anterior, *Red Nile*.

Quando eu estava descarregando umas caixas da van, Carol Carr, uma fazendeira local de gado ovino, passou em frente à loja. Nos cumprimentamos e trocamos gentilezas, e ela me perguntou como eu estava, então respondi que estava bem, tirando a dor nas costas. Ela pareceu ficar surpresa e me disse que Rob, seu marido, sofre com a coluna, como a maioria dos fazendeiros. Não havia ocorrido a ela que os livreiros passam boa parte do tempo carregando caixas de livros para dentro e para fora de veículos e erguendo-as do chão em espaços apertados e desconfortáveis. Eu calculo que erga, ao todo, quinze toneladas de livros a cada ano, e essas quinze toneladas são carregadas para um lado e para outro pelo menos três vezes.

Faltam seis dias para o festival.

Faturamento total £193,50
17 clientes

SEGUNDA-FEIRA, 22 DE SETEMBRO

Pedidos online: 5
Livros encontrados: 5

Nicky e Bethan vieram. Nicky trouxe um bolo que parecia uma lagarta gigante. Estava em promoção no Morrisons por 49 *pence*, e ela comprou no fim de semana. É um negócio revoltante, com uma cobertura horrenda.

O festival começa na sexta-feira, daqui a quatro dias, então a maior parte da semana será dedicada aos preparativos de última hora.

Bethan passou o dia etiquetando preços e arrumando nas prateleiras os livros da Penguin que Bev trouxe de manhã.

Zoe e Darren chegaram. São atores com quem Anna vai fazer uma performance durante o festival. Os ensaios começam amanhã. Eles vão reencenar cenas ambientadas em livrarias em filmes famosos – *The Big Sleep*, *Notting Hill*, *The NeverEnding Story*.

Verifiquei o status da entrega das caixas da FBA para a Amazon em Dunfermline – as caixas que a UPS pegou ainda não chegaram lá.

Hoje recebi uma notícia muito triste. Alastair Reid faleceu ontem. Finn me ligou na hora do almoço para contar. Amanhã vou escrever para a viúva, Leslie.

Faturamento total £145
22 clientes

TERÇA-FEIRA, 23 DE SETEMBRO

Pedidos online: 4
Livros encontrados: 4

Nicky e Bethan vieram. Com a proximidade do festival, elas passaram o dia se certificando de que as prateleiras estejam completas e em ordem.

Faltam três dias para começar. Depois de vários uísques, escrevi para a viúva de Alastair Reid, Leslie.

A primavera vai perder parte de seu brilho agora que sei que não mais será marcada – juntamente com os jacintos e as andorinhas – pela chegada dele.

Faturamento total £372,96
21 clientes

QUARTA-FEIRA, 24 DE SETEMBRO

Pedidos online: 2
Livros encontrados: 1

Bethan veio hoje, mas Nicky, não.

Mudei os móveis da sala grande e a arrumei para o Retiro dos Escritores. Davy Brown, o amigo e artista que dá aulas de arte lá em cima, chegou e pendurou seus quadros. Eles ficarão ali por toda a duração do festival. O Retiro dos Escritores começou na relativa infância da história do festival, quando Finn era diretor da Companhia do Festival. Ele tinha convidado, entre outros, Magnus Magnusson para dar uma palestra, certo ano. A palestra seria às 20h. Às 18h ele decidiu ir comer alguma coisa, mas, naqueles primeiros anos, quando as audiências eram relativamente pequenas, a maioria das lanchonetes, *pubs* e restaurantes paravam de servir refeições às 18h, e, sem conseguir encontrar um lugar onde pudesse comer, Finn me ligou desesperado, perguntando se podiam vir comer alguma coisa aqui, então eu rapidamente fiz uma sopa e um prato com sobras, e nós três nos sentamos e fizemos uma refeição. Depois Finn perguntou se eu consideraria ter um suprimento de queijos, pães de aveia e sopa prontos para o restante do festival, para o caso de ocorrer uma emergência semelhante. E ocorreu. Várias vezes. Depois de alguns anos, chegou ao ponto de contratarmos um bufê para cuidar disso, e tínhamos horários oficiais de funcionamento.

Hoje nós fornecemos refeições para até setenta pessoas nos dias de maior movimento, e nos fins de semana servimos lagosta local fresca.

A tenda foi erguida hoje na praça central da cidade. Chegaram mais caminhões com cadeiras, piso, aquecedores, equipamento de som e outra tenda. Faltam apenas dois dias para o início do festival.

Passei uma hora ao telefone com a UPS e a Amazon tentando rastrear as seis caixas de livros que enviamos para o depósito da Amazon em Dunfermline como parte do envio para a FBA e que se extraviaram, mas sem sucesso. Parece que ingressei em um mundo infernal de siglas corporativas de três letras.

Um dos voluntários do festival pediu a van emprestada para ir buscar os recortes de compensado de Astrid no estúdio dela em Edimburgo, para o festival. (Astrid é uma das artistas residentes neste ano.)

Hoje à tarde fiz um palco de madeira e compensado para a peça de Allison. Ela queria piso de parquet, então encontrei um vinil adesivo e encomendei.

Fiz um esforço determinado para continuar lendo *And the Ass Saw the Angel* e terminar antes de o festival começar. Faltam apenas trinta páginas.

Faturamento total £146,49
9 clientes

QUINTA-FEIRA, 25 DE SETEMBRO

Pedidos online: 3
Livros encontrados: 3

Nicky e Bethan vieram hoje.

Os artistas (Zoe e Darren) ensaiando na loja causaram ainda mais consternação entre os clientes, ainda mais agora que encontraram adereços e fantasias.

A Amazon ligou para avisar que localizaram as caixas extraviadas, agora os livros estão cadastrados e disponíveis online.

Os atores, Anna e eu fomos até a casa que Eliot alugou para o festival, e ele preparou o jantar para nós e para os estagiários Cheyney e Beth. Quando voltamos para casa, Nicky me ofereceu a última fatia do bolo de lagarta de chocolate que ela havia comprado por 49 *pence*. Tudo o que sobrou foi a cara da lagarta, o restante ela havia comido.

Carol-Ann chegou. Stuart Kelly também, portanto a casa está cheia. Os dois italianos que irão usar a cama do festival devem chegar amanhã, então fui até o chaveiro em Newton Stewart para fazer cópias da chave, assim os hóspedes poderão ir e vir à vontade. Depois do trabalho, passei umas duas horas frenéticas gravando um áudio para Stuart McLean, para o evento "A Escuridão Lá Fora", que começa no sábado ao meio-dia.

O festival começa amanhã.

Faturamento total £227,49
15 clientes

SEXTA-FEIRA, 26 DE SETEMBRO

Pedidos online: 4
Livros encontrados: 3

Terminei de ler *And the Ass Saw the Angel* antes de abrir a loja. Nicky e Bethan vieram hoje de novo.

Maria, que está encarregada do bufê para o Retiro dos Escritores deste ano, veio organizar a cozinha. Fiquei com a impressão de que ela e eu passamos o tempo todo mudando geladeiras de lugar.

Nicky e eu passamos a manhã organizando as coisas para o festival, certificando-nos de que temos papel higiênico e sabonete líquido suficientes, esse tipo de coisa, bem como colocando sinalização dos locais e providenciando assentos para os eventos. As placas de parquet chegaram para o palco de Allison.

Anna estava tensa hoje, pois as performances que ela está ensaiando com os atores começam amanhã. Aparentemente, trata-se de um teatro interativo.

Recebi um e-mail dos italianos que iriam ocupar a cama do festival, avisando que não conseguirão vir. O lado bom é que ela estará disponível para amigos que precisem de um lugar para pernoitar.

O festival foi inaugurado com fogos de artifício às 8h da noite. Nicky trouxe um pouco de cerveja caseira e bebeu alguns copos antes de descermos. Ninguém mais se atreveu a tocar naquilo. Ela dançou ao som da banda de tubos Creetown como se fosse música eletrônica *hardcore* sucesso na década de 1980.

Depois dos fogos de artifício, seguimos para a festa de abertura do festival na marquise. Zoe leu um poema de Alastair Reid depois que Eliot deu as boas-vindas a todos, e Lauren McQuistin tocou uma parte da canção escocesa *Ye Banks and Braes*.

Faturamento total £346,75
30 clientes

SÁBADO, 27 DE SETEMBRO

Pedidos online: 3
Livros encontrados: 2

Nicky veio hoje, mas Bethan tirou folga no fim de semana para cortar lenha para o inverno.

Abri a loja às 9h para encontrar um escritor esperando na porta. Antes mesmo que eu acendesse as luzes, ele estava lá dentro querendo comer, mas Nicky explicou que o Retiro dos Escritores não abre antes das 10h. Maria nem tinha chegado ainda.

Encontrei dois dos pedidos de hoje e levei as sacolas para o correio. O mau humor de William cresce a um nível extraordinário durante o festival, e ele reclama amargamente que – apesar dos milhares de pessoas que vêm para a cidade por causa do evento – as vendas na banca de jornais caem. Ele atribui isso ao fato de que fica difícil encontrar vaga para estacionar, e os munícipes vão comprar jornal em outro lugar.

Nicky decidiu que hoje – tradicionalmente o dia mais movimentado do festival – seria um bom dia para pintar as vitrines da loja e passou a maior parte da manhã fazendo isso, enquanto eu fiquei lidando com clientes e com o caos do primeiro dia do Retiro dos Escritores. Isso normalmente envolve procurar fios de extensão para a chaleira de sopa, fusíveis para consertá-la quando ela queima imediatamente após ser ligada, desentupir a pia, encher cestas de lenha e acender lareiras.

Além de tudo isso, Anna me perguntou se eu podia filmar suas apresentações teatrais nas várias livrarias da cidade. Essas apresentações pareceram causar nos clientes, em igual medida, confusão e empolgação, em todos os lugares onde ocorreram. Um livreiro achou aquilo tudo tão desconcertante que me ligou avisando que eles não seriam bem-vindos de novo em sua loja.

Lou e Scott, minha irmã e cunhado, e meus sobrinhos chegaram de manhã. Eles são leais apoiadores do festival do livro e sempre vêm para o Wigtown's Got Talent, um evento que acontece no primeiro sábado à noite do festival. Nós almoçamos no Retiro dos Escritores, ouvindo um relato bastante angustiante sobre necrofilia de um dos escritores visitantes. Felizmente, as crianças estavam em outro cômodo, brincando com Captain.

À tarde eu gravei para a Wigtown Radio por uma hora, entre 15h e 16h.

Depois de fechar a loja, fui com Anna, Carol-Ann, Astrid e Stuart para a abertura de Anupa. Depois, Nicky, Stuart e eu fomos para o evento Art Song de Lauren McQuistin, e por fim para o Wigtown's Got Talent. Stuart pareceu ficar particularmente impressionado com o evento de Lauren. De volta aqui, depois de uns drinques, Astrid dormiu na cama do festival, que os italianos convenientemente deixaram livre.

Faturamento total £989,30
95 clientes

DOMINGO, 28 DE SETEMBRO

Pedidos online: 4
Livros encontrados: 3

Nicky veio às 9h. Maria chegou logo em seguida e me disse que a geladeira não estava funcionando, então eu abri o plugue, consertei, e depois fui até o posto de reciclagem em Newton Stewart com todas as garrafas vazias e sacos de pratos descartáveis usados ontem.

Lee Randall, uma jornalista que preside eventos durante o festival, me perguntou se eu poderia encontrar alguns livros na loja com títulos incomuns para um evento que ela vai presidir – o Robin Ince's Bad Book Club. Consegui encontrar alguns, incluindo um grande volume médico intitulado *The Rectum*. Ela o folheou antes de colocá-lo sobre o balcão e anunciar:

– Muito interessante. Tem quase tudo de que eu preciso nesse livro.

Anna e os atores representaram cenas de *The Big Sleep* e *Notting Hill* na loja, mais uma vez causando confusão e alegria em todos os que assistiram. Escutei uma moça comentar com a mãe perplexa:

– É teatro interativo.

Avistei o senhor Deacon conversando com Menzies Campbell do lado de fora de um evento enquanto caminhava da loja para o escritório do festival para falar com Eliot sobre um autor que precisava de um projetor para sua palestra. Já estive em algumas palestras nas quais o senhor Deacon também estava. Sempre que ele faz alguma pergunta – o que ele normalmente faz –, a reação do palestrante é a mesma:

– Essa é uma pergunta muito interessante.

Nicky encontrou um livro de Ian Hay no qual a personagem principal se chama Nicky. Em vez de trabalhar, ela passou a maior parte do dia lendo o livro e dando risada. Aparentemente, tem outro personagem chamado Stiffy, que ela decidiu que sou eu, e ela está editando a história para adaptá-la à sua própria narrativa.

O Retiro dos Escritores ficou movimentado durante o dia todo: Kate Adie, Menzies Campbell, Clare Short, Kirsty Wark e Jonathan Miller, entre outros. Por um breve momento, estiveram todos ao mesmo tempo na loja, conversando. Foi como um salão literário.

E foi, naturalmente, uma noite longa, com Eliot trazendo vários escritores. A certa altura, Stuart Kelly se serviu de uma taça de vinho, e Eliot a arrancou da mão dele e começou a beber, deixando Stuart com uma expressão perplexa. Mais tarde, para dar o troco, Stuart estava arrumando a sala do Retiro (às 2h da manhã, mais ou menos) quando encontrou um par de sapatos debaixo de uma mesa, então ele os colocou no hall. Quando Eliot descobriu que eram dele, pediu a Stuart para ir buscá-los. Nesse momento, Stuart estava carregando uma grande pilha de jornais, que deixou cair aos pés de Eliot, dizendo:

– Extra, extra, leia tudo! Diretor de festival incapaz de ir buscar seus próprios sapatos!

Faturamento total £447,98
44 clientes

SEGUNDA-FEIRA, 29 DE SETEMBRO

Pedidos online: 3
Livros encontrados: 3

Hoje vieram as três: Nicky, Bethan e Flo. Flo é uma estudante que trabalhou na loja no verão passado e é notavelmente desrespeitosa para com os clientes, e mais ainda comigo. Teria sido mais prático ter as três no fim de semana, e eu me esforcei para encontrar coisas para elas fazerem.

O Retiro dos Escritores estava bem tranquilo, a não ser quando Clare Balding estava presente. Passei a maior parte do dia abastecendo a cesta de lenha e levando sacos de lixo com carcaças de lagostas, pratos de papel e garrafas da cozinha para as lixeiras.

Nicky me trouxe umas pílulas homeopáticas para alívio do estresse e me fez engolir duas, empurradas goela abaixo com um gole de sua infame cerveja caseira.

Faturamento total £467,12
51 clientes

TERÇA-FEIRA, 30 DE SETEMBRO

Pedidos online: 2
Livros encontrados: 2

Bethan e Flo vieram, embora Bethan tenha perdido o ônibus e chegado às 10h. Flo não conseguiu encontrar um dos pedidos de manhã, *Tokyo Lucky Hole*, na seção de eróticos, e outro na seção de poesia. Eu encontrei ambos em um minuto e pedi a ela para embrulhar. Quando voltei, cerca de dez minutos depois, ela estava envolvida na contemplação das fotos do graficamente erótico *Tokyo Lucky Hole*.

No final do dia, Allison, Anna, Lee Randall e eu formamos um grupo para o Quiz Literário de Stuart Kelly. Ficamos em terceiro lugar, acertando 25 de 35. Depois Anupa veio para um drinque.

Faturamento total £291,49
27 clientes

OUTUBRO

Os esnobes que compravam primeiras edições eram bem mais comuns do que os amantes da literatura, mas os estudantes orientais regateando livros didáticos baratos eram ainda mais comuns. Mas as mais comuns mesmo eram mulheres distraídas e com pensamentos dispersos procurando presentes de aniversário para os sobrinhos.

George Orwell, *Bookshop Memories*

Os esnobes de primeiras edições são, lamentavelmente, uma raça em extinção, apesar de muitas pessoas que trazem livros para a loja com a esperança de vender chamam a atenção para o verso da página de rosto, onde está informada a edição, esperando uma oferta de valor incalculável. De minha parte, eu raramente verifico a edição, a menos que seja um Ian Fleming anterior a 1960, ou o primeiro título de um autor famoso, ou algo semelhante. Na não ficção – com poucas exceções – praticamente não faz diferença o número da edição de um livro, mas ainda assim as pessoas se apegam à noção de que primeiras edições são de alguma forma imbuídas de um valor mágico e financeiro. Livros didáticos são algo com que não nos preocupamos atualmente na loja. A cada ano parece que eles são revisados e republicados. É como se os estudantes (orientais no caso de Orwell, e de todos os tipos no meu) tivessem de estar equipados com a edição mais recente, tornando todas as edições anteriores inválidas. O mais comum agora não são as "mulheres distraídas e de pensamento disperso", mas homens tentando localizar determinado título. A frustração deles quando dizemos que não temos um exemplar em estoque é igualado apenas ao senso de satisfação presunçosa quando ouvem essa informação. Se a busca pelo Santo Graal for bem-sucedida, muitos deles irão perder seu objetivo de vida. De longe, a procura mais comum é por um volume que falta para completar alguma coleção. Tem de ser a mesma edição, mesma capa, mesma cor. A maioria dos livreiros não estoca livros avulsos desse tipo, a menos que se trate de um título particularmente interessante, ou de um livro com belas ilustrações, portanto aquele cruzado sem conhecimento que está a procura do terceiro volume de *The Works of Tacitus*, de Gordon (quarta edição, Rivington, Londres, 1770, capa de couro, alto-relevo, título em painel roxo), pode ter certeza de que continuará em sua busca até não mais se lembrar do que estava procurando.

QUARTA-FEIRA, 1º DE OUTUBRO

Pedidos online: 4
Livros encontrados: 4

Nicky e Flo vieram hoje.

Hoje foi meu aniversário de 44 anos, então, na hora do almoço, fui até Rigg Bay com Anna para um mergulho no mar, para comemorar a ocasião da mesma forma como tenho feito nos últimos treze anos.

O Retiro dos Escritores estava excepcionalmente movimentado na hora do almoço, considerando-se que era dia de semana. Entre os escritores estavam o jornalista Allan Little e Richard Demarco, que deve estar com oitenta e poucos anos. Richard foi fundamental na criação do Festival de Edimburgo, e Allan, que cresceu no oeste de Galloway, foi um dos melhores jornalistas da BBC. No horário de pico, devia ter umas trinta pessoas na sala, quando Maria, que vinha trazendo uma bandeja com pratos, avistou algo no chão que parecia suspeitamente fecal. Discretamente, ela fez um sinal para Laurie, que se aproximou, e elas traçaram um plano para que Laurie fosse buscar um pano e limpasse antes que alguém visse. Maria ficou ali parada para garantir que ninguém pisasse. Enquanto isso, Allison entrou na sala, viu o negócio, apontou e exclamou, antes que Laurie tivesse tempo de limpar:

– Olhe só, uma bosta!

A fonte da bosta tornou-se o assunto de discussão pelo resto do dia, Nicky liderando a investigação com um escrutínio forense, que incluiu vasculhar a lixeira para recuperar a coisa e medir. Ela ficou cada vez mais convencida de que algum visitante idoso havia feito aquilo sem perceber e que o negócio havia escorregado por dentro da calça. Outras teorias incluíram a hipótese de que seria na verdade um pouco de cobertura do meu bolo de aniversário, que Anna havia feito. Quando Stuart sugeriu que podia ser um cocô de Captain, a resposta imediata e injuriosa de Nicky foi:

– Sem chance, não é tão simples assim.

A entrevista gravada anteriormente para a Border TV foi transmitida no programa da revista *Border Life*. Felizmente, eu perdi.

Faturamento total £395,93
45 clientes

QUINTA-FEIRA, 2 DE OUTUBRO

Pedidos online: 2
Livros encontrados: 2

Flo e Nicky vieram.

Passei a maior parte do dia editando um vídeo sobre Wigtown que venho preparando unicamente por causa da infernal falta de atenção que a Visit

Scotland dá a este canto do país. Há décadas esta região é chamada de "o canto esquecido da Escócia", e muitos turistas apreciam essa característica, mas nossa agência de turismo com financiamento público pretende mudar isso. No site Visit Scotland, sob a sinopse de Wigtown, há uma fotografia do campo de golfe em Glenluce, a 19 quilômetros de distância. Não é possível que seja tão difícil encontrar uma foto de Wigtown. Eu até enviei uma foto para eles por e-mail, mas eles ainda não a substituíram e provavelmente nunca o farão.

Almocei com duas jornalistas italianas que vieram porque leram o livro de Anna e queriam visitar Wigtown. Estou convencido de que *Rockets* fez muito mais pelo turismo em Wigtown do que Visit Scotland fará algum dia.

Nicky e eu ficamos com o horário entre 15h e 16h na Rádio Wigtown para tocarmos músicas. Infelizmente, alguém havia silenciado o som do computador, então Nicky teve de continuar falando até que eu descobrisse como resolver, o que levou cerca de meia hora. Ela ficou com a boca seca algumas vezes e claramente não estava gostando, mas fez um bom trabalho como apresentadora. Assim que nosso turno acabou, ela saiu da sala e pediu um uísque.

O comediante Robin Ince chegou por volta das 18h. Ele queria dar uma olhada na loja, então eu acendi todas as luzes novamente e o deixei explorar a loja. Ele comprou uma pilha de livros. Nicky e eu fomos ao seu evento no County Buildings às 19h30.

Postei no Facebook o vídeo de Wigtown que estava editando.

Faturamento total £319,05
40 clientes

SEXTA-FEIRA, 3 DE OUTUBRO

Pedidos online: 3
Livros encontrados: 3

Flo e Nicky vieram.

Uma cliente perguntou a Nicky se tínhamos algum título raro de John Buchan. Nicky encontrou um exemplar de *The Scholar Gypsies*, que custava 100 libras, e disse que ela poderia levá-lo por 80, já que viera participando de um evento. Descobrimos que a cliente se tratava de Ursula Buchan, neta do autor.

À tarde, fui buscar as jornalistas italianas e dirigimos até a igreja de Cruggleton, uma igreja normanda no meio de um campo, sem vidros nas janelas nem eletricidade.

O evento em Cruggleton consistiu na leitura da poesia de Tom Pow, acompanhado por Wendy Stewart na harpa e Alex McQuiston no violoncelo. Inteiramente iluminado por velas, foi um evento extraordinariamente bonito. No caminho para casa na van, eu estava esvaziando meu bolso para mostrar o programa a uma das jornalistas (ela queria os nomes dos artistas para seu blog) e tirei dele um saquinho de chá em um pacotinho que eu tinha pegado no Retiro dos Escritores. Infelizmente, parecia exatamente com um preservativo. As duas jornalistas perceberam e mergulharam num silêncio constrangedor, enquanto eu pateticamente tentava explicar que na verdade era apenas um saquinho de chá.

O evento de Allison – uma peça sobre Borges – começou às 18h no antigo depósito na parte de trás da loja. Anna organizou os ensaios aqui durante toda a semana. Tivemos de mudar o acesso que era pelo jardim para a estrada porque a iluminação do caminho do jardim havia queimado, então levei as pessoas até lá em pequenos grupos sob a chuva forte. Em instantes, eu estava completamente encharcado. O evento foi bom, embora Anna não parecesse especialmente satisfeita.

A chuva forte continuou noite adentro. Em pouco tempo, a calha entupiu, e a água começou a escorrer para o Retiro dos Escritores, então Laurie, Nicky, Anna, Stuart e eu passamos um bom tempo correndo freneticamente com baldes e panos. Apesar de nossos esforços para limitar os danos, a água desceu pelo piso do Retiro e entrou na loja.

Faturamento total £239,05
38 clientes

SÁBADO, 4 DE OUTUBRO

Pedidos online: 4
Livros encontrados: 2

Flo, Bethan e Nicky vieram.

Nicky abriu a loja e se deparou com água ainda da inundação pela calha entupida. Tentamos limpar a calha com um cabo de vassoura da janela do quarto, mas não era longo o suficiente, então desci até o porão e encontrei um cano de drenagem. Meio pendurado para fora da janela do terceiro andar na chuva torrencial, com Laurie me segurando pelos tornozelos, finalmente consegui limpá-la. Parou de pingar no Retiro às 10h da manhã, logo após abrirmos.

Sally Magnusson e Margaret Drabble estavam no Retiro dos Escritores quando eu apareci, encharcado, para verificar se tudo estava pronto. Lucy (ajudante de Maria) encurralou Sally para perguntar a ela sobre jornalismo, o que ela, com entusiasmo e muito amavelmente, debateu por alguns minutos. Damian Barr comprou alguns livros de mim. No momento eu não tinha ideia de quem ele era.

No início do dia, liguei a câmera GoPro atrás do balcão para depois fazer um vídeo acelerado da vida na loja, e logo em seguida Dylan Moran entrou. Agora tenho um vídeo dele comprando um livro na loja. Flo o atendeu. Ela foi irritantemente inflexível sobre isso.

Flo ouviu uma mulher perguntar a um homem, enquanto caminhavam pela loja:

– Então eles não têm o livro que você está procurando?

Ele respondeu, balançando a cabeça:

– Sim, têm, mas apenas um exemplar.

À noite, na grande tenda da praça, teve *ceilidh*[26]. Estava lotado. Muitas meninas dançando com meninas e meninos com meninos, assim como casais também. Nos primeiros dias do festival, nenhum evento foi particularmente

---

[26] Evento social escocês com música folclórica e dança. (N.T.)

bem frequentado, mas o *ceilidh* estava, sem dúvida, entre os piores. Nos primeiros anos éramos poucos, e, para evitar constrangimento, acabávamos todos participando de todas as danças. Agora é diferente. É preciso ter ingresso para o evento, e sempre se esgota. Tornou-se imensamente popular. A certa altura, eu estava ao lado de Damian Barr, que estava dançando com outro homem. Eu, que já estava meio embriagado, perguntei a ele qual deles estava fazendo o papel da mulher, e depois descobri que ele é gay. Se ele ficou ofendido, disfarçou muito bem. Foi a pior gafe do festival até agora. Fui para casa tentar convencer Nicky (que decidira não participar) a mudar de ideia e ir junto. Encontrei Jen Campbell e seus pais do lado de fora da loja, então eles entraram para um drinque e um bate-papo.

Todos nós ficamos acordados até tarde: Colin, Peggy, Stuart, Nicky e Natalie Haynes, que faz parte do júri do Booker com Stuart. Peggy dirige o Festival Literário de Dundee, e Colin, seu parceiro – que geralmente responde pelo nome de *Beard* – dirige as redes sociais do festival. Ambos são fundadores do Festival de Wigtown e ajudaram a moldar a identidade do evento tanto quanto Eliot, Stuart, Twigger e Finn.

Loja lotada o dia todo: o último suspiro antes do longo inverno de penúria.

Faturamento total £1.274,03
87 clientes

DOMINGO, 5 DE OUTUBRO

Pedidos online: 6
Livros encontrados: 4

Nicky e Flo vieram. Encontrei Nicky na cozinha por volta das 8h30. Ela me disse:

– Você está cheirando tão bem quanto um pãozinho de bacon.

Como sempre, no último dia do festival, dá uma sensação de tristeza conforme a festa chega perto do fim. Mesmo sendo o último dia, ainda havia o caos usual no Retiro dos Escritores, com a equipe e Maria impressionantemente calmas.

Eliot convenceu Anna a apresentar o evento de Jen Campbell, uma palestra sobre seu novo livro, *The Bookshop Book*. Correu tudo muito bem, exceto por eu ter feito uma pergunta particularmente estúpida. Anna e Jen estavam divertidas e interessantes.

Como em todos os anos, no último dia do festival transformamos o Retiro dos Escritores em um cinema. Neste ano montamos o projetor e assistimos a *Dr. Who* com Stuart, Beth e Cheyney.

Faturamento total £568,75
32 clientes

SEGUNDA-FEIRA, 6 DE OUTUBRO

Pedidos online: 5
Livros encontrados: 4

Nicky e Flo vieram. Passamos o dia arrastando os móveis e tentando fazer o lugar voltar ao normal. Maria veio na hora do almoço para organizar suas coisas na cozinha. Anna e eu dirigimos até o depósito de lixo para nos livrarmos de inúmeras caixas de papelão e garrafas de vinho vazias.

Nicky preparou torradas com queijo para ela no almoço e comeu no meio da loja, rodeada de clientes.

De manhã, um velhote intrometido por quem sempre tive uma imensa antipatia veio à loja para tentar me convencer a estocar o romance escrito e publicado por ele mesmo. Frequentemente, esse tipo de situação acontece por aqui e acabo deixando os livros à venda por razões puramente diplomáticas. Sem exceção, um ano depois, acabo devolvendo tudo.

A tenda principal foi desmontada hoje, deixando um trecho de grama amarelo-clara no local onde estivera, um lembrete durante o longo inverno de tudo que aconteceu ali, até que comece a esverdear novamente conforme a temperatura for aumentando a partir de março.

Anna e eu fomos jantar no The Ploughman com os voluntários.

Faturamento total £123,97

14 clientes

TERÇA-FEIRA, 7 DE OUTUBRO

Pedidos online: 5

Livros encontrados: 3

Nicky veio hoje.

A loja recebeu um cartão-postal anônimo nesta manhã, então eu postei no Facebook. Com sorte, isso irá estimular as pessoas a mandar outros. Era a imagem de um leão de bronze e, no verso, dizia apenas: "Grande parte do Dicionário de Inglês de Oxford foi escrita por um assassino dentro de um hospital psiquiátrico".

Depois do almoço, desmontei a estrutura que havia colocado para o evento de Allison no antigo depósito. Todo mundo teve um leve cansaço pós-festival hoje.

Passamos a maior parte do dia na operação de limpeza. Depois que a loja fechou, cozinhei para os assistentes e assistimos a *Wings of Desire* no projetor do Retiro dos Escritores.

A data do festival foi originalmente programada para prolongar a temporada turística para as lojas da cidade e tem conseguido a tal ponto que a infraestrutura está começando a estragar, com hotéis e pousadas chegando perto da capacidade que atingem no pico do verão. A forma como o festival atrai visitantes e dinheiro para a cidade justifica o investimento em sua realização.

Raramente tenho tempo de comparecer aos eventos, tendo de ir várias vezes ao posto de lixo reciclável para levar sacolas e garrafas de vinho vazias; mas, quando estou na loja, tenho a oportunidade de encontrar escritores e outros visitantes famosos (ou não) no Retiro, onde tendem a ser muito mais descontraídos do que em seus eventos, por isso é um privilégio extraordinário ter a chance de falar com eles em um ambiente mais natural.

Eliot exagera em fazer questão de me apresentar às pessoas, apesar de que, quando ele não está por perto – e ocasionalmente me vendo ajudar a recolher os pratos ou encher a cesta de lenha –, devem presumir que sou um funcionário contratado, e alguns se comportam de forma depreciativa.

Há alguns anos, enquanto eu colocava lenha no fogo, um conhecido colunista de jornal que estava sentado à mesa do Retiro bebendo vinho de graça e comendo lagosta de graça estalou os dedos e gritou "Açúcar!" para mim, enquanto apontava para um açucareiro vazio em cima da mesa.

Esses visitantes estão em segundo lugar entre os que menos gosto. Pior que eles são aqueles que, uma vez que descobrem que é a minha casa, subitamente começam a me tratar de forma diferente das ajudantes de Maria na cozinha ou no Retiro, ou Nicky e Flo, ou Bethan na loja. Suponho que eu tenha uma parcela de culpa por não me esforçar em saber sobre a vida dos meus clientes, mas nunca sou rude com garçons, garçonetes, faxineiros ou funcionários da loja e espero nunca ter tratado ninguém como se fosse inferior; eu apenas retribuo as grosserias para quem é rude comigo. Eu poderia me dar ao luxo de ser rude com os clientes – a loja é minha, ninguém vai me demitir –, mas a maioria das pessoas que trabalham em lojas não está nesta posição, e tirar vantagem disso, não demonstrando a eles um mínimo de educação, é algo que me desgosta bastante. E, embora eu faça comentários sobre a aparência de alguns dos meus clientes, são apenas observações, não julgamentos. Na maioria dos casos.

Faturamento total £143,90
14 clientes

QUARTA-FEIRA, 8 DE OUTUBRO

Pedidos online: 6
Livros encontrados: 4

Pouco antes do almoço, um cliente queria pagar 10 libras por um livro que custava 80. Eu disse a ele que, se pedisse educadamente, poderia obter 10 de desconto. Ele jogou o livro no balcão e saiu indignado, momento em que decidi que escapar de clientes era a ordem do dia, e encontrei um novo livro para ler e me escondi no escritório com *Sequestrado* – um destino que eu desejei para aquele último cliente.

Faturamento total £264,49
19 clientes

QUINTA-FEIRA, 9 DE OUTUBRO

Pedidos online: 3
Livros encontrados: 3

Todos os pedidos de hoje foram da Amazon.

A loja estava calma hoje. O contraste com a semana passada foi inacreditável.

Um dos poucos clientes foi uma mulher que passou dez minutos andando pela loja antes de vir ao balcão e perguntar:

– Então, o que é isto aqui? Vocês vendem os livros? Ou as pessoas simplesmente entram e pegam?

Momentaneamente perplexo, não consegui responder. Felizmente, ela quebrou o silêncio e continuou:

– Eu não sou daqui, sou turista. As pessoas simplesmente doam os livros? O que acontece aqui? É isso que acontece aqui?

Comecei o que, obviamente, foi uma tentativa inútil de explicar os princípios básicos do varejo, que, francamente, ela deveria ter compreendido há muitos anos, mas ela saiu da loja enquanto eu estava explicando.

Sandy, o pagão tatuado, apareceu por volta das 15h e encontrou dois livros. Deduzi o valor de seu crédito.

Faturamento total £222,45
19 clientes

SEXTA-FEIRA, 10 DE OUTUBRO

Pedidos online: 3
Livros encontrados: 2

O livro que faltava nos pedidos de hoje era outro que esquecemos de retirar do sistema depois de enviar nosso estoque antigo para Ian. Às 11h um cliente veio ao balcão com alguns mapas da Irlanda, exigindo saber o ano em que cada um fora publicado. Ele então começou o temido *"Deixe-me dizer por que estou procurando mapas e livros antigos sobre esta área, é porque estou fazendo uma pesquisa sobre a história da família, e meu bisavô..."* por cerca de cinco minutos antes que eu pudesse explicar que os mapas não tinham data, mas que provavelmente eram de cerca de 1910.

Vou arranjar uma máscara e pintar "NÃO PRECISA EXPLICAR" na testa e colocá-la quando ocasiões como essa surgirem no futuro.

Uma moça do departamento de planejamento veio inspecionar as espirais de livros. Parece que uma reclamação foi feita sobre elas, então agora preciso obter permissão de planejamento. Ela foi extremamente compreensiva e disse que, se dependesse dela, simplesmente ignoraria o fato de que eu não havia pedido autorização, mas, como houve uma reclamação formal e a loja é um prédio registrado, eles não têm escolha a não ser passar por todo o processo.

The Guardian publicou "Livrarias peculiares e maravilhosas em todo o mundo"; somos a número 3 novamente. Não tenho certeza se essas coisas andam em ciclos ou se as livrarias estão de repente se tornando lugares da moda. Talvez seja o movimento hipster impulsionando a nova tendência de preferir discos de vinil e livros de papel a iPods e Kindles.

Faturamento total £133
15 clientes

SÁBADO, 11 DE OUTUBRO

Pedidos online: 2
Livros encontrados: 2

Nicky veio hoje, então fui para o rio com meu pai pela manhã. Ele pegou um salmão de 5,5 kg; eu não peguei nada. Lembrei-me de quando fomos pescar em um lago chamado Wilson's, onde pesquei meu primeiro salmão (sob o olhar atento de meu pai). Pesava 4 quilos (9 libras no nosso sistema de pesos), era dia 9 de setembro, e eu tinha nove anos. Se eu acreditasse em sorte, suponho que 9 deveria ser meu número da sorte.

Voltei à loja na hora do almoço e dei um intervalo para Nicky, durante o qual um cliente veio ao balcão e anunciou:

– Não quero parecer rude, mas sua seção de ferrovias consiste em sua maioria de livros do tipo mesa de centro de consultório médico, e estou procurando algo muito específico, blá-blá-blá...

Ele continuou falando por alguns minutos antes de chegar ao ponto e me dizer o título do livro que procurava, quando eu já estava quase explodindo e sua esposa estava se encolhendo e murmurando "desculpe" para mim atrás dele.

Um minuto depois de saber o título, localizei um exemplar do livro, momento em que ele decidiu que, na verdade, não o queria.

Começar uma frase com *"Não quero parecer rude, mas..."* é da mesma linha do *"Não sou racista, mas..."* É muito simples: se você não quiser parecer rude, não seja rude. Se você não é racista, não se comporte como racista.

Faturamento total £312,30
22 clientes

SEGUNDA-FEIRA, 13 DE OUTUBRO

Pedidos online: 4
Livros encontrados: 2

Flo veio hoje.

Quando desci as escadas com duas xícaras de chá às 11h da manhã e esbarrei no senhor Deacon, derramando chá quente em sua camisa. Ele não pareceu se importar e mostrou outras manchas que havia causado na camisa enquanto tomava o café naquela manhã. Perguntou se poderíamos encomendar para ele *A Royal Passion*, de Kate Whitaker.

Fui ao rio depois do almoço e peguei um salmão de mais de 3 quilos.

Faturamento total £352,99
27 clientes

TERÇA-FEIRA, 14 DE OUTUBRO

Pedidos online: 2
Livros encontrados: 2

Dois completos estranhos entraram na loja ao mesmo tempo e, em uma coincidência extraordinária, ambos pediram ao mesmo tempo um exemplar de *Casa de Elrig*, de Gavin Maxwell. Infelizmente não tínhamos, caso contrário eu poderia ter feito um leilão pelo livro.

Ronnie, o eletricista, apareceu quando a loja estava cheia de clientes e começou a descrever em voz alta as várias maneiras de explodir Kindles. Ele tem um conhecimento perturbadoramente abrangente sobre fabricação de bombas. Provavelmente optarei por uma mistura de açúcar/clorato de sódio, embora ele pareça bastante interessado em experimentar uma bomba de oxiacetileno. Os clientes que chegaram no meio da conversa lhe deram muita atenção.

Dia tranquilo em comparação com ontem.

Faturamento total £72,30
11 clientes

QUARTA-FEIRA, 15 DE OUTUBRO

Pedidos online: 2
Livros encontrados: 2

Flo veio hoje. Ela parece ter conseguido dominar o azedume e passou a maior parte do dia demonstrando isso.

Quando eu estava no balcão, um velhote viajante que não aparecia na loja há anos chegou com uma mesinha de centro feita para parecer dois livros gigantes. Ele queria 60 libras por ela. Nós fechamos por 35. A última vez que o havia visto (cerca de dez anos atrás), ele veio à loja e pediu um exemplar de *The Tinkler-Gypsies*. Meu pai estava na loja na hora e imediatamente o reconheceu. Aparentemente, ele tinha "comprado" maquinário de sucata de meu pai cerca de trinta anos antes, quando era agricultor, mas nunca voltou para pagá-lo. Ele me perguntou se eu tinha o livro que estava procurando, e, ao responder "Sim, *The Tinkler--Gypsies*", ele pareceu ficar bastante surpreso. *The Tinkler-Gypsies* é um livro escrito por um advogado de Newton Stewart chamado Andrew McCormick, em 1906. É um relato detalhado da comunidade de viajantes de Galloway na época e um valioso registro histórico e social. Por um tempo, os exemplares eram vendidos rapidamente por mais de 100 libras, mas, agora que está disponível como e-book, imagino que os valores provavelmente tenham caído.

Ecotricity, a empresa por trás do projeto do parque eólico, apelou ao governo escocês para que a decisão do conselho de rejeitá-lo seja anulada.

Faturamento total £382,32
30 clientes

QUINTA-FEIRA, 16 DE OUTUBRO

Pedidos online: 2
Livros encontrados: 1

Na caixa de entrada hoje, havia um e-mail de Stuart Kelly, ao qual ele anexou a seguinte carta de rejeição de um amigo que havia se candidatado a um emprego em uma livraria:

Prezado XXX,

Temos muitas pessoas aqui. O fato de serem todas idiotas não é importante. Eu gosto delas. São de confiança e são vistosas. Pago a elas 3 libras por hora. Como homem com ambições de ingressar no mundo editorial, onde o talento artístico é engolido pelo lucro, imagino que essa faixa de salário não seja atraente.

Uma delas agora está tagarelando sobre o Charmoso Prince Charlie. Eu me importo? Não, não me importo. Eu gosto dela. É esforçada. Ela arrasa, eu poderia dizer. Você arrasa? Duvido. Acho que você fugiria para a Itália e viveria sua vida na ociosidade e na embriaguez.

PROVE QUE ESTOU ERRADO. VENHA E TRABALHE DE GRAÇA POR MESES A FIO ENQUANTO É EXPLORADO, TALVEZ SEXUALMENTE. VOCÊ VAI USAR UM BONÉ RIDÍCULO E UMA TANGA E SER FORÇADO A COMER CAMARÃO CRU TODO SANTO DIA. VOCÊ AMA O MERCADO DE LIVROS DE SEGUNDA MÃO O SUFICIENTE PARA AGUENTAR ISSO? ESTÁ BOM PRA VOCÊ?

Isso é o que chamamos de "estágio". É bom para o currículo.

Suponho que nos veremos.

Atenciosamente

XXX

Outro cartão-postal anônimo chegou pelo correio nesta manhã, com os dizeres: "A livraria tem mil livros, de todas as cores, tons e tonalidades, e cada capa é uma porta que se abre com dobradiças mágicas". Acho que postar o primeiro cartão-postal na página do Facebook da loja na semana passada pode mesmo desencadear mais deles.

O livro do senhor Deacon chegou, então liguei para avisá-lo.

Faturamento total £309,49

26 clientes

SEXTA-FEIRA, 17 DE OUTUBRO

Pedidos online: 3

Livros encontrados: 1

Nicky apareceu no segundo seguinte em que abri a loja e enfiou embaixo do meu nariz o que à primeira vista parecia ser algo retirado de uma lixeira hospitalar. Era uma coisa carnuda e parecia estar coberto de sangue.

– É donut com geleia, da xepa do Morrisons. Está um pouco amassado porque ficou esmagado na traseira da van. Prove, é uma delícia.

Na verdade, era horrível, o gosto pior que a aparência.

– É sexta-feira gastronômica – ela me lembrou.

Enquanto trocávamos ideias sobre o que fazer no dia, ocorreu-me que fazia tempo que eu não via Kelly Cheiroso, o incansável admirador de Nicky, nem sentia seu impregnante perfume Brut 33. Perguntei a Nicky se ela o tinha visto recentemente, ao que ela calmamente respondeu:

– Você não soube? Ele morreu faz três semanas.

Três pessoas vieram à loja trazendo caixas de livros para vender, entre elas um homem muito alto e de fala culta, de seus setenta e poucos anos, que chegou com dezessete engradados de plástico lotados de livros de todo tipo, incluindo um ilustrado e autografado por Aubrey Beardsley. Paguei a ele 800 libras por tudo.

Ficamos conversando sobre famílias, e ele me contou que a dele havia sido muito rica, até seu bisavô perder tudo com "bebida, jogo e mulhe-res". Seu avô foi o primeiro herdeiro, em várias gerações, a ser obrigado a arrumar um emprego, então foi estudar em Cambridge e tornou-se ginecologista. Como a família era bem relacionada, ele acabou sendo o especialista da família real.

– Ele era o mecânico das partes da rainha Mary.

Chegaram outros dois cartões-postais anônimos. Um dizia: "Amigos podem ir e vir, mas inimigos se acumulam". E o outro: "Esteja avisado, meu passaporte é verde. Nenhum copo nosso jamais foi erguido para brindar à rainha". Este segundo me pareceu vagamente familiar, então pesquisei no Google. É de Seamus Heaney em "Uma Carta Aberta", e é sua resposta brilhantemente petulante à sua inclusão em *The Penguin Book of Contemporary British Poetry*.

Todos os anos, depois do festival, Anna e eu passamos uma noite em um hotel de padrão superior ao que normalmente nos hospedamos. Neste ano Anna escolheu o Glenapp Castle, perto de Ballantrae, então saímos da loja na hora do almoço e fomos para lá. Passei a maior parte da tarde deitado em uma cama enorme lendo *Sequestrado*.

Nicky vai abrir a loja amanhã.

Faturamento total £228,44
21 clientes

SÁBADO, 18 DE OUTUBRO

Pedidos online: 3
Livros encontrados: 3

Nicky dormiu na loja e a abriu pela manhã. Anna e eu voltamos de Glenapp na hora do almoço.

Um cliente trouxe quatro sacolas de livros, a maioria lixo, mas havia entre eles um intitulado *Once a Cliente, Always a Cliente* (Uma Vez Cliente, Sempre Cliente), que eu desconfio que ele colocou ali com o intuito de me irritar.

Às 16h, um excepcionalmente elegante senhor Deacon apareceu para pegar seu livro. Comentei que ele estava com ótima aparência, ao que ele respondeu apenas:

– Enterro. – E saiu da loja.

Um casal com um menino entrou e comprou livros. O menino viu o aviso de Nicky convidando os clientes para serem filmados lendo trechos de seu livro favorito e perguntou se podia ler o seu. Tinha sete anos e chamava-se Oscar. Ele leu com muito desembaraço e clareza um trecho de um livro de Harry Potter, e depois Nicky perguntou se ele estava lendo alguma coisa no momento, ao que ele respondeu que estava lendo *To Kill a Mockingbird*. Nicky ficou visivelmente impressionada, e os pais do menino, claro, orgulhosos. Eles explicaram que, apesar de haver no livro elementos não apropriados para uma criança, eles acharam que, justamente por ser tão novo, ele não se daria conta das implicações do "crime" pelo qual Tom Robinson estava sendo julgado. Aparentemente, foi o próprio Oscar que pediu para ler o livro.

Faturamento total £245,49
19 clientes

SEGUNDA-FEIRA, 20 DE OUTUBRO

Pedidos online: 2
Livros encontrados: 1

Nicky veio hoje para que eu pudesse levar Anna a Dumfries para pegar o trem para Londres, onde vai participar de algumas reuniões. Depois disso ela irá para os Estados Unidos para trabalhar em um filme para o qual uma de suas amigas arrecadou fundos. Quando voltei para a loja, descobri que o viajante que me vendeu a mesa de centro em forma de livro gigante estivera lá para comprar nosso exemplar de *The Tinkler-Gypsies*. Ele pediu um desconto, mas Nicky foi irredutível.

Chegaram mais três cartões-postais anônimos hoje, todos com fatos relacionados a livros.

Hoje entrou em vigor na Escócia uma lei que torna compulsório cobrar 5 *pence* dos clientes que quiserem uma sacola. A multa para quem não cobrar é de 10 mil libras no máximo. Isso talvez explique por que faz um bom tempo que não vejo o representante da Marshall Wilson.

Marshall Wilson é uma empresa sediada em Glasgow da qual comprávamos sacolas para a loja. O representante vinha de três em três meses, embora mesmo antes que essa legislação fosse discutida pela primeira vez eu tenha notado um acentuado declínio no número de clientes que pediam sacola, e também na frequência das visitas dele. Em 2001, quando comprei a loja, eu nem perguntava aos clientes se queriam, colocava sempre os livros numa sacola. Ao longo dos anos, porém, isso mudou, e agora, quando pergunto se querem, é mais ou menos meio a meio os que dizem sim e os que dizem que não precisa. Será interessante ver como isso vai afetar a demanda por sacolas plásticas. Eu sinto certo grau de empatia pelos funcionários da Marshall Wilson, cujos empregos provavelmente estão em jogo agora. Suponho que uma legislação bem-intencionada possa ter uma consequência não intencional em uma empresa pequena cujo negócio seja relacionado ao produto em questão. Se o IVA dos livros aumentasse de zero para vinte por cento, provavelmente teria um efeito bastante prejudicial no comércio, da mesma forma que o imposto de 5 *pence* impactou a indústria das sacolas plásticas.

Faturamento total £250
23 clientes

TERÇA-FEIRA, 21 DE OUTUBRO

Pedidos online: 3
Livros encontrados: 3

O primeiro cliente do dia trouxe uma caixa de livros para vender, entre os quais se encontrava um exemplar de *Biggles Takes it Rough*.

Kate, do correio, trouxe a correspondência às 11h. Vieram mais dois cartões-postais anônimos. Pedi a ela para avisar Wilma que tenho seis sacolas de livros do clube para retirar, e se ela poderia pedir ao carteiro para vir buscar no final do dia.

Uma mulher passou cerca de dez minutos perambulando pela loja, olhando, e depois me contou que era uma bibliotecária aposentada. Tenho a impressão de que ela achou que isso seria uma espécie de vínculo entre nós. Mas não é. De modo geral, livreiros não gostam de bibliotecários. Para conseguir um bom preço por um livro, ele tem de estar em bom estado, e não há nada que os bibliotecários gostem mais do que pegar um livro em perfeito estado e cobri-lo de selos e adesivos antes de – sem ironia – encapá-lo com plástico para protegê-lo. A ignomínia final para um livro que passou pelos cuidados duvidosos de uma biblioteca pública é o papel de revestimento da capa ser arrancado e um selo de "DESCARTE" ser colado na página de rosto antes de ele finalmente ficar disponível para venda numa liquidação qualquer. O valor de um livro que passou por um sistema bibliotecário é normalmente menos que um quarto de um que não passou.

O carteiro veio às 16h30 e retirou as sacolas de livros para o Random Book Cub.

Pouco antes de eu fechar a loja, recebi duas ligações, a primeira de um vigário aposentado de Durham com aproximadamente mil livros sobre teologia. Agendei para ir lá na sexta-feira. A segunda ligação foi de uma moça cujos pais moravam em Newton Stewart. A mãe dela, viúva, faleceu no verão, e a casa vai ser posta à venda na semana que vem. Ela está vindo de Londres e precisa se desfazer dos livros até amanhã à noite.

Faturamento total £166,99
17 clientes

QUARTA-FEIRA, 22 DE OUTUBRO

Pedidos online: 2
Livros encontrados: 2

Nicky veio; então, logo depois que ela chegou, fui até a casa em Newton Stewart. Havia uma boa quantidade de material histórico. Esvaziar aquela casa obviamente será uma tarefa árdua; está cheia de móveis baratos e não vê um aspirador há uns dois anos.

Normalmente, Nicky trabalha às sextas e sábados, e, quando os estudantes que trabalham nas férias de verão voltam para a universidade, eu fico sozinho na loja durante a semana, mas ela é bastante prestativa e flexível, e vem nos dias em que tenho algum compromisso fora.

Tanto Nicky quanto eu, continuamente, nos esquecemos de cobrar os clientes pelas sacolas. Decidimos corrigir isso não mais oferecendo sacola e esperar que eles peçam.

Nicky atendeu uma ligação de um homem de Lochmaben que tem livros para vender. Marquei para ir lá na segunda-feira no final do dia.

Faturamento total £203,55
14 clientes

QUINTA-FEIRA, 23 DE OUTUBRO

Pedidos online: 6
Livros encontrados: 4

Um dos pedidos não encontrados nesta manhã foi *Alien Sex: The Body and Desire in Cinema*. Bethan tinha cadastrado o livro na seção de teologia.

Passei boa parte do dia checando os preços do nosso estoque de livros antigos para certificar que fôssemos os mais baratos online. Na maioria dos casos, quando originalmente cadastramos os livros no Monsoon, nós reduzíamos a concorrência, a menos que os outros exemplares fossem ex-biblioteca ou estivessem em mau estado. Se vendermos nosso estoque online por um preço fixo, garantimos ser os mais baratos disponíveis. Só os exemplares mais baratos são vendidos. É comum acontecer de um concorrente baixar ainda mais o preço logo em seguida, mas, a não ser que voltemos ao sistema para verificar, não temos como saber disso, e, se o nosso exemplar não for o mais barato, ele não será vendido. Quase todo o estoque de antigos que temos está agora abaixo da concorrência, não só por outros exemplares antigos, mas por impressão sob demanda. Quando um livro não possui mais direitos autorais, qualquer um pode mandar imprimi-lo.

Até relativamente pouco tempo atrás, isso envolvia escanear ou redigitar o livro e imprimir algumas centenas (ou milhares) de exemplares, o que envolvia custo e também risco financeiro, então a maioria dos livros antigos que eram reimpressos era de livros de história local, porque era mais provável que fossem vendidos naquela localidade. Nos primeiros anos deste século, porém, surgiu a tecnologia por meio da qual qualquer pessoa com uma impressora POD pode imprimir cópias de livros esgotados a um custo relativamente baixo. A consequência disso é que uma procura por um livro raro na AbeBooks e em vários outros sites resultará em inúmeras cópias baratas de livros que não existem até que um cliente faça o pedido. Isso impulsionou os valores do que antes eram livros raros, já que o vendedor agora está competindo em um mercado inundado de reimpressões, bem como agora contamos com clientes que desejam o livro original pelo livro em si, e não pelas informações que ele contém. Some-se a isso o projeto Google Books, que planeja digitalizar e disponibilizar cópias dos cerca de cento e trinta milhões de títulos exclusivos que se estima que existam na história da publicação de livros, e tem-se aí um coquetel letal para aqueles poucos de nós que ainda restam no comércio de livros usados.

Faturamento total £852,50
9 clientes

SEXTA-FEIRA, 24 DE OUTUBRO

Pedidos online: 2
Livros encontrados: 1

Nicky chegou com uma substância que não parecia comestível.
– Bomba de chocolate. Uma delícia!
E assim começou mais uma sexta-feira gastronômica.
Às 9h15 eu estava saindo para ir a County Durham conhecer a biblioteca de teologia quando Nicky se lembrou de me dizer que o pastor tinha

telefonado na quarta-feira avisando que já havia vendido os livros para outra pessoa.

Diana, a amiga de Anna, mandou um e-mail dizendo que sua filha Eva, de catorze anos, vai chegar a Dumfries na segunda-feira à tarde para um período de experiência de uma semana. Eu tinha me esquecido completamente de que havia concordado em ficar com ela nesta semana, mas me lembro dela como um encanto de menina, então espero que tudo corra bem.

Uma cliente me perguntou se posso ajudá-la a encontrar presentes de Natal para suas quatro filhas, mas não me disse quais eram as preferências delas nem quanto pretendia gastar, e, como não conheço as meninas, eu não tinha ideia do que sugerir, apesar de ter ficado extremamente grato por ela decidir comprar os presentes em uma loja de livros usados. Acabei recomendando Philip Pullman e C.S. Lewis, cujas obras têm um apelo para pré-adolescentes e costumam agradar.

Houve uma considerável diminuição no número de pessoas que pedem sacola, embora os clientes ingleses pareçam afrontados quando cobramos os 5 *pence*. Acho que eles não sabem que agora é uma exigência legal e pensam que estão sendo explorados por escoceses gananciosos.

Um professor aposentado do vilarejo vizinho de Garlieston trouxe algumas caixas de livros, a maioria livros de ficção em péssimo estado, mas encontrei alguns bem interessantes sobre hipismo, e paguei 20 libras por eles.

Terminei de ler *Sequestrado*. Era uma edição relativamente antiga, com uma capa pitoresca, então o coloquei de volta na prateleira. É um título que sempre vende rápido.

Faturamento total £149,39
16 clientes

SÁBADO, 25 DE OUTUBRO

Pedidos online: 2
Livros encontrados: 1

Nicky dormiu aqui nesta noite e abriu a loja.

Captain passou a tarde dormindo em uma caixa de papelão vazia na sala escocesa, para deleite dos clientes.

Faturamento total £170,99

12 clientes

SEGUNDA-FEIRA, 27 DE OUTUBRO

Pedidos online: 6

Livros encontrados: 5

Nicky veio de novo, e Kate trouxe mais três cartões-postais anônimos. O telefone tocou às 9h05.

– The Book Shop, bom dia.

– Ah, alô... Vocês abrem hoje?

O primeiro cliente do dia foi um homem com um cavanhaque que parecia pretender ser à Rolf Harris e um tom de voz autoritário:

– Vocês têm livros da Folio Society? Já ouviu falar da Folio Society, não é?

Isso é o mesmo que perguntar a um fazendeiro se ele sabe o que é um trator, então eu disse a ele que sim, que já ouvi falar da Folio Society e que tenho um estoque de cerca de 300 livros publicados por eles. Ele comprou dois dos mais lindamente ilustrados títulos da Folio, *Heart of Darkness* e *Lord of the Flies*. Ao sair, pediu desculpas pelo tom anterior, explicando que nas três últimas livrarias onde estivera ninguém fazia ideia do que era Folio Society[27].

Depois do almoço, fui a Dumfries para uma consulta com um especialista em coluna, marcada para as 15h15, depois peguei Eva na estação

---

[27] The Folio Society é uma editora privada com sede em Londres, fundada por Charles Ede em 1947 e incorporada em 1971. Ela produz edições de capa dura ilustradas de livros clássicos de ficção e não ficção, poesia e títulos infantis. Fonte: Wikipedia. (N.T.)

de trem. Ela vai ficar aqui até sexta-feira. Depois de pegá-la, fomos até Lochmaben para ver uns livros em um chalé. A maioria era de livros de bolso, principalmente ficção policial violenta. O homem está vendendo os livros porque a esposa está com câncer avançado e vai morar em uma casa de repouso. Ele comprou um pequeno apartamento perto, para poder ir vê-la todos os dias, mas não tem espaço para os livros. Paguei a ele 40 libras por sessenta livros mais ou menos.

Na van, no caminho de volta, Eva ficou curiosa para saber a respeito de adquirir estoque e quais fatores determinam quais livros comprar e quanto pagar por eles. Tentei explicar da melhor maneira possível, mas isso me levou a refletir sobre como o processo é complexo. Não há uma regra, a regra é você quem faz.

Mandei um e-mail para Flo de manhã para ver se ela pode vir amanhã por algumas horas, de modo que Eva tenha uma companhia com idade mais próxima da sua. Consegui arranjar para ela trabalhar no escritório do festival na quarta-feira (sugestão de Anna), para uma mudança de cenário.

Faturamento total £205,90
27 clientes

TERÇA-FEIRA, 28 DE OUTUBRO

Pedidos online: 2
Livros encontrados: 1

Eva apareceu às 11h. Como faço com todos os novos funcionários, pedi a ela para fazer uma ronda na loja e organizar as prateleiras para se familiarizar com o layout da loja.

Kate, do correio, entregou de manhã um cartão-postal com os seguintes dizeres no verso: "Cuidado com esse gentil boa-noite, mais um uísque duplo poderá ser um açoite". A tendência dos cartões-postais anônimos parece estar ganhando impulso. O carimbo do correio era de Edimburgo.

Flo chegou por volta das 15h e ensinou a Eva alguns maus hábitos, incluindo a importância de ser grossa comigo e ignorar todas as minhas instruções. Felizmente, Eva é uma menina de boa índole e bem-educada demais para seguir o exemplo selvagem de Flo.

Faturamento total £314,46

30 clientes

QUARTA-FEIRA, 29 DE OUTUBRO

Pedidos online: 1

Livros encontrados: 1

Eva passou o dia no escritório do festival. Ela voltou na hora do almoço, exausta depois de uma manhã de cadastramento de dados, depois voltou para uma tarde de mais do mesmo. Quando ela retornou para a loja às 17h, me disse que tinha quase entrado em "coma tedioso".

Kate entregou mais quatro cartões-postais anônimos.

Uma cliente à procura de livros sobre cães não parava de falar enquanto eu tentava conduzi-la até a seção correta. Por fim desisti e cronometrei por quanto tempo ela continuou falando: 2m43s.

Depois que fechei a loja, fui caminhar um pouco com Eva para mostrar a ela os pontos mais interessantes da cidade, incluindo os túmulos dos mártires, o poço medieval e o monumento em Windy Hill.

Faturamento total £106

26 clientes

QUINTA-FEIRA, 30 DE OUTUBRO

Pedidos online: 6
Livros encontrados: 4

Na correspondência de hoje havia mais quatro cartões-postais anônimos, um deles com uma citação de *The Meaning of Liff*, um livro no qual Douglas Adams e John Lloyd reuniram uma variedade de topônimos britânicos e atribuíram significados a eles, como em um dicionário. A frase era: "Moranjie (adj.) Ligeiramente nervoso que uma determinada caixa de correio 'não funcione' ao se postar uma carta importante". Mas acho que a minha definição favorita em *The Meaning of Liff* é "Mavis Enderby (subst.) Aquela namorada do seu passado distante, quase esquecida, de quem sua esposa tem um ciúme e um ódio completamente irracionais".

Pouco depois que abri a loja, uma família de cinco pessoas entrou. O pai – usando um boné de beisebol e bebendo uma lata de Tizer[28] – perambulou pela loja murmurando repetidamente para si mesmo "livros de furões". Eu não sabia que ainda se encontrava Tizer para comprar.

Por volta das 13h, eu estava sentado atrás do balcão conversando com Eva, quando um homem grandalhão veio do fundo da loja com a esposa e se dirigiu para a porta da frente. Quando estavam saindo, a mulher perguntou:

– Vai comprar alguma coisa?

– Não, não vi nada que eu gostasse – ele respondeu.

Eva olhou para mim boquiaberta, depois me contou que o homem havia ficado sentado ao lado da lareira desde as 10h, folheando livros de uma pilha que ele mesmo havia acumulado. Desnecessário dizer que ele não se deu ao trabalho de colocar nenhum dos livros de volta nas prateleiras, uma tarefa que Eva e eu dividimos assim que ele saiu.

A mãe de Eva mandou um e-mail de manhã perguntando se Eva podia voltar para casa hoje à noite porque houve um imprevisto e eles terão de ficar fora por alguns dias. Então liguei para Flo e perguntei se ela podia

---

[28] Refrigerante cítrico de cor vermelha comercializado no Reino Unido. (N.T.)

vir ficar na loja no período da tarde. Surpreendentemente, ela concordou. Levei Eva para Dumfries a tempo de ela pegar o trem das 17h58. Foi triste vê-la partir; foi uma ótima companhia, com o inverno chegando e eu sozinho com o gato.

Faturamento total £292,99
32 clientes

SEXTA-FEIRA, 31 DE OUTUBRO

Pedidos online: 2
Livros encontrados: 1

Nicky veio.

De manhã, Kate entregou na correspondência um cartão de Halloween anônimo com a mensagem: "Ray Bradbury era descendente de uma das bruxas de Salem". Pedi a Nicky para avaliar os cartões que chegaram nesta semana e escolher um vencedor. Ela levou muito mais a sério do que eu imaginava, chegando a criar um sistema baseado em cinco critérios:

1. Ela teria de entender o texto no verso.
2. A imagem no cartão teria de estar relacionada ao texto no verso.
3. O cartão teria de ser reciclado.
4. Teria de fazê-la rir.
5. O texto precisaria ter alguma relação com literatura.

Logo antes de fechar, o senhor Deacon apareceu com duas mulheres que eu calculei terem metade da idade dele. Dessa vez ele não estava vestido com tanta elegância, e a camisa parecia ter adquirido um impressionante novo padrão de manchas. Presumo que ele use a mesma camisa para funerais e para jardinagem. Ele comprou um exemplar de *King Charles II*, de

Antonia Fraser, depois apresentou as companheiras, que, segundo consta, eram suas filhas. As duas tinham visto meu vídeo atirando no Kindle, bem como o senhor Deacon, para minha surpresa. Eu não imaginava que ele fizesse uso de tecnologia, e que por isso ele comprava livros comigo em vez de na Amazon ou AbeBooks, mas parece que ele é bem familiarizado com computadores, apenas prefere apoiar as lojas físicas locais. Antes de conhecer as filhas dele, eu achava que o senhor Deacon fosse solteiro, e essa pequena visão de sua vida de alguma forma pareceu uma grande tela de informação, em comparação com o pouco que eu sabia sobre ele antes.

Depois do expediente, Tracy e eu fomos beber alguma coisa em homenagem ao término do contrato dela com a RSPB. A temporada de verão sentada na Sala das Águias-Pescadoras nos County Buildings, explicando às pessoas que não há águias-pescadoras no ninho, finalmente chegou ao fim.

Faturamento total £245,99
8 clientes

NOVEMBRO

Com uma boa argumentação e a quantidade certa de capital, qualquer pessoa com estudo deve ser capaz de ganhar a vida com uma livraria. A menos que a pessoa decida se especializar em livros "raros", não é um ofício difícil de aprender, e você começa com grande vantagem se conhecer o conteúdo dos livros. (A maioria dos livreiros não conhece. É possível ter uma noção disso dando uma olhada nos jornais comerciais da área onde eles publicam seus anúncios. Se você não encontrar um anúncio para *Declínio e Queda* de Boswell, é quase certo que encontrará um para *O Moinho à Margem do Rio* de T. S. Eliot.) Mas é um comércio humano que não pode ser vulgarizado além de um certo ponto.

George Orwell, *Bookshop Memories*

Se eram os livreiros que confundiam autores e títulos na época de Orwell, hoje são os clientes. Já me perguntaram várias vezes se eu tinha *1984* de Aldous Huxley, e não são raros os casos de clientes que pedem *Tom Jones* de Helen Fielding. Nicky me lembrou esses dias que *Homage to Catalonia*[29] já foi atribuído tanto a Ernest Hemingway como a Graham Greene, no mês

---

[29] Publicado no Brasil com o título *Memórias da luta contra os fascistas na Espanha*, de George Orwell, pela Principis, em 2021. (N.T.)

passado, por clientes. E os "jornais comerciais" aos quais Orwell se refere simplesmente desapareceram nesta era de internet. Quando comprei a loja, ainda havia negociações entre os livreiros, que entravam em contato uns com os outros para tentar rastrear um livro para um cliente, esse tipo de coisa. Hoje, é claro, os clientes não precisam mais de nós para rastrear títulos. Dois minutos online e eles já têm um exemplar a caminho. Uma vez ou outra ainda recebo a visita de um livreiro procurando alguma coisa, algo que valha a pena ou – se for de um ramo específico – vasculhando determinada seção para encontrar títulos que consideram necessários para manter um estoque de credibilidade, mas é raro. No início era comum; pelo menos uma vez por semana aparecia algum, que vinha até o balcão com uma pilha de livros, me entregava seu cartão de visita e recebia o desconto padrão de dez por cento. Hoje em dia, até os clientes esperam desconto, e geralmente bem mais de dez por cento. O fim do comércio "interno" entre livreiros acarretou também no fim da carreira dos revendedores que conheciam bem o mercado e os livreiros e percorriam as livrarias, carregando suas vans com estoques de livros que eles sabiam que poderiam vender com algum lucro a outros livreiros. Grande parte do estoque desses revendedores era topográfico – antes da internet, um livro sobre Galloway teria pouco valor em uma loja em Dorset, e vice-versa, então o comprador distribuía os livros de acordo com a localização geográfica. Hoje, com a Amazon, já não faz diferença. Quanto ao comércio ser "humano", sem dúvida era, mas a Amazon o tornou cruel.

SÁBADO, 1º DE NOVEMBRO

Pedidos online: 6
Livros encontrados: 6

Nicky passou a noite aqui e abriu a loja de manhã. Quando perguntei qual foi o cartão-postal vencedor do concurso, ela apontou para um que obviamente ela mesma havia escrito. Tinha até o selo do nosso correio, o Royal Mail:

> *"Cinderela!" Gritou a madrasta malvada de cabelos ruivos, sal-picando os clientes com saliva, "POR QUE o fogão está aceso e POR QUE essas 40 caixas de livros mofados estão empilhadas ordenada-mente e POR QUE você lidou com todos os pedidos com eficiência?" "Você me deixa LOUCO! Vá fazer uma sopa e dê ração para o gato." "E POR QUE todo esse dinheiro está na caixa?"*

Decidi ler a biografia que Andrew McNeillie escreveu sobre seu pai, John McNeillie, autor de *The Wigtown Plowman*[30], um romance publica-do em 1939 cuja descrição realista dos padrões de saneamento e higiene na Escócia rural revolucionou a assistência social no país. Andrew e eu somos amigos desde que comprei a loja, e estou curioso para ver como ele escreve e para ver o uso que ele fez de uma carta que seu pai havia escrito a um de seus leitores que encontrei em um livro e dei a ele como parte de seu material de pesquisa.

Faturamento total £233
15 clientes

SEGUNDA-FEIRA, 3 DE NOVEMBRO

Pedidos online: 7
Livros encontrados: 7

Cinco pedidos da AbeBooks, dois da Amazon.

---

[30] O lavrador de Wigtown. (N.T.)

Um cartão-postal chegou com a correspondência de hoje: "As paredes de livros ao redor dele, densas com o passado, formaram uma espécie de isolamento contra o mundo presente e seus desastres". Tinha um carimbo local. Kate, a carteira, deixou um bilhete do correio me dizendo que há um item cuja postagem não foi paga. Está no escritório de triagem em Newton Stewart. Vou buscá-lo amanhã.

Callum veio refazer a área do balcão. Vamos pôr um pórtico de carvalho que comprei em uma venda de móveis de fazenda na propriedade Buccleuch cerca de dez anos atrás. A intenção é formar uma barreira mais substancial para me proteger dos clientes.

Um homem na casa dos trinta anos, com uma barba exuberante, entrou e perguntou se estaríamos interessados em dois mil livros que ele tem em uma casa de fazenda nos arredores de Newton Stewart. Eu disse que sim; ele entrará em contato em breve. Assim que ele saiu, outro cliente perguntou:

– Tem banheiro aqui?

Eu disse a ele que não, mas que há um na prefeitura, bem no final da praça.

– Ah, que decepção... – ele respondeu. – E ainda por cima está chovendo!

Faturamento total £238
15 clientes

TERÇA-FEIRA, 4 DE NOVEMBRO

Pedidos online: 6
Livros encontrados: 5

Callum voltou às 9h para continuar a montagem do pórtico. Ele teve de desmontar parte do trabalho de ontem para colocar a placa de gesso.

SHAUN BYTHELL

Eliot chegou às 21h para a reunião do conselho desta semana. Acendi o fogo, e ele se sentou bem na frente, reclamando do frio que estava fazendo. Provavelmente, esse é o motivo pelo qual ele não tirou os sapatos no momento em que chegou à cozinha, como costuma fazer.

Faturamento total £82,50
8 clientes

QUARTA-FEIRA, 5 DE NOVEMBRO

Pedidos online: 2
Livros encontrados: 1

Acordei às 6h30 com o som de portas batendo e pisadas barulhentas, e me lembrei de que Eliot estava aqui, então voltei a dormir. Finalmente me levantei às 8h30 para escovar os dentes e vi que Eliot estava tomando banho, então desci para fazer o café da manhã. As roupas dele estavam espalhadas pelo chão da cozinha. Fiz uma xícara de chá, fui para a sala e encontrei as evidências do desjejum dele espalhadas sobre a mesa inteira – pratos, canecas, talheres, migalhas. Ele também tinha conseguido deixar o gato trancado lá dentro. Ele não faz essas coisas intencionalmente, e tenho certeza de que é porque sua mente está inundada com as informações que ele terá de apresentar ao conselho na reunião.

Hoje à tarde a senhora Phillips telefonou ("Tenho noventa e três anos e sou cega"), procurando um exemplar do livro *H is for Hawk*, de Helen Macdonald. Tínhamos uma cópia em estoque. Helen Macdonald foi uma das palestrantes do festival deste ano, e o evento dela foi um dos mais procurados.

Callum voltou depois do almoço para continuar trabalhando no balcão. Como ele estava embaixo do balcão, levou um susto com uma voz dizendo "Olá" e acabou soltando o martelo em um momento crítico, deixando-o

278

bater e quebrar o painel de vidro. O culpado era o senhor Deacon, que queria encomendar um exemplar de *Love in a Cold Climate*, de Nancy Mitford.

– Não é para mim esse tipo de livro. É para dar de presente para minha filha. Não leio ficção. A maior parte foi escrita para mulheres.

Tínhamos um exemplar na estante, então não precisei encomendar.

A loja está muito parada. Nenhum cliente após 11h45, além do senhor Deacon. O dia foi salvo por um pedido online de um *kit* de dois volumes de *Dom Quixote* que comprei em 15 de agosto na casa de campo em Haugh de Urr. Vendi por 400 libras, para um cliente do Japão.

Faturamento total £152,50
5 clientes

QUINTA-FEIRA, 6 DE NOVEMBRO

Pedidos online: 3
Livros encontrados: 2

Nenhum cartão-postal hoje.

Nicky perguntou se ela pode ter minha senha do Facebook para que possa atualizar com seu ponto de vista as cerca de mil pessoas que seguem as atualizações de status. Ela também me disse que tem um pedaço da nova área do balcão que Callum construiu que ela não gosta e que vai removê-lo na próxima vez que eu sair. Como sempre, não houve nenhuma explicação racional do motivo para querer tirar essa parte do balcão:

– Eu simplesmente não gosto.

A vencedora do concurso do cartão-postal anônimo da semana passada (o prêmio é um livro à escolha, no valor de até 20 libras) é de Londres, e o cartão diz: "'Você conhece Yeats? A loja de vinhos? Não, W. B. Yeats, o poeta…' – e, para haver assonância, errou na rima." Aparentemente, é uma citação de Willy Russell, que veio ao festival do livro há alguns anos.

Isabel veio fazer a contabilidade. Ela ficou bem impressionada com as novas espirais de livros.

Cheguei ao ponto em que Andrew McNeillie cita a carta que dei a ele na biografia de seu pai. Meu sobrenome é escrito incorretamente com frequência, mas a interpretação de Andrew é incomum: "Bithyll".

Faturamento total £88
5 clientes

SEXTA-FEIRA, 7 DE NOVEMBRO

Pedidos online: 3
Livros encontrados: 2

Ultimamente, um número significativo de clientes tem pedido romances de Terry Pratchett. Seu triste declínio com o mal de Alzheimer pode muito bem ter algo a ver com isso. Pratchett, assim como John Buchan, P.G. Wodehouse, E.F. Benson e muitos outros, é um autor cujos livros nunca consigo encontrar em número suficiente. Eles vendem muito rápido e geralmente em grandes quantidades. Em um único dia no ano passado, vendemos toda a seção Penguin Wodehouse, com mais de vinte livros, todos comprados por três clientes.

Faturamento total £198,77
15 clientes

SÁBADO, 8 DE NOVEMBRO

Pedidos online: 2
Livros encontrados: 1

Dia razoavelmente ocupado – passei grande parte do dia lendo a biografia do pai de Andrew McNeillie, *Ian Niall: Part of His Life*. Ian Niall era o pseudônimo de John McNeillie, e o título é uma referência à obra mais famosa de seu pai, *The Wigtown Ploughman: Part of His Life*.

Faturamento total £132,83

17 clientes

SEGUNDA-FEIRA, 10 DE NOVEMBRO

Pedidos online: 2

Livros encontrados: 1

Às 11h15, um cliente solicitou um exemplar de *Longe da multidão enlouquecedora*. Apesar das várias tentativas de explicar que o título do livro é, na verdade, *Longe da multidão enlouquecida*, ele se recusou resolutamente a aceitar que estivesse errado, mesmo quando a evidência incontestável de um exemplar do livro foi colocada no balcão, debaixo de seu nariz:

– Bem, a impressão saiu errada.

Apesar da natureza irritante dessa conversa, devo ser grato: ele me deu uma ideia para o título de minha autobiografia, caso eu tenha a chance de escrevê-la.

Grampeei os cartões-postais anônimos ao longo de uma das prateleiras da galeria, a sala no meio da loja que costumava ser usada para exibir pinturas na época em que John Carter era o proprietário. Ainda a chamamos de galeria, apesar do fato de não haver uma única pintura lá. Da mesma forma, há um *pub* em Wigtown que, por pelo menos cem anos, foi conhecido como The County Hotel. Quando foi vendido, há cerca de seis anos, os novos proprietários mudaram o nome para The Wigtown Ploughman.

Os moradores locais ainda se referem a ele como The County, e suspeito que sempre será chamado assim.

Faturamento total £57,99
6 clientes

TERÇA-FEIRA, 11 DE NOVEMBRO

Pedidos online: 3
Livros encontrados: 3

Estou ficando sem espaço para os cartões-postais anônimos e talvez tenha de começar a grampeá-los para Nicky.

Uma cliente veio ao balcão com *Highways and Byways in Galloway and Carrick*[31], de C.H. Dick, publicado em 1916 e encadernado em tecido azul com o título em letras douradas. Esse exemplar estava em bom estado e custava 16,50 libras. Quando lhe pedi o dinheiro, a cliente, uma senhora idosa e elegante, gritou:

– Dezesseis libras e meia?! Isso é um roubo em plena luz do dia, não vou pagar isso por um livro velho.

Eu a segui até a porta e observei enquanto ela entrava em seu Range Rover novo e partia.

Highways and Byways é realmente uma visão maravilhosa da região cem anos atrás. Surpreendentemente, pouca coisa mudou por aqui desde então. Especialmente o fato de que – como Dick observou – a "região permaneceu desconhecida para o mundo por mais tempo do que qualquer outra parte da Escócia, com a possível exceção da ilha de Rockall".

Faturamento total £125,03
7 clientes

---

[31] Rodovias e desvios em Galloway e Carrick. (N.T.)

QUARTA-FEIRA, 12 DE NOVEMBRO

Pedidos online: 2
Livros encontrados: 2

Um dos pedidos online foi da edição Penguin de Huxley, *Eyeless in Gaza*, um livro que eu nem sabia que tínhamos em estoque.

Pouco antes do almoço, um cliente trouxe quatro caixas de livros sujos e mal conservados. Escolhi e ofereci 15 libras por eles. Ele começou a reclamar que 15 libras não cobriam nem mesmo o custo da gasolina que ele havia gastado para dirigir até aqui. Quando eu disse que não pedi a ele para trazer livro algum e nem mesmo sabia que ele viria, ele continuou a reclamar até que finalmente saiu, resmungando que tinha uma grande biblioteca de livros raros que ele "certamente não iria trazer para vender neste estabelecimento".

O inverno está mesmo chegando, e a loja está notavelmente mais fria do que há algumas semanas, apesar de o aquecimento estar ligado e o fogão a lenha da loja estar sendo usado todos os dias desde o início de outubro.

Faturamento total £67,95
7 clientes

QUINTA-FEIRA, 13 DE NOVEMBRO

Pedidos online: 4
Livros encontrados: 2

Desci correndo as escadas às 8h55 para atender o telefone, que já estava tocando insistentemente. No caminho, consegui derramar chá na minha virilha inteira. Cheguei ao telefone para escutar:

– Você sabe a que horas sai o próximo ônibus de Newton Stewart para Wigtown?

Escrevi pedidos de desculpas bajuladores aos dois clientes da Amazon cujos pedidos não consegui encontrar, na esperança de evitar um feedback negativo.

Enquanto tentava colocar um pôster do Random Book Club na loja, percebi que a pistola de grampos não estava funcionando, então testei em minha mão, momento em que ela decidiu funcionar.

Faturamento total £34,50
3 clientes

SEXTA-FEIRA, 14 DE NOVEMBRO

Pedidos online: 4
Livros encontrados: 3

Nicky chegou mais cedo e radiante, com algumas panquecas horríveis do Morrisons. Ela invadiu o Facebook da loja e postou o seguinte:

Ofertas de hoje!
Você sempre quis aquela cópia de *The Fly-Fisher's Entomology* com Marlow Buzz pintado à mão, *Little Yellow May Dun*, etc., mas simplesmente não tinha 70 libras disponíveis? Bem, este fim de semana eles podem ser seus! Vamos TROCAR!
Lenha, uísque, galinhas, pôneis, aceitamos tudo em troca dos livros! Traga o que tiver!

Um garotinho, que devia ter uns cinco anos, veio sozinho e perguntou se poderíamos ajudá-lo a encontrar um presente de aniversário para a mãe. Ele tinha 4 libras. Ao perguntarmos, descobrimos que ela gosta de jardinagem, então encontramos para ele um livro sobre jardinagem em vasos ao preço de 6 libras. Nicky vendeu a ele por 4.

Depois do almoço, dirigi até Rhonehouse, perto de Castle Douglas, para ver uma coleção de livros que a viúva de um pastor aposentado da Igreja da Escócia estava vendendo. Cheguei às 14h e conheci a mulher e seu filho, um homem alguns anos mais novo que eu, que voltou de Edimburgo para ajudar a cuidar da mãe na velhice. Ela fez chá para nós, depois me conduziu até a sala de jantar, onde havia colocado todos os livros – com a lombada para cima – sobre a mesa de jantar. Enquanto estava falando sobre eles, ela soltou um flato que pareceu um apito extremamente alto, que ela sustentou por alguns segundos. Pouco depois, ela saiu para o jardim, momento em que o filho entrou na sala, claramente detectou o odor e me lançou o pior dos olhares.

Saí com quatro caixas de livros de teologia e a reputação de flatulento.

Faturamento total £105,90
11 clientes

SÁBADO, 15 DE NOVEMBRO

Pedidos online: 2
Livros encontrados: 2

Nicky ficou aqui nesta noite e abriu a loja de manhã.
Primeira ligação do dia:

Pessoa: – Estou ligando apenas para confirmar o seu anúncio na *Publicação de prevenção ao crime*. Colocamos você em um anúncio de um quarto de página. Você concordou com isso quando se inscreveu em agosto.

Eu: – Não me lembro de nenhuma conversa desse tipo e nunca faria propaganda em algo chamado *Publicação de prevenção ao crime*. Parece que você acabou de inventar isso.

Pessoa: – Mas você concordou, em agosto; está tudo escrito aqui.

Eu: – Acho que não. Qual é o seu número? Vou verificar e te ligo de volta.

A pessoa desligou.

Ah, a ironia… Golpe usando a *Publicação de prevenção ao crime*. Esse tipo de ligação acontece umas duas vezes por ano. Algumas vezes, a publicação que supostamente concordei em patrocinar era algo como *Seja bom com crianças doentes*.

Faturamento total £145,98

20 clientes

SEGUNDA-FEIRA, 17 DE NOVEMBRO

Pedidos online: 3

Livros encontrados: 2

Nicky veio hoje. Fui de carro até Lockerbie e de lá peguei o trem para Edimburgo para uma participar de uma reunião na Biblioteca Nacional da Escócia, na qual será discutida a possibilidade de usar suas gravações de domínio público para criar uma estação de rádio para a qual as empresas paguem uma taxa módica e assim evitem as multas punitivas impostas pela PPL (Phonographic Performance Limited) e pela PRS (Performing Right Society), duas organizações cuja *raison d'être* parece ser extrair dinheiro de qualquer um que toque música gravada no local de trabalho.

No trem, sentei-me perto de um grupo de pessoas, incluindo um homem que tinha um Kindle. Ele passou uma hora doutrinando seus companheiros boquiabertos sobre as maravilhas do dispositivo, em um tom de voz consideravelmente alto, enquanto todos os demais, inclusive eu, tentávamos – em vão – ler algum livro, revista ou jornal. Até que, em dado momento, sem ironia, ele se saiu com esta:

– Obviamente, não é possível ler se alguém no ambiente estiver falando.

Todas as cabeças no vagão se viraram para ele ao mesmo tempo, com uma carranca coletiva.

Postagem de Nicky no Facebook hoje:

Fiquei bastante incomodada ontem... Vendi grande parte do nosso melhor estoque para um cliente novo da Alemanha, as prateleiras estão parecendo vazias!

A cliente do dia tinha que ser mulher, junto com a filha adulta, que manuseou todo o nosso estoque de livros antigos e deixou um cair no chão, dobrando os cantos da capa de couro. Depois, quando ela perguntou se tínhamos algum livro de Steinbeck ("Sim, temos sim", sorriso largo, o cliente sempre tem razão), ela espirrou EM CIMA DE MIM!

Não, ela não comprou nada.

Passei a noite em Edimburgo com minha irmã Lulu e família.

Faturamento total £170,99

14 clientes

TERÇA-FEIRA, 18 DE NOVEMBRO

Pedidos online: 3

Livros encontrados: 3

Saí de Edimburgo às 10h. Nicky estava na loja, e pedi a ela para empacotar os livros para o Random Book Club. Cheguei em casa logo depois da hora do almoço e, para minha surpresa, ela já tinha combinado com o carteiro para retirar as sete sacolas.

Vasculhando caixas, encontrei um antigo guia de Wigtownshire que continha um anúncio da loja quando era uma mercearia, nos anos 1950. De vez em quando vem uma ou outra pessoa à loja para me contar que antigamente a loja era uma mercearia chamada Pauling's, na época em que essas pessoas moravam em Wigtown, ou para contar que são parentes dos ex-donos.

Faturamento total £90,50

5 clientes

QUARTA-FEIRA, 19 DE NOVEMBRO

Pedidos online: 5

Livros encontrados: 3

Às 11h, um adolescente desengonçado se aproximou do balcão e colocou na minha frente uma edição de bolso de *O apanhador no campo de centeio*, juntamente com as duas libras e meia que era o preço do livro. Poucos livros me afetaram tanto quanto esse quando eu tinha a idade daquele garoto e passava pela tortuosa transição para a idade adulta. O retrato que Salinger faz do desengajamento de Holden Caulfield do mundo no qual ele é forçado a viver deve ter ressoado na mente de milhões de leitores adolescentes ao longo das décadas, desde a primeira publicação em 1951.

Faturamento total £48

9 clientes

QUINTA-FEIRA, 20 DE NOVEMBRO

Pedidos online: 3
Livros encontrados: 3

Nicky veio e cadastrou os livros de Rhonehouse. Está fazendo um mês que a cobrança de 5 *pence* por sacola entrou em vigor, e Nicky calculou que a quantidade de pessoas que pedem sacola caiu de cerca de cinquenta por cento para dez por cento.

Faturamento total £149
10 clientes

SEXTA-FEIRA, 21 DE NOVEMBRO

Pedidos online: 2
Livros encontrados: 2

Nicky tomou gosto por postar regularmente no Facebook. Esta foi a postagem de hoje:

Os clientes reclamaram do CALOR ontem quando acendemos o fogão e queimamos os livros de que não gostamos, ou melhor, que não queremos, ou seja, aqueles que não dão o devido destaque às marcas de discurso. Portanto, nada mais de Roddy Doyle e Irvine Welsh... Que pena!
Quem gostaria de nomear algum livro para ser queimado hoje?

A guloseima da sexta-feira gastronômica hoje foi um pacote de pãezinhos de aveia vencidos.

O senhor Deacon veio encomendar um livro, mas não conseguiu achar o pedaço de papel onde havia anotado o título.

Em um momento de tédio, cheguei à conclusão de que postamos mais de uma tonelada de livros este ano. Não admira que eu tenha de me sentar antes de abrir a fatura do correio.

Faturamento total £57,30
5 clientes

SÁBADO, 22 DE NOVEMBRO

Pedidos online: 3
Livros encontrados: 1

Nicky veio, então fui almoçar no Steam Packet em Isle of Whithorn com alguns amigos. Voltei no meio da tarde para descobrir que ela havia decidido forrar a parede ao lado da seção infantil com figuras de animais selvagens que ela recortou de uma enciclopédia.

Que desespero… Ela faz suas próprias leis.

O senhor Deacon ligou. Ele quer um exemplar de *Declínio e Queda*, de Evelyn Waugh. Quando comentei que ele havia me dito que ficção é para mulheres, ele respondeu:

– A maior parte, mas não tudo.

Uma cliente veio de carro de Ayr até a loja trazendo duas caixas de livros para vender. A maioria era de guias vitorianos para viajar pela Europa, mas não estavam em muito bom estado. Ela os tinha comprado por engano em um leilão, achando que estava dando lance para um samovar. Dei a ela 200 libras, e ela me garantiu que isso lhe dava lucro suficiente para fazer a viagem ter valido a pena.

Nicky, ao sair no final do dia:
– Tive uma ideia, por que não transformamos a loja em uma discoteca?

Faturamento total £345,99
19 clientes

SEGUNDA-FEIRA, 24 DE NOVEMBRO

Pedidos online: 5
Livros encontrados: 4

Ontem tive a experiência um tanto constrangedora de acordar depois de um cochilo, descer para a cozinha, preparar uma xícara de chá e ir para a sala com o roupão todo aberto na frente para me deparar com o limpador de janelas no alto de sua escada olhando para dentro da sala. Eu bati em retirada. Nenhum de nós dois tocou no assunto hoje de manhã quando ele veio buscar suas 5 libras.

Um cliente foi até o balcão com um livro de história da Escócia, com capa de couro, datado de 1817. Ele mostrou o preço de 1,50 libra escrito a lápis no forro da capa, que claramente não era o preço correto. Verifiquei em nossa base de dados, e o preço era 75 libras, e o nosso exemplar era o mais barato cadastrado online. Eu disse a ele que não tinha como vender por 1 libra, e ele saiu pisando duro. Mais tarde Nicky me contou que o havia visto escrevendo alguma coisa em um livro na loja e que suspeitava que ele tivesse removido nossa etiqueta e escrito aquele preço. Anos atrás, um notório livreiro visitava regularmente as livrarias de Wigtown e esperava até ver um rosto novo atrás do balcão – de alguém que ele achasse que sabia menos que ele – e então apagava os preços anotados a lápis em livros raros e colocava outros bem mais baixos. Até onde eu sei, ele já morreu.

Os últimos clientes do dia – um jovem casal que comprou alguns livros de ficção científica – me disseram que passam as férias visitando sebos em todo o Reino Unido. Um raio de esperança ainda cintila para nós.

Faturamento total £78

7 clientes

TERÇA-FEIRA, 25 DE NOVEMBRO

Pedidos online: 7

Livros encontrados: 4

Esqueci de ligar o despertador e perdi a hora. Abri a loja às 10h para descobrir que a aula de arte das senhoras deveria ter começado às 9h30 e que elas estavam lá fora esperando, tremendo de frio.

Faturamento total £64

3 clientes

QUARTA-FEIRA, 26 DE NOVEMBRO

Pedidos online: 2

Livros encontrados: 1

Declínio e Queda chegou hoje de manhã pelo correio, então liguei para o senhor Deacon, avisando.

Sandy, o pagão tatuado, veio com um amigo. Ele deixou seis bengalas e levou um livro sobre mitologia celta.

Às 16h, veio um cliente trazendo uma caixa de livros de bolso de ficção que incluíam um exemplar do brilhante *Ensaio sobre a Cegueira*, de José Saramago, e um de *Pereira Maintains*, de Antonio Tabucchi. Ambos os livros me foram dados de presente tempos atrás por um amigo italiano que se dizia horrorizado com minha ignorância da ficção contemporânea. Gostei imensamente de *Pereira Maintains*, mas *Ensaio sobre a Cegueira* é impressionante. São poucos os livros com os quais me envolvi de modo tão profundo e dos quais – ironicamente – tive uma visualização tão clara. A imundície e o caos patético de um mundo onde todos ficaram cegos, a fragilidade do contrato social e a rápida desintegração da sociedade sucedendo a perda de um único sentido são tão vividamente retratadas por Saramago que o leitor se sente envolvido como se fosse um personagem da história em vez de um observador e, assim como *Memórias e Confissões Íntimas de um Pecador Justificado*, de James Hogg, lhe dá um pontapé no final, fazendo mais perguntas sobre o mundo ao redor.

Faturamento total £90,55
9 clientes

QUINTA-FEIRA, 27 DE NOVEMBRO

Pedidos online: 8
Livros encontrados: 6

A árvore de Natal foi montada na praça hoje.

Um grupo de três mulheres russas entrou na loja, e uma delas (claramente a única que falava inglês) perguntou se tínhamos livros no idioma russo. Ela pareceu ficar genuinamente surpresa ao saber que tínhamos alguns, mas nenhuma das três comprou nada.

Recebemos um pedido pela AbeBooks nesta tarde de um cliente da Irlanda. Era para uma coleção de oito volumes que anteriormente havia sido anunciada no Monsoon com preço errado:

Título: *European History: Great Leaders & Landmarks*
Autor: Rev. H.J. Chaytor, William Collinge, Walter Murray
Preço: £3,48
Frete: £8,85
Total: £12,33

O peso total da coleção é 8,2 quilos, o que arrecadaria na postagem para a Irlanda em 88 libras. Enviei um e-mail para o cliente e expliquei a situação.

Três pessoas, independentes uma das outras, perguntaram:
– Você compra livros?

Um homem trouxe três livros do Harry Potter e muito ponderadamente os mostrou para mim, ressaltando o fato de que um deles era primeira edição. Quando expliquei que os livros recentes de Harry Potter tinham tiragens tão numerosas que eram praticamente sem valor, ele rapidamente o colocou de volta na sacola onde havia trazido os livros e foi embora. Acho que não acreditou em mim.

Quando eu estava fechando a loja, fui contemplado com a extraordinária visão do senhor Deacon correndo na direção da loja como somente um homem de meia-idade acima do peso consegue fazer. As abas do paletó (de um tamanho um pouco pequeno para ele) balançando e os cabelos no novo penteado erguidos para cima e divididos ao meio, lembrando um par de asas vestigiais e a barbatana dorsal de um peixe-vela: a primeira impulsionando-o para a frente, a segunda orientando a direção. Claramente, ele estava apressado para chegar antes de a loja fechar. Segurei a porta aberta para ele, ele pagou pelo livro e saiu ofegante de volta para o lusco-fusco.

Faturamento total £88,99
6 clientes

SEXTA-FEIRA, 28 DE NOVEMBRO

Pedidos online: 1
Livros encontrados: 1

Nicky chegou às 9h15, como de costume. Sem preâmbulos, ela me estendeu uma bandeja plástica do que, alguns dias antes, poderia parecer algo comestível e perguntou:

– Quer um *roll* de canela?

A etiqueta anunciando a redução de preço para 27 *pence* estava claramente visível.

– Quero sim, Nicky, obrigado.

Quando eu ia pegar um, ela afastou minha mão e disse:

– Eu não pegaria esse. Eu lambi a cobertura enquanto vinha para cá.

O único pedido de hoje foi de um livro intitulado *A Toast-Fag*.

Quando eu estava colocando preço nos livros das várias caixas, de várias compras que fiz, empilhadas na loja, achei um exemplar de *The Restraint of Beasts*, de Magnus Mills. Finn me recomendou esse livro, então o separei e vou começar a ler quando tiver tempo.

Nicky decidiu dormir aqui nesta noite para podermos beber e fofocar. Como era de se prever, ambos bebemos além da conta. Ofereci a ela uma garrafa de Corncrake Ale, e ela me disse que não gosta de nenhuma cerveja com nome de ave. Esse é o tipo de lógica que ela aplica a toda tomada de decisão que precisa fazer.

Faturamento total £62,50
5 clientes

SÁBADO, 29 DE NOVEMBRO

Pedidos online: 1
Livros encontrados: 1

Nicky abriu a loja, então me levantei um pouco mais tarde.

O pedido de hoje foi para um livro intitulado *A Young Man's Passage*, de Mark Teller. Julian Clary usou o mesmo título para sua autobiografia, mas não posso imaginar que o tenha escolhido pelos mesmos motivos.

Quando Nicky e eu estávamos abastecendo as prateleiras com estoque novo, nós dois comentamos ao mesmo tempo (quando entramos na galeria) que estava extremamente frio lá dentro. E o fogo estava aceso. Desde que instalamos o aquecedor ao pé da escada no ano passado, a galeria passou de cômodo mais quente da loja a mais frio, provavelmente por causa da parede de pedra sem forro nem isolamento, então liguei para Callum para ver o que ele acha disso. Ele disse que virá dar uma olhada.

Faturamento total £100
10 clientes

DEZEMBRO

Na época de Natal, passávamos dez dias agitados às voltas com cartões de Natal e calendários, que são itens cansativos de vender, mas um bom negócio no final do ano. Eu achava interessante ver o cinismo brutal com que o sentimento cristão é explorado. Os representantes dos fabricantes de cartões de Natal costumavam aparecer com seus catálogos já em junho. Me lembro até hoje de uma frase em uma fatura: "2 dz. Menino Jesus com coelhinhos".

George Orwell, *Bookshop Memories*

O Natal e os preparativos para a comemoração são possivelmente a época mais tranquila na loja. O negócio é tão dependente da circulação de turistas – que são muito poucos no mês de dezembro – que quase seria melhor fechar a loja entre novembro e março. As poucas pessoas que presenteiam alguém com livros usados no Natal normalmente são excêntricas, então vale a pena abrir unicamente pelo entretenimento que essas personagens proporcionam. São os clientes mais interessantes. E não adiantaria fechar; se a loja não abrisse, seria um desapontamento para aqueles poucos que se aventuram na Galloway rural nos meses de inverno e que muito pouco provavelmente retornariam em outra ocasião. Uma vez ou outra eles gastam algum dinheiro, e os dias curtos e frios de inverno oferecem poucas opções de atividade, e menos ainda com a loja fechada, então é melhor abrir e vender pouco do que fechar e não vender nada. Uma semana em que certamente vale a pena abrir é entre o Natal e o dia 31 – é a semana em que as pessoas vêm para passar as festas com os entes queridos, os quais elas rapidamente descobrem que amam mais a uma distância de várias centenas de quilômetros do que confinados dentro da mesma casa. Durante essa semana, o movimento na loja é grande, fervilhando de pessoas que passaram tempo demais em confinamento com os seus durante o mês mais sombrio do ano; desesperadas para escapar, elas recorrem à loja, onde às vezes passam horas perambulando e, geralmente, comprando.

SEGUNDA-FEIRA, 1º DE DEZEMBRO

Pedidos online: 1
Livros encontrados: 1

Dia de Santo André, feriado na Escócia. Uma cliente telefonou procurando um livro:

– Eu estive em sua loja durante o festival e vi um livro sobre velhos jardins em ruínas da Escócia na seção de livros novos. Você poderia me dizer qual é o título?

– Não, receio que não. Mas sei qual é o livro que você está procurando e ficarei feliz em lhe vender um exemplar.

– Por que não me diz o título?

– Porque assim que eu disser você vai comprar na Amazon.

– Não, vou mandar minha mãe ir buscar com você.

– Que bom, nesse caso posso anotar os dados do seu cartão de crédito e o nome da sua mãe? Vou deixar separado assim que você pagar.

Nesse momento, ela desligou.

Tracy e eu saímos hoje para tomar uma cerveja no *pub* depois do trabalho. Um fazendeiro local apareceu e perguntou:

– Alguém quer nabo? Tenho alguns no carro.

Laura, que estava servindo no balcão, disse a ele que queria. Ele apareceu com o nabo mais gigante que já vi. Aparentemente, ele teve uma safra abundante neste ano.

Comecei a ler *The Restraint of Beasts*.

Faturamento total £28

4 clientes

TERÇA-FEIRA, 2 DE DEZEMBRO

Pedidos online: 3
Livros encontrados: 2

Callum apareceu, e discutimos a possibilidade de isolar a parede de pedra da galeria. Deve fazer uma diferença significativa na temperatura. Ele concordou em fazer o trabalho, vai começar ainda nesta semana.

Hoje foi um dia bonito e ensolarado; a luz mais fraca de dezembro e janeiro ilumina a seção da Penguin de uma forma que não acontece em nenhuma outra época do ano. O destaque indiscutível do dia foi a venda de um livro chamado *Donald McLeod's Gloomy Memories*, publicado em 1892, para um cliente que o procurava havia seis anos.

Faturamento total £33

2 clientes

QUARTA-FEIRA, 3 DE DEZEMBRO

Pedidos online: 4
Livros encontrados: 2

Estava bem frio de manhã, então acendi o fogo e registrei os pedidos online. Enquanto eu caminhava para o correio com a correspondência, passei por um homem carregando um tijolo, com as chaves do carro penduradas na boca. Enquanto ele murmurava um cordial "Olá", as chaves caíram de sua boca e caíram – convenientemente – no tijolo.

Às 14h30, um homem de idade entrou com uma caixa de livros sobre história militar para vender, incluindo vários sobre o KOSB (King's Own Scottish Borderers, o regimento de infantaria ao qual – apesar de Galloway não ser um condado de fronteira – os homens Gallovidianos usualmente se juntavam). Acertamos um preço de 120 libras por eles.

Faturamento total £46
4 clientes

QUINTA-FEIRA, 4 DE DEZEMBRO

Pedidos online: 3
Livros encontrados: 3

Callum chegou às 10h para começar a trabalhar no isolamento da parede. Passei grande parte do dia encaixotando livros e desmontando as prateleiras da parede em que ele vai trabalhar.

Faturamento total £48
5 clientes

SEXTA-FEIRA, 5 DE DEZEMBRO

Pedidos online: 1
Livros encontrados: 1

Nicky veio. Chegou cedo e visivelmente entusiasmada:

– Ah, tenho uma surpresa para você!

Essa "surpresa" devia ser algum tipo de compensação pelo *roll* de canela cuja cobertura ela lambeu na sexta-feira passada. Ela me mostrou uma caixa coberta de adesivos que continha um bolo da Peppa Pig.

Callum ficou na loja o dia todo, trabalhando no isolamento da parede.

Às 11h, depois de definir algumas tarefas para Nicky (que ela concordou entusiasticamente e depois decidiu não fazer), saí para negociar alguns livros em Sorbie – a dez quilômetros de Wigtown. Era a coleção do pai de um dos meus amigos, chamava-se Basil e morreu no início do ano. Seu sobrinho agora cuida da propriedade. Não havia muitos livros interessantes, e a maioria deles era de livros didáticos de engenharia, mas enchi algumas caixas e fiz um cheque de 100 libras para ele.

Quando saí de Bristol para retornar à Escócia em 2001, a morte era uma coisa com a qual eu não estava familiarizado, exceto pela perda de avós e tias-avós já idosas. Por acaso eu tive a sorte de nunca ter perdido um amigo íntimo. A vida rural, porém, coloca você em contato com pessoas de todas as idades e origens de uma forma que não costuma acontecer na cidade. Quando comprei a loja em 2001, os clientes costumavam comentar que eu parecia "muito jovem para um livreiro", e talvez eu fosse. Já se passaram cinco anos desde a última vez que ouvi isso, e o número de funerais a que compareço aumenta a cada ano. Muitos amigos dos meus pais morreram no ano passado. Minha mãe me disse recentemente:

– Seu pai e eu estamos no campo minado agora.

Depois do trabalho, fui tomar uma cerveja com Callum. Convidamos Nicky, mas ela disse que preferia não sair, então acendi o fogo e comprei algumas cervejas artesanais para ela na cooperativa (nada com nome de pássaro desta vez). Quando voltei, por volta das 20h, ela estava sentada em frente ao fogo costurando uma vaca de pelúcia na qual aparentemente está trabalhando há mais de vinte anos. Não tem nenhuma semelhança com uma vaca.

Nesta semana, vários clientes que vieram à loja se queixaram de que se esqueceram de trazer seus óculos de leitura. Isso está longe de ser raro. Quando mencionei isso a Nicky, ela comentou que também se esquece com frequência.

Faturamento total £22
2 clientes

SÁBADO, 6 DE DEZEMBRO

Pedidos online: 2
Livros encontrados: 2

Às 8h, ouvi Nicky preparando seu café da manhã, então fiquei deitado mais um pouco, e ela abriu a loja. Fui acordado logo depois pelo som do martelo de Callum batendo na parede no andar de baixo. Passei a maior parte da tarde conectando um cabo de alto-falante do aparelho de som, que agora colocamos na frente da loja, fora do alcance das crianças, que parecem incapazes de passar por ele sem mexer em algum botão – geralmente aumentando o volume.

Faturamento total £72,29
9 clientes

SEGUNDA-FEIRA, 8 DE DEZEMBRO

Pedidos online: 9
Livros encontrados: 8

A loja ficou extremamente tranquila durante todo o dia. O primeiro cliente apareceu às 11h30 e perguntou:

– Onde ficam os livros sobre marketing e estratégia financeira?

Alguém vai receber um emocionante presente de Natal.

Quando eu estava organizando a correspondência, encontrei uma carta do conselho na qual Nicky havia feito um desenho muito tosco de um rosto redondo com óculos e cabelo encaracolado, que claramente pretendia ser eu. Mostrei a ela e perguntei:

– Nicky, o que é isso?

– Isso? É um espelho – foi a resposta.

Faturamento total £78,44
6 clientes

TERÇA-FEIRA, 9 DE DEZEMBRO

Pedidos online: 2
Livros encontrados: 1

Anna telefonou para dizer que não vai mais trabalhar no filme em que estava trabalhando com a amiga nos Estados Unidos porque acha que o orçamento é muito pequeno, então ela reservou um voo de volta para Londres e chegará a Dumfries na quinta-feira.

Um dos clientes de hoje, um velhote, veio em direção ao balcão segurando um livro com uma expressão de alegria no rosto.

– Quanto você quer por isto? – Era um livro didático de latim, e ele o abriu apressadamente e apontou para o nome escrito em caneta-tinteiro na contracapa. – Pertenceu ao meu pai.

O livro custava 4,50 libras, mas eu disse que ele poderia levar de graça. Não lembro como adquiri aquele livro, mas ele ficou tão feliz por tê-lo encontrado que me pareceu a coisa certa a fazer. Ele estava aqui de férias, então pode ser que tenha vindo de uma grande coleção que comprei em uma casa nas vizinhanças de Canterbury há vários anos.

Faturamento total £80
9 clientes

QUARTA-FEIRA, 10 DE DEZEMBRO

Pedidos online: 1
Livros encontrados: 0

Nicky veio hoje para que eu pudesse ir até uma casa perto de Stirling, na costa leste de Loch Lomond, para dar uma olhada na biblioteca. A casa fica em um vale deslumbrante, e a estrada é margeada por uma floresta muito antiga e pontilhada por maravilhosas casas vitorianas, das quais esta era uma delas. Pertence a um casal que tem mais ou menos a idade dos meus pais e é decorada com móveis sofisticados e obras de arte. Eles foram simpáticos e amigáveis e me serviram chá e biscoitos enquanto eu examinava os cerca de mil livros nos vários cômodos da casa. Os filhos deles estudaram em um colégio interno em Perthshire, e um deles tem a minha idade, então, sem dúvida, nossos caminhos devem ter se cruzado em algum momento, provavelmente em alguma partida de rúgbi. Assim como todos os livros, eles estão vendendo a casa e procurando um lugar menor, talvez um apartamento na zona oeste de Glasgow.

A coleção de livros é variada, mas contém um material antigo e muito interessante, incluindo uma primeira edição de *Destilarias de Uísque do Reino Unido*, de Barnard, publicada em 1887. Esta é a única cópia da primeira edição que eu já vi. Há uma boa coleção de outros livros sobre uísque, incluindo alguns títulos de antiquários. Quando estávamos conversando, descobri que ele trabalhara na indústria de uísque antes de se aposentar e que conhecíamos algumas das mesmas pessoas no ramo de destilação. Depois de uma civilizada negociação, concordamos com o preço de 1.200 libras por dez caixas de livros.

A volta para casa foi horrível. Cometi o erro de pegar a estrada da montanha: 30 quilômetros de duas mãos. Estava coberta de neve, chovendo, e o vento uivava. Fiquei atrás de alguns caminhões florestais totalmente carregados; conforme eu ia subindo, a chuva se transformava em neve, e a paisagem montanhosa era ocasionalmente iluminada por relâmpagos. Cheguei por volta das 18h.

Faturamento total £85,98
7 clientes

QUINTA-FEIRA, 11 DE DEZEMBRO

Pedidos online: 3
Livros encontrados: 3

Um dos pedidos de hoje foi para um livro chamado *A Drug Taker's Notes*. Quando entreguei os pedidos para Wilma, não havia sinal de William. Perguntei a Wilma onde ele estava, ao que ela respondeu conspirativa, com um sorriso no rosto:
– Está dormindo.

Acho que nenhuma quantidade de sono será suficiente para deixá-lo de bom humor.

Depois que fechei a loja, dirigi até Dumfries para pegar Anna na estação de trem.

Faturamento total £27
5 clientes

SEXTA-FEIRA, 12 DE DEZEMBRO

Pedidos online: 1
Livros encontrados: 0

Nicky chegou em seu traje preto de esqui, como de costume, com uma empanada que pegou no Morrisons. Pelo aspecto, assemelhava-se mais a uma crosta gigante do que a uma guloseima apetitosa.

– É delicioso. Vamos, dê uma mordida.

Estava intragável.

A sexta-feira gastronômica tornou-se o momento mais temeroso da semana, principalmente desde o incidente do roll de canela.

O dia de hoje foi particularmente parado na loja e cruelmente frio. Postagem de Nicky no Facebook:

Queridos amigos, aqui é a Nicky! Quando cheguei ao trabalho hoje de manhã, fiquei muito confusa ao ver uma luz vermelha brilhando no balcão… aquilo era um aquecedor? Posso parar de usar cobertores com mangas?

Sim e não. Era APENAS a luz acesa de um aquecedor. Cobertores com mangas serão usados até abril.

Ah, notícia mais lamentável no *Free Press* desta semana: uma moeda foi roubada de um veículo estacionado em uma fazenda. Onde o mundo vai parar?

Não contem a ele que estive aqui.

Nicky trouxe cinco pares de óculos que comprou na loja de uma libra em Bathgate, para clientes que se esquecem dos seus.

Uma pessoa de uma destilaria da planície ouviu falar que havíamos adquirido uma coleção de livros de uísque e veio até a loja. Ele me ofereceu 600 libras pelo Barnard, que aceitei com prazer, pois isso me deixa a meio caminho de recuperar meu investimento em poucos dias. Se estivesse em melhores condições, provavelmente eu poderia ter dobrado o preço.

Callum terminou o trabalho de isolamento da parede. Agora precisamos encontrar alguém para pôr o gesso antes de instalarmos novas prateleiras a tempo para o Natal.

Faturamento total £79,50
3 clientes

SÁBADO, 13 DE DEZEMBRO

Pedidos online: 3
Livros encontrados: 2

Por volta das 9h20, eu já tinha resolvido os pedidos de hoje, mas ainda não havia sinal de Nicky. Às 10h recebi uma mensagem de texto dela: "Estou presa em uma vala perto do Doon of May. Esperando um trator para me rebocar para fora". O Doon é um pedaço de terra perto do lindo vilarejo de Elrig. É propriedade de um homem chamado Jeff, e ele a mantém aberta ao acesso de todos. Nicky finalmente apareceu às 10h45.

À tarde, meu pai apareceu para me pedir para imprimir algo para uma reunião que ele terá na quarta-feira. Ele e minha mãe podem fazer isso sozinhos com seus iPads, mas eles pedem minha assistência para qualquer coisa relacionada a computadores. A discussão na loja girou em torno de que horas a "tarde" começa oficialmente. Eu disse meio-dia. Anna disse 11 da manhã. Meu pai disse:

– Não antes de terminar meu almoço.

Faturamento total £121,79
10 clientes

SEGUNDA-FEIRA, 15 DE DEZEMBRO

Pedidos online: 2
Livros encontrados: 1

Enquanto eu estava abrindo algumas caixas – possivelmente de uma das coleções dos ministros –, me deparei com dois livros que não esperava encontrar na mesma caixa: um exemplar de *Minha Luta*, de Adolf Hitler, e uma Bíblia em madeira de oliveira de Jerusalém.

Deparar-se com um exemplar de *Minha Luta* pode colocar a pessoa em uma posição delicada, moralmente falando. O exemplar que temos vale cerca de 60 libras, e muitos negociantes, compreensivelmente, não iriam querer nem tocar no livro, mas há uma demanda por ele – não muito grande, mas o suficiente para saber que vai vender dentro de um mês. A pergunta para a qual nunca sabemos a resposta é: em que mãos isso vai parar – de algum lunático de extrema direita ou de um historiador que queira desmascarar os negacionistas do Holocausto? De qualquer forma, o mercado de *Minha Luta* mudará no ano que vem, assim que os direitos autorais expirarem na Alemanha.

Faturamento total £149,50
11 clientes

TERÇA-FEIRA, 16 DE DEZEMBRO

Pedidos online: 1
Livros encontrados: 1

Nicky veio, já que eu tinha consulta com o especialista em coluna na Dumfries Infirmary às 11h. Fui encaminhado para a Unidade de Ressonância Magnética para um exame. Enquanto estava em Dumfries, aproveitei para ver alguns livros de uma senhora idosa cujo marido faleceu em maio. Ela mora em um apartamento pequeno, convenientemente perto do hospital. Os livros são todos sobre pesca, e alguns deles são até raros. Combinamos o valor de 250 libras por quatro caixas, e, quando comentei com ela que sou um hábil pescador com isca de moscas artificiais, ela insistiu em me dar todas as caixas de iscas do marido. Enquanto eu examinava as prateleiras, notei que em várias delas, e também em outros móveis, os porta-retratos estavam virados para baixo. Desvirei alguns, por curiosidade. Eram todos da mesma pessoa, presumivelmente o marido. Talvez seja triste demais para ela lembrar-se dele.

Mais atividade de Nicky no Facebook:

Queridos amigos, Nicky falando!

Alguns de vocês podem não ter noção de como Shaun é atencioso e generoso. Quando eu cheguei no dia mais frio e chuvoso, sem a van, ele me deixou achatar uma caixa de papelão, ESPESSURA DUPLA, e colocá-la sob a bancada, para evitar as correntes de vento do inverno. Não é supergentil?! E com a luz vermelha do aquecedor acesa (mesmo sem aquecimento), é tão aconchegante... Ele é um amor!

Estou tentando encontrar um gesseiro para terminar a parede recém--isolada, e o Natal está aí.

Faturamento total £58,49
8 clientes

QUARTA-FEIRA, 17 DE DEZEMBRO

Pedidos online: 3
Livros encontrados: 3

Um cliente – que ficou cerca de duas horas na loja e era a única pessoa ali durante todo esse tempo – disse:

– Esta deve ser a época mais movimentada do ano por aqui, vésperas de Natal.

Não havia literalmente mais ninguém na loja durante todo o tempo em que ele esteve lá. Como ele imaginou que seria a loja no resto do ano, eu não faço ideia.

Terminei de ler *The Restraint of Beast*.

Faturamento total £103,09
8 clientes

QUINTA-FEIRA, 18 DE DEZEMBRO

Pedidos online: 2
Livros encontrados: 2

Às 10h, o primeiro cliente passou pela porta.

– Na verdade, não estou interessado em livros – disse e acrescentou em seguida: – Deixe-me lhe dizer o que penso sobre energia nuclear.

Às 10h30, a vontade de viver era uma lembrança distante.

Quando levei os pedidos para Wilma, William estava contando a um cliente claramente contrafeito uma piada tão politicamente incorreta que, se existisse uma escala de Beaufort para esse tipo de coisa, teria sido de uma magnitude tão colossal que uma nova escala teria de ser criada. Perguntei a Wilma se ela podia mandar o carteiro vir amanhã no final do dia para pegar as sacolas.

Os livros de Dumfries sobre pesca, embora não estejam exatamente voando das prateleiras, estão vendendo bem mais rápido do que todos os outros. Este é um fenômeno comum, mesmo em uma loja relativamente grande: o estoque fresco que sempre sai mais rápido. Acho que faz sentido, visto que um livro que fica parado na prateleira por um ano provavelmente está muito caro ou então não tem público leitor. Mas não me parece que seja isso; é mais o fato de os livros recém-chegados parecerem mais novos, e os que já estão lá há tempos terem adquirido uma aparência envelhecida, tornando-se menos atraentes.

Quando eu estava tirando os livros de Loch Lomond das caixas, encontrei outro panfleto de Sorley MacLean autografado por Seamus Heaney. A tiragem total foi de cinquenta; agora tenho dois. Devem valer 100 libras cada. Como com o livro autografado por Walter Scott e o que tinha a dedicatória de Florence Nightingale, alguma coisa faz você se sentir ligado a essas pessoas quando você manuseia esse tipo de material. Talvez o mistério mais interessante seja que você nunca sabe quem manuseou todos os livros sem autógrafo ou dedicatória que estão na loja e qual é a história secreta de cada um.

Recebemos outro e-mail da Bay Bookshop na pequena Colwyn Bay, País de Gales. Eles vão fechar a loja em breve e querem saber se gostaríamos de comprar o estoque. Está claro que não conseguiram vender para ninguém. Pedi para me enviarem fotos por e-mail.

Faturamento total £184,49
7 clientes

SEXTA-FEIRA, 19 DE DEZEMBRO

Pedidos online: 1
Livros encontrados: 1

Responderam de Colwyn Bay com algumas fotos do que parece ser um estoque razoável de uns 20 mil livros. Aparentemente eles receberam uma oferta que está bem abaixo do que esperavam. Desconfio de que minha oferta não seja muito melhor, portanto não vou me preocupar com isso. Muito poucas pessoas aceitariam hoje em dia uma transação dessa proporção, portanto posso dizer o meu preço. Desconfio de que vão querer negociar com uma contraproposta.

A loja hoje estava silenciosa e fria como um túmulo, o que me lembra que preciso perguntar a Nicky se algum dos nossos clientes regulares faleceu recentemente.

Eu estava vasculhando algumas caixas de livros quando deparei com um exemplar de *Satíricon*, de Petrônio. Comecei a folhear e acho que vou tentar ler.

O carteiro retirou as sacolas para o Random Book Club às 15h30.

Nicky vai pernoitar aqui e vai trabalhar amanhã, o que significa que terei um pouco mais de liberdade para fazer coisas empolgantes, como ir ao banco, depois à serraria para comprar madeira para fazer prateleiras novas, e até mesmo limpar a van.

Faturamento total £122
8 clientes

SÁBADO, 20 DE DEZEMBRO

Pedidos online: 5
Livros encontrados: 5

Nicky veio hoje. Enquanto eu dirigia para a serraria na localidade próxima de Penkiln, para pegar madeira para as prateleiras novas para a parede recém-isolada, ela tomou conta novamente da página do Facebook.

Queridos amigos, Nicky de novo!
UAU, e não é que perturbamos os vizinhos ontem à noite com nosso *mash-up* de "Fim de Ano" na loja, dançando hip-hop, e *swing*,

e consumindo drogas pesadas (dois ibuprofenos cada!), sabendo que os membros mais idosos da equipe não conseguiriam andar hoje! É assim que trabalhamos, YES!

Eu disse a Nicky que não estou conseguindo encontrar um gesseiro para terminar a parede que Callum isolou, e que quero o trabalho concluído antes do Natal. Ela disse "Deixa comigo" e saiu da loja. Cinco minutos depois, ela voltou com um sujeito chamado Mark, que olhou a parede e disse que pode fazer o trabalho amanhã. Depois eu soube que ela foi até o ponto de ônibus e perguntou às pessoas na fila:

– Alguém aqui é gesseiro?

E esse homem respondeu que era.

Nicky descobriu uma empresa em Glasgow – Smurfit Kappa – que aceita nosso estoque encalhado para reciclagem (a Cash for Clothes nos avisou recentemente que não estão mais operando em Galloway). Pagam 40 libras por tonelada, o que deve cobrir pelo menos o combustível para ir até lá e voltar, então vou começar o ano novo com a van carregada.

Faturamento total £82
9 clientes

DOMINGO, 21 DE DEZEMBRO

Mark, o gesseiro, veio por volta de 8h30 e rebocou a parede.

SEGUNDA-FEIRA, 22 DE DEZEMBRO

Pedidos online: 3
Livros encontrados: 2

Todos os livros que estavam nas prateleiras e que foram removidos para isolar a parede foram encaixotados e colocados na frente de uma seção que *ninguém* procura, *nunca*: geologia. As caixas estão lá desde que Callum começou a trabalhar no isolamento da parede. O primeiro cliente de hoje, um homem com uma muleta, entrou e perguntou:

– Onde fica a seção de geologia?

Sandy, o pagão tatuado, veio me desejar feliz solstício de inverno por ontem.

No final do dia montei as prateleiras e recoloquei os livros.

A Colwyn Bay Bookshop colocou seu estoque à venda no eBay por 20 mil libras. Não tem chance de conseguirem vender por esse preço. Com muita sorte, conseguirão 5 mil.

Faturamento total £181,50
13 clientes

TERÇA-FEIRA, 23 DE DEZEMBRO

Pedidos online: 4
Livros encontrados: 4

Hoje de manhã, um cliente devolveu um livro que enviamos na semana passada, junto com um bilhete dizendo: "Favor reembolsar, uma vez que o livro tem aspecto de usado e não de novo, conforme o esperado". O livro em questão é *The Flag in the Wind*, de John MacCormick, e a capa foi diagramada deliberadamente para parecer desgastada e velha. O livro está novo em folha.

Entre o Natal e a primeira segunda-feira do ano novo, a loja abre às 10h em vez de 9h, então afixei um aviso na vitrine.

A decoração de Natal da loja é fraquinha. Coloquei hoje os enfeites, que consistem de alguns ramos de azevinho, doados por Bev, e umas heras colhidas da entrada de carro de um fazendeiro local, entremeadas com luzinhas. Decorei as duas vitrines e parte do hall.

Anna e eu viemos para Edimburgo para passar o Natal na casa de minha irmã Lulu. Deixei um bilhete para Nicky (que não comemora o Natal) pedindo para cuidar da loja e colocar comida para o gato.

Faturamento total £140,10
13 clientes

QUARTA-FEIRA, 24 DE DEZEMBRO

Pedidos online: 6
Livros encontrados: 5

Nicky ficou encarregada da loja hoje.

QUINTA-FEIRA, 25 DE DEZEMBRO

Dia de Natal. Loja fechada.

SEXTA-FEIRA, 26 DE DEZEMBRO

Extensão do Natal. Loja fechada.
Anna e eu voltamos de Edimburgo.

SÁBADO, 27 DE DEZEMBRO

Pedidos online: 3
Livros encontrados: 3

Nicky veio hoje. Depois eu soube que ela havia ficado esperando pacientemente lá fora desde as 9h – eu me esqueci de dizer a ela que a loja abre às 10h na época de festas. Ela estava furiosa.

Um dos pedidos hoje foi para um livro intitulado *Cuckoo Problems*.

Passei a maior parte do dia lendo e-mails oferecendo melhorias para o meu site, métodos para aumentar meu pênis e empréstimos de dinheiro. Infelizmente não tenho condições financeiras para aceitar nenhuma dessas ofertas. No meio de todo esse spam estavam quatro novas assinaturas do Random Book Club, o que sugere que as pessoas estão dando livros como presente de Natal.

Dia desapontadamente tranquilo. É provável que os visitantes na região pensem que não abrimos a loja nestes dias.

Faturamento total £140,20
14 clientes

SEGUNDA-FEIRA, 29 DE DEZEMBRO

Pedidos online: 2
Livros encontrados: 2

Dia ensolarado, porém frio, gelado. Havia uma camada de gelo na parte interna da vidraça da cozinha quando fui fazer café.

Abri a loja às 10h. Poder ficar uma hora a mais na cama entre o Natal e o Ano-Novo é um luxo. Quando abri o e-mail, vi um de Nicky:

Está trabalhando hoje? Kkkkkk!

A loja ficou em silêncio até as 11h30, quando algumas pessoas começaram a entrar. Depois do almoço, uma menina adolescente, que tinha ficado sentada perto da lareira por uma hora, lendo, trouxe três livros de Agatha Christie para o balcão; o valor total era de 8 libras. Ela me estendeu uma cédula gasta de 5 libras e perguntou:

– Faz para mim por cinco?

Eu disse que não e expliquei que, se ela comprasse os livros na Amazon, só o frete custaria 7,40 libras. Ela foi embora, resmungando que pegaria os livros na biblioteca. Boa sorte para ela... a biblioteca de Wigtown tem mais computadores e DVDs do que livros.

Às 16h30 considerei fechar mais cedo, mas então nove pessoas entraram na loja e começaram a escolher livros, então fiquei até as 17h30. Elas gastaram 60 libras ao todo.

Ainda não me inscrevi para a bolsa James Patterson, então entrei afobado no site e vi que o prazo final é 15 de janeiro de 2015.

Lutando um pouco com *Satíricon*, mas mais por causa das lacunas do que da prosa. Bem mais interessante do que eu imaginava.

Faturamento total £323,97
25 clientes

TERÇA-FEIRA, 30 DE DEZEMBRO

Pedidos online: 1
Livros encontrados: 0

Dia movimentado na loja, com famílias visitando os avós e casais escapando dos pais. Não houve vendas significativas, mas o movimento durou o dia todo.

Faturamento total £401,33
30 clientes

QUARTA-FEIRA, 31 DE DEZEMBRO

Pedidos online: 3
Livros encontrados: 2

O movimento foi grande na loja o dia todo. Até a hora do almoço ninguém havia sido grosseiro nem pedido desconto. A tranquilidade de sonho finalmente foi quebrada por Peter Bestel, que entrou para me avisar que um cachorro tinha feito cocô na frente da porta. Peter é um amigo cuja filha Zoe está tentando seguir a carreira de cantora/compositora. Ela é extremamente talentosa, e Anna e eu fizemos um vídeo dela alguns anos atrás. Peter é o cérebro por trás do site do Random Book Club e está à disposição para aconselhamento técnico toda vez que preciso. O que acontece quase sempre.

Pouco depois que removi o cocô do cachorro com uma pá, uma família de cinco pessoas entrou na loja. As crianças bateram as botas enlameadas perto da porta, mas do lado de dentro em vez do lado de fora. Todos saíram sem nem ao menos olhar para um único livro.

Anna e eu viemos para Isle of Whithorn para passar o réveillon com amigos.

Faturamento total £457,50
37 clientes

JANEIRO

> Um livreiro precisa mentir sobre livros, e isso acaba causando certa aversão por eles; pior ainda é o fato de que ele está constantemente tirando o pó e movendo-os para um lado e para outro. Houve um tempo em que eu realmente amava livros – amava a visão deles, o cheiro, sentir as folhas, isto é, pelo menos se eles tivessem cinquenta anos ou mais. Nada me agradou mais do que comprar uma boa pilha deles por um xelim em um leilão rural.
>
> George Orwell, *Bookshop Memories*

A esta altura do ensaio de Orwell, tenho de admitir que sinto empatia e concordo com ele. Embora eu ainda ame livros, eles não possuem mais aquele misticismo que tinham antigamente – com exceção dos livros antigos ilustrados com entalhes de cobre ou madeira coloridos. Certa vez tive em minhas mãos *Lilies*, oito placas encadernadas pintadas à mão do *Templo de Flora*, de Thornton. Não creio que algum dia eu venha a ver outro livro tão bonito como aquele. Foi na casa de uma viúva idosa em Ayrshire. Eu tinha dado uma olhada nos livros que ela estava vendendo – cerca de mil – e não tinha encontrado nada de grande valor ou interesse, até que, quando já estava terminando, avistei um livro encostado numa perna da mesa da sala de jantar. Perguntei à senhora se podia ver, pois não conhecia aquele livro. Quando informei a ela o valor do livro, ela me perguntou se eu podia vendê-lo para ela (confesso que comprar aquele livro estava além das minhas condições na época), então eu o trouxe comigo, mandei fazer alguns pequenos reparos em um encadernador local e coloquei em consignação no Lyon & Turnbull, onde ele foi avaliado por 8 mil libras.

Nem a coleção octavo de *Aves da América* que passou um curto período comigo (um dos santos graais para qualquer livreiro) se comparava àquilo. Essas preciosidades nunca perderão o apelo. E, por mais que seja emocionante a sensação de antecipação quando vou a uma residência onde poderei comprar livros que ainda não conheço, eu leio pouco em comparação com antes de ter a loja, com exceção de quando viajo de trem ou avião. Nessas viagens fico livre das distrações que pontuam minha vida cotidiana e posso mergulhar completamente na leitura de um livro. Quando li *Memórias e Confissões Íntimas de um Pecador Justificado*, de James Hogg, que comecei e terminei em uma viagem de trem para Londres para ver Anna, lembro-me claramente de emergir do extraordinário mundo de Hogg, piscando aturdido na estação de Euston, completamente desorientado.

Durante uma negociação de preço de uma biblioteca particular com um vendedor, a coleção se afigura como um prêmio brilhante. No momento em que o valor é combinado, as mãos são apertadas e o cheque sai da minha mão, os livros se tornam um grande peso que eu tenho de encaixotar, carregar para a van, depois descarregar, examinar, cadastrar online, colocar um preço e pôr nas prateleiras, tudo isso antes de ver algum retorno do meu investimento. A aversão a que Orwell se refere ocorre no momento em que os livros passam para as nossas mãos – de repente eles viram "trabalho", mas esse desconforto é mais do que compensado pelo extraordinário prazer e rara alegria de ter nas mãos um livro como *Lilies* de Thornton.

QUINTA-FEIRA, 1º DE JANEIRO

Pedidos online: 3
Livros encontrados: 3

Loja fechada por motivo de ressaca.

SEXTA-FEIRA, 2 DE JANEIRO

Pedidos online: 7
Livros encontrados: 4

Nicky apareceu usando seu traje de esqui preto.

Um dos pedidos de hoje foi para um livro chamado *The Universal Singular*. Nicky o limpou antes de enviá-lo porque a borda superior estava ligeiramente suja.

A Colwyn Bay Bookshop falhou em fazer a reserva de seu estoque no eBay. Eles recadastraram tudo por 14,50 libras, com uma observação dizendo que "ESTE É O VALOR FINAL". Estão fora da realidade. Os maiores vendedores estão pagando uma fração disso às bibliotecas públicas, no máximo 15 *pence* o quilo. A Colwyn Bay está calculando 1,20 libra o quilo. Nenhum dos grandes comerciantes vai considerar pagar esse valor.

Anna me convenceu a levá-la a Glasgow para ver o filme de seu livro favorito, *Caminhos da Floresta*, transformado em musical da Disney. Este é meu conceito de inferno: não gosto de musicais e não sou fã de Disney, então a combinação dos dois resultará inquestionavelmente em um filme que é o equivalente cinematográfico a uma semana na ala de afogamento da Baía de Guantánamo. Mas nós vamos na próxima sexta-feira.

O jovem barbudo que veio em 3 de novembro querendo se desfazer de dois mil livros de uma casa de fazenda perto de Newton Stewart voltou com a namorada e se apresentou como Ewan e sua namorada como Sarah. Ele perguntou se posso ir ver os livros amanhã.

Nicky ficou esta noite, e bebemos uma caixa de cerveja.

Faturamento total £145
15 clientes

SÁBADO, 3 DE JANEIRO

Pedidos online: 3
Livros encontrados: 3

Nicky abriu a loja às 10h. Ela estava se recuperando, mas visivelmente não parecia se sentir muito bem, embora o suficiente para invadir a página da loja no Facebook e postar a seguinte mensagem:

> *Boa Gente de 2014*
> 1. *O marceneiro Ivy Leaf (Stranraer) guardou uma nota de cinco para mim quando a deixei cair; o melhor e mais honesto homem da Escócia.*
> 2. *O cliente encomendou um livro em março de 2014 e o encontramos duas semanas atrás, ele ainda queria? "Sim, por favor" e pagou mais do que pedimos.*
> 3. *Cliente ao ouvir que o preço de um anel era 3,50 libras gritou: "Quanto?" – É de prata, garantimos a ela. "Esperava que custasse no mínimo 35!".*
> *Comovente!*

Anna e eu dirigimos até a casa da fazenda perto de Newton Stewart para pegar os dois mil livros. O dia estava maravilhoso, e a casa e as construções da fazenda eram antigas e bonitas. Os livros estavam em um quarto de hóspedes que ficava na queijaria da fazenda. Enquanto conversávamos com Ewan, descobrimos que sua namorada americana estava sendo forçada pelas autoridades de imigração a sair do país em uma situação estranhamente parecida com a história de Anna. Em 2010, Anna foi deportada por entrar inadvertidamente no país mais vezes do que era permitido sem um visto de residente. Foram necessários um esforço hercúleo e uma quantia significativa de dinheiro antes que ela pudesse voltar à Escócia – um país que precisa do máximo de pessoas bem-educadas, inteligentes e trabalhadoras que queiram viver aqui e que possamos acolher. Estranho, também, que ele se chame Ewan, o nome que escolhi para mim no livro de Anna. Quando estávamos carregando os livros na van, ficamos sabendo que as pessoas que moram no quarto da queijaria são Will, irmão de Ewan, e sua namorada Emma. Emma trabalhou na loja em um verão há cerca de cinco anos e agora é médica em Dumfries.

Os livros estavam encaixotados, então, em vez de examiná-los, eu os levei e combinamos que os analisaria mais tarde. Foi necessário fazer algumas viagens até a van para levar tudo, mas felizmente, com a ajuda de todos, não demorou muito.

Havia um artigo no *Guardian* de hoje sobre a vida em Wigtown com o título "Vamos nos mudar para Wigtown e para a península de Machars". O subtítulo era "Um pouco atrasado, no melhor sentido da palavra" e no texto havia a seguinte frase: "Sempre há uma recepção amigável aonde quer que você vá". A página da loja no Facebook foi bombardeada por comentários como "Eles claramente não estiveram em sua loja" e "Obviamente, eles não te conheceram".

Anna e eu retiramos as decorações de Natal da loja depois de termos descarregado as caixas de livros da van. Certamente não foi um grande trabalho, considerando o quão patético foi meu esforço para celebrar o Natal. Por ser judia, Anna era provavelmente a única pessoa em Wigtown menos interessada no Natal do que eu. Além de Nicky.

Faturamento total £63,98
12 clientes

SEGUNDA-FEIRA, 5 DE JANEIRO

Pedidos online: 4
Livros encontrados: 4

Abri a loja às 9h. Às 14h, a porta havia sido aberta apenas três vezes: primeiro por Kate, a carteira; segundo por meu pai, que trouxe um jornal; e a terceira pelo vento uivante, cerca de cinco minutos depois de meu pai, que não tinha fechado a porta direito.

Enquanto eu procurava pelos pedidos do dia, encontrei Captain olhando desanimadamente para fora da janela. As duas semanas seguintes ao dia mais curto do ano são um período deprimente, seja você um gato ou um livreiro.

Passei grande parte do dia examinando as caixas de livros da casa da fazenda, que eram, quase sem exceção, decepcionantes.

Peter Bestel apareceu à tarde para discutirmos problemas técnicos com o site do Random Book Club. Conseguimos trinta e dois novos assinantes em dezembro mesmo sem publicidade. Tenho adiado o marketing porque o sistema de gerenciamento de banco de dados que criamos em 2013 não é o mais adequado para lidar com algumas complicações que surgem, como pessoas que dão uma assinatura de presente, ou não renovação, etc., então, até resolvermos esses problemas, não pretendo buscar novos membros.

Por volta das 15h, eu já estava perdendo a esperança de fazer pelo menos uma venda quando os Robinsons, uma numerosa família de fazendeiros locais, entraram e compraram alguns livros. Ken, que havia se casado e entrado recentemente no clã, achou o livro sobre St. Kilda que ele vinha esperando que eu reduzisse de preço. Eu já o tinha visto olhando para ele algumas vezes, então, após sua última visita, aumentei o preço de 40 para 45 libras. Ele não ficou muito contente, mas comprou mesmo assim. Na hora do pagamento reduzi de volta para 40.

Faturamento total £50
2 clientes

TERÇA-FEIRA, 6 DE JANEIRO

Pedidos online: 1
Livros encontrados: 0

Nas mensagens da Amazon de hoje, havia uma reclamação sobre *The Universal Singular*, um livro que vendemos há uma semana ou mais: "As bordas (especialmente a superior) estão cobertas com uma espessa camada de mofo, o que traz sério risco para a saúde ao manusear o livro. Agora está lacrado e tem de ser removido do prédio".

Enviei uma resposta desnecessariamente sarcástica de que iria providenciar para que alguém em um traje especial para ébola fosse buscá-lo, já que ela o considerava uma grande ameaça à sua saúde.

Faturamento total £70,47
7 clientes

QUARTA-FEIRA, 7 DE JANEIRO

Pedidos online: 3
Livros encontrados: 2

Dia horrível, chuvoso e com vento.

Outro dia muito parado. Três pessoas entraram depois do almoço. Eram visitantes de Rutland Water, onde têm um projeto de águias-pescadoras. Queriam ver o que fizemos com nosso par de águias-pescadoras (anteriormente) residentes. Um deles comprou uma reedição de *Bradshaw's Rail Times 1895*.

Às 16h Tracy apareceu para uma visita. Ela agora está trabalhando em um *pub* em Newton Stewart.

Um jovem casal chegou às 15h55, e os dois passaram uma hora e meia sentados perto do fogo, lendo coisas que haviam retirado das prateleiras.

Às 17h25 eu disse a eles que a loja estava fechada. Eles saíram sem comprar nada e largaram uma enorme pilha de livros perto do fogo. Enviei a solicitação de subsídio ao site de James Patterson.

Parece muito bom e estou bem confiante, o que é quase uma garantia de que não dará certo.

Faturamento total £46,99
6 clientes

QUINTA-FEIRA, 8 DE JANEIRO

Pedidos online: 3
Livros encontrados: 3

Houve desdobramentos interessantes na saga da cópia mofada de *The Universal Singular*.

Aqui está a resposta dela ao meu pedido sarcástico de seu endereço para que eu pudesse enviar alguém com traje antiébola para buscar o livro:

O endereço é:
Satélite 13RTX77 – X11
Órbita de Vênus 3
Via Láctea

Passei a primeira meia hora guardando os livros que o casal que estava sentado perto da lareira ontem havia deixado.

A notícia deprimente de hoje foi que o faturamento global do ano passado com downloads digitais de músicas ultrapassou as vendas de CDs. Como músicas, livros e filmes são provavelmente as três mídias que podem ser digitalizadas de maneira mais fácil e barata, parece que será uma questão de tempo até que nosso negócio siga o mesmo caminho, embora seja reconfortante o fato de que um grande número de pessoas que visita a loja costuma me dizer que prefere o prazer de ler um livro físico e não gosta de Kindles. O Kindle no qual eu atirei e montei em uma moldura é, sem dúvida, o objeto mais fotografado da loja.

Anna me lembrou que eu prometi levá-la para ver *Caminhos da Floresta* em Glasgow amanhã. Ela está incrivelmente animada com isso. Eu estou com medo.

Faturamento total £36,49
10 clientes

SEXTA-FEIRA, 9 DE JANEIRO

Pedidos online: 1
Livros encontrados: 1

Nicky chegou usando seu traje de esqui preto, como de costume. Depois do almoço, ela começou a analisar o restante dos livros da casa da fazenda. Ela estava longe de se impressionar com o conteúdo, em sua maioria livros com selos de bibliotecas, muitos em árabe, e um grande número de autobiografias sem graça de celebridades. Ela estimou que estava escolhendo um em cada trinta. Não sei o que dizer a Ewan.

Anna teve a ideia de que deveríamos produzir para a livraria uma versão do videoclipe de "Alegria dos Rappers", mas reescrever a letra para torná-la "Alegria dos Leitores". Então passamos grande parte da manhã fazendo isso.

Depois de nos despedirmos de Nicky, Anna e eu fomos até Glasgow para assistir a *Caminhos da Floresta*. Minhas expectativas eram extremamente baixas, mas mesmo assim não foram atendidas. Foi infernal, e Anna ficou tão chateada que sugeriu que saíssemos antes de o filme acabar.

Cheguei em casa por volta das 21h para encontrar Nicky ainda em seu traje de esqui, bebendo minha cerveja.

Faturamento total £41,99
5 clientes

SÁBADO, 10 DE JANEIRO

Pedidos online: 2
Livros encontrados: 2

Nicky abriu a loja.

De manhã, fui à The Picture Shop em Wigtown para escolher uma moldura para uma gravura que comprei em um leilão no ano passado. Fiquei chocado ao encontrar Jessie, a proprietária, em sua cadeira, parecendo muito doente.

Ela está considerando ir para o hospital, pois diz que não pode mais cuidar de si mesma. Anna ficou preocupada e foi dizer ao médico que ele deveria ir vê-la. Jessie está com oitenta e poucos anos, mas ainda trabalha todos os dias em sua loja. Ela é a única pessoa ainda viva que nasceu em uma casa em Mull of Galloway – a península a oeste dos Machars – antes que o hospital fosse inaugurado em Stranraer e a maternidade fosse instalada.

Anna, Nicky e eu passamos grande parte do dia ensaiando nossas letras para "Alegria dos Leitores". Os Bestels vieram jantar, e criamos uma coreografia informal. O plano é filmá-lo na próxima sexta-feira. Nicky será MC Spanner.

À tarde, um cliente deixou duas caixas de livros, entre os quais havia um exemplar de *Chattering*, de Louise Stern. Louise veio ao festival do livro em 2011 e foi absolutamente maravilhosa. Ela é surda e não fala. Na maior parte do tempo, quando estava em Wigtown, ela tinha um intérprete da linguagem de sinais, mas na ausência dele ela se comunicava com rabiscos em pedaços de papel. No dia seguinte ao evento, ela me disse que queria dar um mergulho no mar, então eu a levei para Monreith, e enfrentamos as águas de outubro. Na sua primeira noite em Wigtown, ela apareceu no Retiro dos Escritores por volta das 22h. Éramos alguns poucos ali, e muito vinho tinha sido servido. Sua chegada deixou o ambiente ligeiramente mais sério, somente porque poucos de nós já haviam encontrado alguém que fosse surdo e mudo. Ela percebeu a tensão e sugeriu que nos revezássemos para fazer perguntas. Ela apontou para mim, e Oliver (seu intérprete) repetiu em linguagem de sinais minha apreensiva pergunta:

– Você fez uma boa viagem até aqui?

Ela respondeu:

– Sim, obrigada. Minha vez. Com que idade você perdeu a virgindade?

E, nesse momento, a atmosfera voltou instantaneamente para a devassidão indecente de antes de sua chegada.

Mais tarde, naquela noite, por volta das 2h da manhã, depois de ter bebido um pouco, ela tentou voltar para sua acomodação, mas, não tendo ideia de onde era (só tinha uma chave com o número 3), ela vagou até encontrar uma casa com o mesmo número na porta. Tentou abrir com a chave, mas não funcionou, então ela bateu à porta até que um homem com os olhos cansados, usando um colete de tricô, apareceu e perguntou o que ela queria. Ela fez alguns sons e começou a agitar os braços. Ele falou uns palavrões e bateu a porta na cara dela. Felizmente, ela foi a última pessoa a deixar o Retiro dos Escritores e não trancou a porta quando saiu, então ela pôde entrar na casa e improvisar uma cama em um sofá. Às 7h da manhã do dia seguinte, quando Janette (que faz a limpeza do Retiro durante o festival) apareceu para arrumar o local, encontrou Louise adormecida no sofá e limpou silenciosamente, andando na ponta dos pés. Às 8h, Twigger desceu de seu quarto. Ao ver Janette, ele berrou "Bom dia, Janette!", momento em que Janette colocou o dedo indicador na frente dos lábios pedindo silêncio, apontando para Louise deitada. Twigger olhou para Louise e disse:

– Não se preocupe, Janette, ela é surda. Veja. – Ele então caminhou até Louise e gritou, bem próximo ao rosto dela: – Acorde!

É claro que não houve reação alguma, então Janette pegou o aspirador e começou a tarefa de limpar o massacre da noite anterior enquanto Louise continuava a dormir tranquilamente.

Faturamento total £149

9 clientes

SEGUNDA-FEIRA, 12 DE JANEIRO

Pedidos online: 4
Livros encontrados: 4

A tinta da impressora acabou depois de imprimir dois pedidos, então eu a substituí por um cartucho genérico, que resultou em um congelamento do computador com uma mensagem da HP de que a máquina só funciona com cartuchos originais. Encomendei dois cartuchos, mas isso significa que esses pedidos não serão enviados até quarta-feira, então provavelmente resultarão em feedback negativo.

O livro "mofado" chegou na correspondência de hoje. Não está tão mofado. Enviei um e-mail à compradora para agradecer por devolvê-lo e disse que "o mofo está nos olhos de quem vê". Perguntei a ela como era a vida em Vênus.

Anna foi à The Picture Shop para saber de Jessie e voltou com a notícia de que ela está no hospital em Newton Stewart. Iremos visitá-la na quarta-feira.

Continuei analisando os livros de Ewan. É uma variedade tão estranha que me senti na obrigação de perguntar de onde eles vieram.

A cliente do livro mofado respondeu ao meu e-mail:

Não muito ruim, mas eu preferiria viver no outro planeta, que infelizmente já se foi.

Aqui nunca vemos estrelas, os dias se estendem por séculos. O protetor de tela sobre nossa cabeça é laranja-avermelhado, disfarça, mas não muda muito... Possivelmente algo deu errado com sua Alteza Ithess, que está no comando aqui.

Tenho de ir agora; o uso de computadores é estritamente proibido fora do Templo.

A The Bookshop Band (Ben e Beth) assumiu o The Open Book como seus primeiros proprietários. Anna, Eliot e Finn se comprometeram com a ideia e organizaram o espaço, então os convidamos para jantar, junto com nosso bom amigo Richard. Ele e eu crescemos em Galloway e somos amigos desde a infância. Ele é um ator que vive em Londres. Na última vez que o vi, ele estava em uma produção de *A tempestade* dirigida por Sam Mendes em Nova York.

Faturamento total £61,50

4 clientes

TERÇA-FEIRA, 13 DE JANEIRO

Pedidos online: 2

Livros encontrados: 1

Flo veio cuidar da loja para que Anna e eu pudéssemos ir ao leilão em Dumfries. Comprei outra cômoda e um esquilo empalhado. Anna comprou um compartimento (essencialmente o equivalente a uma caixa cheia de inutilidades) por 3 libras, o lance mínimo no evento. Sempre que o preço cai para esse valor, sua mão dispara automaticamente no que parece ser um reflexo involuntário. Só Deus sabe que porcaria ela comprou desta vez.

Nevou o caminho todo da volta do leilão; tarde muito fria. Ao voltar para a loja, descobri que quatro caixas de livros haviam sido deixadas por Samye Ling.

Faturamento total £51

4 clientes

QUARTA-FEIRA, 14 DE JANEIRO

Pedidos online: 5
Livros encontrados: 4

Antes de abrir a loja, deixei a van na oficina para revisão. Eu tinha me esquecido disso, então significava que não tínhamos carro e não poderíamos visitar Jessie. Quando eu disse a Vincent que Jessie estava no hospital, ele me garantiu que faria a manutenção da van o mais rápido possível.

A excursão de ônibus de Shearings chegou por volta das 11h. Normalmente, uma multidão de aposentados avarentos sai do ônibus e invade a loja. Eles nunca compram nada, pegam tudo que é de graça e reclamam dos preços, mas hoje a única pessoa que entrou foi uma jovem educada e atraente que até comprou alguns livros. Perguntei a ela se a tinham sequestrado. Ela olhou desinteressada para mim, então lentamente se dirigiu para a porta.

À tarde, um cliente passou cerca de uma hora vagando pela loja. Por fim ele foi até o balcão e disse:

– Eu nunca compro livros usados. Nunca se sabe quem tocou neles, ou por onde andaram.

Além de ser uma coisa irritante de se dizer para o dono de um sebo, quem pode saber quem já tocou nos livros na loja? Sem dúvida, todos, desde pastores até assassinos. Para muitas pessoas, a história misteriosa da origem dos livros desperta a imaginação e é motivo de entusiasmo. Um amigo e eu certa vez discutimos sobre anotações e notas em livros. Novamente, é uma questão que divide opiniões. Ocasionalmente, recebemos pedidos da Amazon devolvidos porque o destinatário descobriu anotações em um livro, rabiscadas por leitores anteriores, que não havíamos percebido. Para mim, essas coisas não diminuem o valor de um livro, na verdade são complementos interessantes, um vislumbre da mente de outra pessoa que leu o mesmo livro.

Faturamento total £77,80
8 clientes

QUINTA-FEIRA, 15 DE JANEIRO

Pedidos online: 4
Livros encontrados: 2

Outro dia cinzento e de muito vento, mas com um ponto positivo: a calha não vazou para dentro da casa.

A primeira cliente do dia perguntou:

– Quem escreveu *To Kill a Mockingbird*?

Eu disse a ela que foi Harper Lee, ao que ela respondeu:

– Tem certeza de que não foi J.D. Salinger?

Às 15h o telefone tocou. Era um jornalista do *The Observer* que queria discutir a proposta do parque eólico.

Fechei a loja às 15h30 e fui com Anna até Newton Stewart para visitar Jessie no hospital. Ela estava de excelente humor e voltamos às 16h, então abri a loja por mais uma hora. Ninguém entrou.

Faturamento total £30
3 clientes

SEXTA-FEIRA, 16 DE JANEIRO

Pedidos online: 4
Livros encontrados: 4

Estava nevando quando abri a loja. Nicky chegou com vinte minutos de atraso por causa disso. Ela deu uma olhada na cômoda que comprei na terça-feira e disse:

– Você não vai vender essa coisa nunca.

Separamos os pedidos e, em seguida, nos preparamos para começar a gravação do "Alegria dos Leitores". Peter, sua esposa Heather e sua filha

Zoe chegaram às 14h30 e gravamos. Foi preciso três tentativas antes de conseguirmos uma versão completamente perfeita. Não haverá edições, por insistência de Anna. O pobre Peter, que estava filmando para nós, teve de andar de costas o tempo todo.

Matthew (um livreiro de Londres) veio à loja enquanto estávamos filmando e pareceu ficar perplexo. Ele gastou 300 libras.

O contador telefonou para me dizer que eu não havia assinado e devolvido meu imposto de renda do ano passado, então procurei desesperadamente no meu caótico arquivo de documentos até que encontrei os papéis, assinei e mandei de volta para ele.

Nicky ficou nesta noite e nos fez rir com contos maravilhosos de alguns dos tesouros que ela desenterrou, na detecção de metais e na xepa do Morrisons.

Faturamento total £313
3 clientes

SÁBADO, 17 DE JANEIRO

Pedidos online: 2
Livros encontrados: 2

Nicky abriu a loja hoje. Eu estava arrumando livros nas prateleiras quando um cliente se aproximou com um livro nas mãos e me perguntou quanto custava. Eu disse a ele que eram 3,50 libras. Ele olhou para mim e em seguida apontou para Nicky, que estava usando o traje de esqui e escovando os dentes atrás do balcão, e disse:

– Vou pagar para sua esposa, tudo bem?

Nicky largou a escova de dentes horrorizada, e ao mesmo tempo eu deixei cair o livro que estava segurando.

Pedi a Nicky para embrulhar os livros do clube deste mês e fui fazer uma caminhada com Anna antes que a neve derretesse e a luminosidade e a paisagem mudasse. Quando voltamos, uma hora depois, Nicky nem tinha começado a tirar os livros das caixas, mas tinha postado na nossa página do Facebook a seguinte mensagem:

> A Craigard Gallery acabou de entregar aqui pãezinhos Chelsea caseiros (do tamanho de um nabo médio), recheados de frutas e com cobertura de cream cheese e canela! Assim são os *nossos* vizinhos... E os *seus*, como são?

Terminei de ler *Satíricon* e fui me deitar à meia-noite.

Faturamento total £44,50
8 clientes

SEGUNDA-FEIRA, 19 DE JANEIRO

Pedidos online: 3
Livros encontrados: 2

Acordei com uma mensagem de Callum no celular, me avisando que meu nome foi citado ontem no *The Observer*, em um artigo sobre o projeto do parque eólico do outro lado da baía, cujos autores – por motivos que sem dúvida só eles conhecem – decidiram chamar de California Farm. Pouco depois, o proprietário da área onde o parque será construído, e que será o mais beneficiado financeiramente, apareceu na loja para questionar minhas objeções.

– Não estou aqui para tentar fazer você mudar de ideia – começou ele. E passou as três horas seguintes tentando me fazer mudar de ideia.

Anna lidou com ele de um jeito impressionante, perguntando quanto ele receberia para permitir que o parque fosse construído em suas terras (mais de três vezes o que o restante da comunidade receberá anualmente) e se ele poderia avistar o parque de alguma de suas propriedades. Ele baixou os olhos e respondeu meio constrangido que o parque não seria visível de nenhuma de suas inúmeras propriedades.

O amor de Anna por Galloway é apaixonado e profundo, e ela tem a determinação tanto de fazer propaganda da região para o mundo como de protegê-la de qualquer coisa que ela ache que representa algum risco, particularmente para o turismo, do qual depende grande parte da economia local.

Hoje recebemos outro pedido de um livro que Nicky cadastrou recentemente em sua nova prateleira de astronomia/física. Como aconteceu com o anterior, ele não estava lá. Quando levei os pedidos para Wilma no correio, às 10h, perguntei se ela podia mandar o carteiro mais tarde para retirar os livros do clube. William a estava repreendendo por alguma coisa quando cheguei.

A cômoda foi vendida às 11h. Nicky vai ficar furiosa.

Acho que peguei algum vírus, sem dúvida de algum cliente, porque passei o dia tossindo, espirrando e tremendo. Normalmente isso é visto como a maldição do professor, que fica exposto a crianças contaminadas e constantemente adoece, mas aplica-se também a qualquer pessoa que trabalhe em uma loja. Os clientes gostam de dividir suas doenças conosco.

Depois do almoço, liguei para a Smurfit Kappa, e eles ficaram bem felizes em saber que eu levaria um carregamento para reciclagem, então irei na próxima semana, depois de dar uma olhada nas duas mil caixas que estão na casa de fazenda e cujo conteúdo só serve mesmo para reciclar.

Postei o vídeo "Alegria dos Leitores" no Facebook às 15h.

Faturamento total £99,99
7 clientes

TERÇA-FEIRA, 20 DE JANEIRO

Pedidos online: 3
Livros encontrados: 2

Recebi um e-mail de meu primo que mora na Grécia me avisando que minha loja foi destaque em um blog literário de lá.

Certa vez, logo depois que comprei a livraria, eu estava separando alguns livros quando um norte-irlandês me perguntou se eu tinha o Novo Testamento em grego. Quando eu disse que não tinha nenhum exemplar em estoque, ele respondeu:

– Nenhuma livraria que se preze deixaria de ter um Novo Testamento em grego.

Eu murmurei qualquer coisa sobre a opinião dele ser bem-vinda e continuei fazendo o meu trabalho. Quando ia saindo, com alguns livros sobre Calvinismo, ele teve a decência de pedir desculpas e elogiar o estoque da loja, particularmente a seção de teologia.

As senhoras apareceram às 13h para a aula de arte.

O carteiro retirou as cinco sacolas do clube às 16h.

Faturamento total £22,50
4 clientes

QUARTA-FEIRA, 21 DE JANEIRO

Pedidos online: 1
Livros encontrados: 1

Na hora do almoço, recebi uma ligação da dona de outra livraria, interessada em um dos nossos livros. O software Monsoon que usamos para gerenciar nosso estoque online é amplamente usado na venda de livros online, por isso presumi que ela conhecesse. Mas o sistema travou enquanto eu tentava encontrar as informações sobre o livro, ainda ao telefone, então pedi desculpas e expliquei que estava tendo um problema com o Monsoon. Ela respondeu:

– O quê? Sério? Você usa o Monsoon? Puxa, sinto muito saber disso.

Peguei um exemplar de *Collected Works* de Auden e folheei até encontrar "As I Walked Out One Evening", um dos meus poemas favoritos. Tomei a resolução de decorá-lo até o final do mês.

Faturamento total £57,97

4 clientes

QUINTA-FEIRA, 22 DE JANEIRO

Pedidos online: 1

Livros encontrados: 1

O pedido de hoje foi por um livro sobre a Segunda Guerra Mundial. Quando eu estava vasculhando as prateleiras, procurando por ele, deparei-me com *Colonial Campaigns of the Nineteenth Century* e *Saddam's War*, bem como *The Armies of Wellington*, todos na seção da Segunda Guerra. Claramente foram colocados ali por Nicky. Quando eu comentar sobre isso com ela amanhã, garanto que a explicação será:

– Bem, não havia espaço na seção militar, e afinal é tudo sobre luta. Os clientes vão compreender.

Às 14h, um cliente entrou e pediu um exemplar de *Destilarias de Uísque do Reino Unido*, de Barnard. Este livro foi reimpresso em 2008 pela Birlinn, e eu comprei vários exemplares (obtive uma primeira edição na negociação de Loch Lomond em dezembro). Eu disse ao cliente que tínhamos cinco exemplares, e ele então girou nos calcanhares, resmungou "Humpf" e foi embora.

As cortinas e vigas térmicas que encomendei na semana passada chegaram, então passei grande parte do dia instalando-as nos cantos mais frios da loja, com a esperança de que durante a noite elas retenham um pouco do calor do ambiente.

A partir das 15h, começou a nevar, o que inevitavelmente significa que as pessoas ficam menos inclinadas a sair de casa e que, portanto, há menos clientes.

Às 16h30, um amigo do outro lado da Baía de Wigtown apareceu na loja. Ele tinha ouvido falar que não estamos muito contentes com a ideia do parque eólico. Ele mora bem no meio da área e estima que, se o projeto for adiante, sua casa sofrerá uma desvalorização significativa.

Ewan respondeu ao meu e-mail sobre os dois mil livros na casa de fazenda. Ele não espera um valor muito alto por eles, o que é um alívio. Disse que tinham pertencido ao pai de um primo, que havia vindo do Paquistão para Londres quando era jovem e depois cortara os vínculos com todos os que conhecia. Sua existência só foi descoberta pelos familiares quando as autoridades os informaram de sua morte.

Faturamento total £40,50
5 clientes

SEXTA-FEIRA, 23 DE JANEIRO

Pedidos online: 1
Livros encontrados: 1

Chuva forte e frio congelante o dia todo. Nicky chegou às 9h15, como sempre. Senti uma ponta de inveja do traje de esqui canadense dela. Ela me contou que esteve adoentada a semana inteira, com febre, e que na quarta-feira começou a ter alucinações:

– Sim, foi demais! Igualzinho aos velhos tempos.

A primeira coisa que ela fez foi ser sarcástica sobre as novas cortinas térmicas que pendurei em vários pontos da loja.

– Ah, que lindas! Parece que saíram de uma casa de shows em um subúrbio de Swindon.

Felizmente, por causa da gripe, ela não foi ao Morrisons, então não tivemos sexta-feira gastronômica nesta semana.

O senhor Deacon veio e comprou um exemplar de *Georgian London*, de Lucy Inglis, que estava exposto na vitrine. O braço esquerdo dele estava engessado, mas não perguntei por quê, e ele também não deu nenhuma explicação.

Recebi um e-mail de uma moça da China. Ela tem um blog sobre livros e viu "Alegria dos Leitores". Pediu permissão para compartilhar o vídeo no equivalente chinês do YouTube, então eu disse que ficaria mais que feliz com isso. Parece que ela é uma espécie de Jen Campbell chinesa, visitando livrarias e escrevendo sobre elas. Eu a convidei para vir aqui.

Quando entreguei a Nicky a papelada dos pedidos que não consegui encontrar durante a semana, ela imediatamente pôs a culpa em Bethan – que não trabalha aqui desde setembro – por colocar os livros nas prateleiras erradas.

Anna e eu fomos visitar Jessie no hospital novamente. Ela parece estar bem melhor e recebeu um numeroso fluxo de visitas. A última notícia é que Chris, o marido, teve um infarto e foi internado na Dumfries Infirmary. A mãe do pobre homem morreu há poucos dias, com cento e seis anos.

Nicky decidiu ir para casa em vez de pernoitar aqui, porque não estava se sentindo bem.

Faturamento total £118,95

8 clientes

SÁBADO, 24 DE JANEIRO

Pedidos online: 3
Livros encontrados: 2

O sol estava brilhando quando abri a loja, mas às 11h estava cinzento. Nicky chegou quase pontualmente. Passou o dia reclamando de ter passado a semana gripada, roubando meus analgésicos e remédios para tosse.

Faturamento total £447,05
15 clientes

SEGUNDA-FEIRA, 26 DE JANEIRO

Pedidos online: 6
Livros encontrados: 5

Sandy, o pagão tatuado, veio às 14h, ficou até as 16h e comprou alguns livros sobre folclore escocês. Enquanto ele vasculhava as prateleiras, a mulher galesa deprimida telefonou. Dessa vez ela tinha encontrado um exemplar de *Ciceronis Opera* de 1642 que estávamos vendendo online, então não pude dizer que não tínhamos nada do gênero em estoque. Ela perguntou se podia pagar pelo telefone com cartão de crédito, e, quando pedi o nome e endereço, ela respondeu:
– Dafydd Williams.
Então, era um homem galês deprimido o tempo todo.
O Open Book está sendo conduzido nesta semana por uma mulher de Isle of Lewis chamada Ishi. Ela está pensando em abrir uma livraria lá e está aqui para fazer um teste. A Mac TV vai filmá-la durante a semana como parte de um documentário para a BBC Alba. Ela veio jantar.

Acontece que faz dois anos que ela organiza trilhas para turistas na África e recentemente contraiu tifo. O período de contágio já passou, mas Anna – sempre paranoica com doenças – se retraiu visivelmente quando Ishi fez essa revelação.

Faturamento total £12,99

5 clientes

TERÇA-FEIRA, 27 DE JANEIRO

Pedidos online:

Livros encontrados:

Nicky veio, atrasada, mas veio.

O Monsoon decidiu fazer um upgrade, e agora não conseguimos abrir, portanto não faço a menor ideia se temos algum pedido hoje.

A aula de arte foi hoje à tarde, então acendi o fogo ao meio-dia, só para ouvir uma preleção de uma das senhoras sobre como o fogão a lenha que havia na casa dela é muito mais quente do que o meu. Nesta semana elas estão aprendendo a pintar retratos, e a modelo é uma moça linda. Quando eu fiz aula de pintura, há muitos anos, o nosso modelo era um senhor de oitenta anos que morreu enquanto posava para nós.

Nicky atendeu uma ligação de um cliente que perguntou:

– De que lado da rua vocês estão?

Uma pergunta que obviamente depende de qual direção a pessoa está vindo. Ele parou na frente da loja com o carro lotado de livros para vender. Nicky rejeitou todos.

Previsão de nevasca para amanhã.

Faturamento total £110

5 clientes

QUARTA-FEIRA, 28 DE JANEIRO

Pedidos online: 7
Livros encontrados: 6

O Monsoon voltou a funcionar hoje de manhã, então tivemos os pedidos acumulados de dois dias para providenciar.

Faturamento total £90,50
5 clientes

QUINTA-FEIRA, 29 DE JANEIRO

Pedidos online: 6
Livros encontrados: 5

Nicky veio hoje, alegrinha como sempre.

Logo antes do almoço, entrou uma cliente. Poucos minutos depois que ela chegou, Nicky e eu estávamos com falta de ar. A mulher deve ter mergulhado em um tanque de perfume, tão enjoativo e asfixiante que só posso concluir que foi desenvolvido em um laboratório de armas químicas por algum cientista particularmente sádico durante a Guerra Fria.

Dia muito tranquilo na loja, de modo que até a mulher tóxica foi recebida com um entusiasmo fingido. Às 15h começou a nevar.

Faturamento total £32
3 clientes

SEXTA-FEIRA, 30 DE JANEIRO

Pedidos online: 6
Livros encontrados: 5

Nicky veio novamente. Parece que, depois da gripe, ela esqueceu a sexta-feira gastronômica, para meu grande alívio.

Enquanto eu procurava por um livro – um dos pedidos de hoje –, encontrei *Barrack-Room Ballads*, de Rudyard Kipling, na seção de poesia escocesa, *The Rubaiyat of Omar Khayyam* na seção de história e *Journal of the Waterloo Campaigns* na seção da Primeira Guerra Mundial. Já desisti de tentar entender como a cabeça de Nicky funciona.

O pior cliente de hoje foi um homem calvo no topo da cabeça e com um rabo de cavalo na nuca que passou uma hora respirando ofegante na seção de eróticos, folheando praticamente todos os livros que contêm ilustrações. Ele foi embora sem comprar nada. Na verdade, talvez tenha sido melhor assim, pois me poupou de ter qualquer tipo de interação social com ele.

Faturamento total £107
7 clientes

SÁBADO, 31 DE JANEIRO

Pedidos online: 5
Livros encontrados: 5

Nicky veio de novo, completando três dias seguidos. Eu estava um tanto atordoado na hora de fechar.

Consegui recitar de cor o poema "As I Walked Out One Evening".

Faturamento total £383
12 clientes

FEVEREIRO

As ceifadeiras não eliminarão a existência do pequeno livreiro independente como fizeram com o dono de mercearia e o leiteiro. Mas as horas de trabalho são muito longas – eu era um funcionário de meio período, mas meu chefe trabalhava setenta horas por semana, sem contar as constantes expedições fora do horário para comprar livros – e não é uma vida saudável. Via de regra, as livrarias são terrivelmente frias no inverno porque, se aquecer demais, as vitrines ficam embaçadas, e um livreiro depende muito de suas vitrines. Além disso, livros juntam mais pó do que qualquer outro objeto inventado até hoje e parecem ser o local predileto das moscas varejeiras para morrer.

George Orwell, *Bookshop Memories*

As "ceifadeiras" a que Orwell se refere de fato vieram para espremer os pequenos livreiros independentes: as grandes livrarias como Ottakar's, Waterstones e Dillons tentaram fazer exatamente isso. Hoje, duas delas não existem mais, e a última que ainda está de pé, Waterstones, encara um futuro periclitante graças à ceifadeira das ceifadeiras, Amazon. A Waterstones até tentou se equiparar tornando-se uma "tem-de-tudo", vendendo Kindles em suas lojas, mas, quando a pessoa janta com o diabo, ela precisa de uma colher de cabo longo, e nenhuma colher – nem mesmo a mais comprida disponível no setor de "Utilidades Domésticas" da Amazon – é, penso eu, suficientemente longa para evitar que a Waterstones chegue perto demais da Amazon para seu próprio bem.

Não resta dúvida, porém, de que as livrarias – a minha, pelo menos – podem ser lugares extremamente frios no inverno. No caso da minha, não pelo risco de as vitrines embaçarem, mas porque é um lugar vasto, sem portas, com pouco isolamento e com correntes de ar que passam por toda parte, como espíritos de escritores mortos. O movimento no inverno é escasso demais para justificar mais do que umas poucas horas por dia com o aquecimento ligado.

SEGUNDA-FEIRA, 2 DE FEVEREIRO

Pedidos online: 7
Livros encontrados: 5

A Mac TV ligou para organizar a filmagem para quarta-feira. Falei com Ishi e combinei de encontrá-la aqui na loja às 14h na quarta-feira para explicar a ela como é a realidade de administrar uma loja de livros usados.

Telefonema desta manhã:

– Alô! Alô! Acho que liguei errado, é da Allison Motors?

– Foi engano, sim, aqui é a The Book Shop – respondi.

– Ah, tudo bem, talvez você possa me ajudar. Você tem alternador para um Vauxhall Nova?

Já estava escuro quando fechei a loja, mas os dias estão ficando visivelmente mais longos.

Faturamento total £32,50
5 clientes

TERÇA-FEIRA, 3 DE FEVEREIRO

Pedidos online: 2
Livros encontrados: 1

Um dos pedidos desta manhã foi *British Trees: A Guide for Everyman*. De acordo com o código localizador de Nicky, este livro se classifica como poesia escocesa.

Depois do almoço, fui de carro até Newton Stewart para uma reunião com o contador. Ele me surpreendeu ao me dizer que – depois de alguns anos precários – as contas atuais estão consideravelmente mais saudáveis. É certo que sinto que estou trabalhando mais do que há catorze anos, quando comprei a loja, mas suponho também que hoje eu gaste mais tempo cadastrando livros no computador, e a competição online é feroz, ao passo que no início essa parte do negócio era bem mais simples em comparação com agora. Ainda assim, o que for preciso para manter o barco navegando será feito. Esta vida é infinitamente preferível a trabalhar para outra pessoa.

Um homem por demais irritante, com um bigode seboso, comprou um conjunto vitoriano de romances *Waverley*, com capa de couro, por 110 libras. Quando dei a ele 20 libras de desconto, ele falou:

– Só?

Arrumando livros na seção de livros de bolso escoceses hoje à tarde, encontrei um exemplar de *The Cone Gatherers*, de Robin Jenkin. Comecei a ler depois do jantar.

Faturamento total £141
5 clientes

QUARTA-FEIRA, 4 DE FEVEREIRO

Pedidos online: 5
Livros encontrados: 4

Nicky veio, para que eu pudesse ir à tarde a Edimburgo conhecer uma biblioteca particular.

Não conseguimos localizar um livro sobre arte gótica medieval que Nicky havia cadastrado na seção da Índia.

À tarde, a equipe de filmagem chegou, e filmamos parte do documentário que Ishi vai apresentar. A loja ficou mergulhada em um silêncio sepulcral o dia todo, até o momento em que a equipe começou a filmar, quando os clientes começaram a inundar a loja, fazendo perguntas e tropeçando nos cabos. Um homem idoso alto, usando um terno amarrotado, incomodou um pouco antes de finalmente sossegar na frente do fogo. Quando passei por ele para guardar um livro na seção de poesia, notei que ele tinha removido a dentadura e a colocado em cima de uma autobiografia de Tony Blair que estava sobre a mesa.

Enquanto estávamos filmando, vi Nicky remexendo em uma caixa de livros que eu tinha separado para a usina de reciclagem de Glasgow. Ela e eu tivemos uma discussão sobre morte. Ela disse:

– Se eu morrer antes do Armagedom, meu amigo George vai fazer um caixão para mim com um pallet velho, me colocar na traseira da van e me deixar em algum lugar dentro do bosque.

Eu disse a ela que quero um funeral em um navio viking, ao que ela respondeu:

– Impossível. O único jeito é ter um enterro cigano. Você vai ter que fabricar uma diligência e pôr fogo nela. Ah, não, você vai estar morto... Vai ter que pedir a alguém para atear o fogo.

Quando o velhote de terno amarrotado foi ao balcão para pagar pelo *O idiota*, de Dostoiévski, eu observei discretamente que sua braguilha estava aberta. Ele olhou para baixo, como que para confirmar, depois olhou para mim e disse:

– Pássaro morto não cai do ninho. – E saiu da loja com a braguilha aberta.

O senhor Deacon veio às 16h para encomendar um livro, *The Princes in the Tower*, de Alison Weir. Ele já tirou o gesso do braço. A conversa de hoje foi tipicamente curta e pragmática, até que tive um acesso de tosse quando ele já ia saindo. Ele disse:

– Você tem minha solidariedade, também estou doente.

Curioso para saber o que ele tinha, tomei a medida sem precedentes de perguntar, e ele respondeu:

– Alzheimer. Já não consigo me lembrar direito das palavras.

Em seguida a essa triste revelação, tivemos a primeira conversa (depois da apresentação das filhas) desde que nos conhecemos, sobre a vida dele. Ele era advogado e estava achando sua incapacidade de encontrar as palavras corretas profundamente frustrante.

Saí da loja às 16h30 para ir a Edimburgo. Quando a porta de vidro se fechou atrás de mim, eu me virei para ver Nicky colando outra de suas etiquetas caseiras na borda de uma prateleira. Parece que os "Romances de Linha de Frente" tiveram um retorno indesejado.

Faturamento total £18,50
4 clientes

Epílogo

O diário foi escrito em 2014, e hoje é 1º de novembro de 2016: quinze anos se passaram desde o dia em que comprei a loja; quase dois desde que completei o primeiro rascunho do diário, e algumas coisas mudaram.

A destilaria reabriu recentemente, e um empresário australiano está fazendo uma reforma com o objetivo de aumentar significativamente a produção.

A Box of Frogs (a loja ao lado) mudou de dono há um ano e agora se chama Curly Tale Books, gerenciada por Jayne (mãe de Flo).

O Wigtown Ploughman também mudou de dono e agora é Craft Hotel.

Captain continua engordando, e raramente os clientes deixam de notar e comentar como ele está enorme.

Em 2015, a Waterstones parou de vender Kindles, após um período de vendas fracas e do ressurgimento dos livros impressos.

A Open Book continua a atrair visitantes sob a égide da Companhia do Festival de Wigtown. Ela ultrapassou as expectativas mais otimistas de todos com o sucesso que alcançou. Pessoas que moram fora vieram de lugares distantes como Canadá, Estados Unidos, América do Sul, França, Espanha, Itália, Nova Zelândia, Taiwan. Muitos vieram para as festas e, com poucas exceções, adoraram. Está inteiramente reservada para os próximos dezoito meses.

Nicky arrumou outro emprego, mais perto de seu chalé, e agora trabalha na Keystore em Glenluce vendendo bilhetes de loteria, cigarros e cidra.

Laurie é chocolatier e mora em Glasgow.

Katie se formou na faculdade de medicina e está trabalhando no hospital de Falkirk.

Flo está cursando a Universidade de Edimburgo.

Eliot continua a fazer um excelente trabalho na programação do Festival do Livro de Wigtown, que cresce a cada ano.

Jessie, da The Picture Shop, lamentavelmente faleceu poucos dias após eu terminar de escrever o diário.

Eu vi o senhor Deacon uma única vez desde que ele me contou que estava com Alzheimer. Ele sofreu um declínio considerável e claramente não me reconheceu.

Anna e eu seguimos caminhos separados, mas continuamos bons amigos.

A loja continua aberta.